Délires d'amour et crises de foi

DÉJÀ PARUS AUX ÉDITIONS ENCRE DE NUIT :

Course à mort, Iris Johansen, collection blême
Frères de sang, Robert Ferrigno, collection noire
La femme perdue, Robert B. Parker, collection noire
La chance de ma vie, Michael J. Fox, collection document
Nouvelles de France, Mavis Gallant, collection nuit américaine

Imprimé en France.
© Encre de nuit, 2003, pour l'édition en langue française.
Copyright © 2001 by Allan Appel
Publié aux États-Unis sous le titre *Club Revelation*
par Coffee House Press, Minneapolis.
ISBN : 2-84860-005-5
Dépôt légal : 2e trimestre 2003

ALLAN APPEL

Délires d'amour et crises de foi

Traduit de l'américain par
Raphaële Eschenbrenner

encre de nuit | roman

1

Détends-toi.

Oui.

Tu ne te détends pas.

Tu ne le vois pas, c'est tout.

Écoute, si je bâille c'est simplement parce que mon corps a besoin d'air, Gerry, ce n'est pas parce que je m'ennuie avec toi. Si j'ai besoin de bâiller, je ne me gêne pas. Même si Jésus était assis juste en face de moi, chéri, si mon sang réclamait plus d'oxygène, j'ouvrirais grand la bouche devant le Seigneur. Il sait ce qu'est un bâillement. Ce n'est pas de toi qu'il s'agit. C'est de l'air que je respire.

Gerry Levine baissa la vitre de la Toyota et inspira profondément. Une goulée d'air entra et gonfla comme un ballon à la base de sa gorge, puis il visualisa l'air prenant la forme d'un tube serpentant à travers d'étroits passages vers ses poumons. Imprégné d'essence, l'air était froid, mais il le laissa souffler sur son visage se sentant étrangement réconforté.

— Ferme ta vitre, s'il te plaît.

— Tu t'endors ?

— Je suis très bien réveillé, répondit Gerry, rassurant Sam (siège arrière) et Michael (siège avant).

Michael, néanmoins, continuait d'en douter et, par précaution, il colla son menton contre ses genoux, appuyant ses tennis malodorantes contre la boîte à gants.

— Ces deux lignes blanches, ça s'appelle une file, dit Michael. En général, sur notre planète, le conducteur fait un effort pour rester à l'intérieur de cette file.

— Sur quelle planète sommes-nous, alors ? demanda Gerry en jetant un coup d'œil par-dessus son épaule.

Il appuya à fond sur l'accélérateur, se fraya adroitement un chemin à travers la circulation encombrée et arriva à toute allure sur les voitures de tête.

— Celle de la normalité, murmura Michael, comme s'il cherchait à se rassurer lui-même. Comporte-toi comme l'être humain adulte et normal que tu aspires à devenir un jour.

Mais Gerry n'écoutait pas. *Il sait ce qu'est un bâillement.* Pourquoi Marylee avait-elle dit ça ?

— Bon sang, Gerry ! couina Michael tandis qu'ils venaient de dépasser un camion dont le klaxon tonitruant lui fit l'effet d'un *Titanic* à seize roues fonçant sur eux. Tu veux jouer au tennis ou finir à la morgue ?

C'était un mardi soir comme les autres, et Gerry Levine et ses amis, Michael Klain et Sam Belkin (lequel ronflait bruyamment malgré le klaxon tandis que sa chaussure pointure quarante-quatre s'avançait dangereusement vers le levier de vitesses) cahotaient sur le pont George-Washington, situé à six kilomètres du club de tennis Caracas, à Caracas, New Jersey. Gerry continuait de pousser sa petite Toyota à fond, rétrogradant et zigzaguant entre les énormes camions, allant même jusqu'à foncer en diagonale pour battre un motard. Il réalisa qu'il se lançait tous les défis possibles pour oublier ce qui le turlupinait avec sa femme, Marylee, et ce nouveau tracas encore mal défini qui était entré dans leur vie.

Au milieu du pont, Gerry fut sur le point d'en parler à Sam et à Michael, mais il hésita. Il n'était pas sûr de savoir vraiment ce qui le dérangeait, bien qu'il fût certain d'une chose : cela avait commencé il y a quelques jours, quand Marylee avait rencontré le nouveau locataire du restaurant de leur immeuble. Le locataire était très jeune et très beau, c'est tout ce que Gerry savait, mais peut-être était-ce suffisant.

Dommage, pensa Gerry, en doublant une camionnette de livraison bleu et blanc, qu'un sentiment ne soit pas quelque chose de physique comme une balle de tennis qu'on peut voir et frapper. Ou quelque chose qu'on puisse mettre et enlever comme le bracelet-éponge qu'il avait encore oublié d'apporter. Néanmoins, aborder ce sujet risquait de briser l'enthousiasme sportif de leurs traditionnelles parties de tennis du mardi.

Ce soir, comme chaque mardi, se trouver dans la Toyota rouillée de Gerry, face à tous les mystérieux carrés de lumière rouge clignotant sans cesse sur le tableau de bord, était à la fois apaisant et excitant, et en même temps d'une banalité presque absolue.

Gerry et ses amis, qui se connaissaient depuis long-temps, blaguaient, un peu gênés après la récente soirée du nouvel an. Malgré l'arrivée du nouveau millenium, ils étaient tous allés se coucher à minuit quarante-cinq, après avoir gratifié leurs femmes d'un baiser (mi-sexuel mi-chaste), les abandonnant sur le toit de leur immeuble avec une bouteille de champagne à moitié vide.

Mais ce soir, les trois hommes étaient suffisamment en forme pour reprendre leur routine : rouler un peu trop vite, parler des bolides qu'ils avaient eu l'occasion de conduire, affirmer fièrement qu'ils étaient sur le point d'entrer dans le purgatoire du club de tennis de Caracas, au niveau débutant avancé et intermédiaire. En bref, ils faisaient de leur mieux pour ignorer les signes symboliques d'un ralentissement comme le péage qui surgissait devant eux.

Ils quittèrent Manhattan et le grand pont suspendu illu-miné, s'engagèrent en un instant dans le New Jersey, où Gerry prit à soixante kilomètres/heure la sortie de Caracas, limitée à trente. Il rétrograda brutalement et ralentit afin d'éviter les flics habituellement planqués derrière les troupeaux de rennes, paissant, illuminés, sur les modestes pelouses de Caracas. Puis, après quelques minutes de plaisanteries sur leurs boulots, le sport, la politique, Noël et Hanoukka[1], ils s'arrêtèrent sur le parking en plein air du club de tennis.

Là, alors que le coffre s'ouvrait sur leurs sacs de sports froissés, Gerry hésita encore devant son vieux catalogue d'échantillons, la pile de factures impayées de ses fournisseurs, un appareil photo qui lui servait à photographier chaque nouvelle installation, un litre d'antigel posé contre des câbles de démarrage huileux. Comment, se demanda-t-il, peut-on passer tant d'années, des décennies, à acheter et à vendre des revêtements de sol?

Il aimait encore le son des mots qui sortaient si souvent de sa bouche – linoléum et Congoleum[2] – tous ces *ums* lui rappelaient son lointain cours de latin du lycée, matière dans laquelle il excellait, et qui lui avait donné une fugitive sensation de puissance. Il laissa rapidement cette pensée s'échapper et elle se répandit dans l'air glacé du parking avec d'autres pensées liées aux soucis du travail.

Sous l'éclairage au néon, au milieu des Volvo, des BMW et des Subaru garées en épis, les trois hommes s'attardaient. Sam Belkin essayait également de se préparer au tennis en chassant sa préoccupation: trouver des fonds pour réaliser un documentaire sur l'économie et les conditions sociales des plus petites nations du monde. Ces divers atolls et archipels, avec une population totale inférieure à celle d'un grand immeuble new-yorkais, n'avaient pas, même en s'y mettant tous, un sou à investir dans son budget d'un million de dollars. Et Sam le savait car il avait invité à

---

1. Fête juive de huit jours célébrant le miracle de la Lumière. (Toutes les notes sont de la traductrice.)
2. Marque de fabricant.

déjeuner tous leurs ambassadeurs, et certains plus d'une fois. S'il ne trouvait pas trois cent mille dollars le mois prochain, il pourrait tirer un trait sur son projet, songea-t-il.

Sam étira son grand corps et fixa le ciel éclaboussé d'étoiles. Elles luisaient plus fort que d'habitude. Une intuition mêlée de joie l'envahit un instant et il fut soudain certain que, si la vie existait sur d'autres planètes, les extraterrestres eux non plus n'auraient aucune envie de financer ses documentaires. Il soupira bruyamment, retira ses deux portables gainés de cuir de ses poches, les installa dans le coffre de la Toyota de Gerry, tel un bandit déposant ses armes à feu avant d'entrer dans une enceinte de lutte.

— Je ferme le coffre, Klain, prévint Sam.

— C'est bon, répondit Michael Klain.

Tandis que Gerry et Sam scrutaient le ciel, cherchant à repérer Vénus au-dessus de la tour de la radio, Michael, libraire le jour, philosophe amateur la nuit (lorsqu'on voulait bien l'écouter) posa délicatement son exemplaire de *L'Être et le Néant* sur le siège arrière de la Toyota. Il vérifia que Gerry avait ses clés (il les avait déjà oubliées une fois à l'intérieur du véhicule) et ferma la porte.

Ensemble, les trois hommes pénétrèrent dans le club et jaugèrent les occupants de la salle faiblement éclairée, à la recherche d'un joueur disponible pour une partie de double. Avachis sur des chaises bleu foncé, attendant nerveusement que leur court se libère, les joueurs, dont les yeux passaient de la télé installée en hauteur diffusant le grand match du soir au distributeur de sodas situé en dessous, ressemblaient à des passagers coincés à l'intérieur d'un avion à quatre heures du matin.

Sans se l'avouer, Sam, Gerry et Michael auraient préféré trouver un joueur bien conservé de soixante-dix ans, jouant encore plus lentement que le trio de cinquantenaires qu'ils formaient. Ainsi, malgré leurs services qui envoyaient la balle flotter comme un flocon de neige au-dessus du filet, ils pouvaient encore se donner l'illusion, durant deux précieuses heures de jeu, que la vieillesse n'avait nullement diminué leurs performances physiques.

Hypocondriaque peu téméraire, Michael adorait jouer avec de vieux médecins retraités, en particulier avec Ganesh, un cardiologue iranien chenu qui hantait souvent le bar et possédait un revers étonnamment puissant. Mais ce soir, Ganesh était absent et personne ne semblait à même de le remplacer. Ils se retrouvèrent donc sur le court, déposèrent vestes, sacs et bouteilles d'eau près du filet, puis se préparèrent à jouer à deux contre un.

Pendant que Gerry et Michael s'échauffaient en courant autour du court dans l'air fluorescent, Sam entamait une série de quinze pompes sonores précédant l'habituel échauffement au service. Ce soir, pensa Gerry, peut-être joueraient-ils comme l'équipe de champions du collège voisin, lesquels venaient périodiquement s'entraîner à Caracas, mais étaient heureusement absents.

Puis la partie commença. Le service moulin à vent de Gerry semblait presque au point, songea Michael, tandis que la balle fusait pour atterrir à quelques millimètres de la ligne médiane, un ace fantastique. Néanmoins, pour les points suivants, Michael l'existentialiste, tel un Sisyphe en short blanc, zigzagua vainement pour essayer d'attraper toutes les autres balles. Il remontait constamment ses lunettes et replaçait les bandeaux rouges et blancs destinés à empêcher la sueur de dégouliner dans ses yeux. Qu'un homme de soixante-deux kilos comme Michael transpire autant amusait beaucoup Gerry. Comme d'habitude, Michael dit que c'était nerveux. Gerry aurait pu en profiter pour parler du comportement distant de Marylee et du temps considérable qu'elle passait avec le nouveau locataire, mais de nouveau, à regret, il se contint.

Pour une fois les sets démarraient sérieusement et la partie de tennis, même médiocre, était une chose trop importante pour être interrompue par une discussion concernant leurs femmes. Et puis, de toute façon, leurs couples étaient solides – du moins, ce soir, le croyaient-ils. Ils avaient en commun une vie conjugale stable et épanouie, ce qui leur permettait de ne pas y penser. Voilà pourquoi ils disputèrent une partie de tennis à la fois énergique et sinistre, en hommes relativement satisfaits de leur sort, en vieux amis dont l'esprit de compétition bon enfant était suffisant pour rendre le jeu intéressant et même agréable. Ils s'envoyaient des blagues au filet, singeaient leurs maladresses respectives sur certains coups. Sur d'autres, ils criaient « Bien vu ! » ou « Joli coup ! » Mais ils pensaient : Pourquoi sommes-nous devenus de vieux ringards réduits à nous flatter mutuellement pour des choses pareilles ?

Concentre-toi, se dit Gerry. Surveille la balle et ne pense à rien d'autre. Mais ce soir, il ratait son coup droit et faisait des doubles fautes avec une constance étonnante, et la balle semblait traverser la raquette comme une fenêtre béante. Sur le chemin du retour, Gerry était tellement démoralisé que Michael prit le volant – ce qui n'était jamais arrivé. Après dix minutes de silence, quand ils arrivèrent au péage, Sam se pencha vers Gerry et lui dit :

– Dans toute l'histoire du club de tennis de Caracas, personne, pas même un octogénaire dans un poumon d'acier, n'a jamais joué aussi mal que toi. Qu'est-ce qui t'arrive ?

Gerry ouvrit la bouche pour répondre, ses lèvres formèrent la première syllabe du prénom de sa femme, mais aucun son ne sortit.

Durant les soirées Caracas, Marylee Jeffers, Judy Klain et Ellen Belkin étaient généralement contentes de laisser l'État du New Jersey, ses clubs de tennis, ses réparateurs de Toyota, ses policiers, ses péages et ses politiciens s'occuper de leurs maris. Pendant que Gerry, Michael et Sam jouaient au tennis, ou du moins essayaient, comme le disait Ellen, les femmes reprenaient possession du vieux Brownstone[1]. Les trois couples l'avaient acheté ensemble quinze ans plus tôt et c'étaient les femmes qui avaient passé le plus de temps à le restaurer. Construit en 1882, au cœur du Upper West Side, le Brownstone était situé dans une rue calme bordée d'ailantes donnant sur Broadway. À l'intérieur, il y avait des escaliers qui craquaient jusqu'au cinquième étage, d'épais tapis rouge et noir, des rampes en bois sombre, des miroirs élégamment encadrés dans les couloirs, deux daguerréotypes de navires dans le port de New York (trouvaille de Michael), et une agréable odeur de moisi, réminiscence du dix-neuvième siècle, que Judy, malgré un nettoyage acharné, n'avait pu éliminer.

À l'ombre des ailantes, l'espace réservé au restaurant donnait sur la rue. Au-dessus, chaque couple avait son appartement. Au premier étage se trouvait l'austère retraite bouddhiste de Judy qu'elle partageait avec Michael. Plus haut, il y avait la bibliothèque d'Ellen : six murs d'étagères blanches artisanales, des milliers de livres rangés selon la classification décimale Dewey, et trois écrans vidéo (la marque de Sam) au-dessus de la cheminée. Au quatrième étage, l'appartement moderne et minimaliste de Marylee et de Gerry était l'espace le plus dépouillé. Marylee l'appelait son studio de danse judéo-scandinave.

Néanmoins, malgré les efforts de Marylee, leur étage commençait à lui sembler froid et inhospitalier. Sans savoir pourquoi, elle n'aimait plus le mobilier lisse en bois clair et verni, ni le mobile abstrait en fil de fer suspendu entre les ventilateurs du plafond, ni l'immense et lourde table en verre de la salle à manger qui avait provoqué une légère hernie à Gerry quand il avait essayé de la déplacer. Même le parquet brillant posé par Gerry lui paraissait ringard. Au moins, elle aimait toujours sa cuisine, avec le porte-verres à pied au plafond. Elle lui donnait l'impression que le

---

1. Petit immeuble en grès souvent couleur chocolat.

meilleur plat n'y avait pas encore été préparé. Accrochées aux murs blancs du salon, des peintures illustrant des thèmes juifs retinrent son attention. Ce soir, elles lui tapaient particulièrement sur les nerfs. L'une d'elles représentait Moïse dévalant le mont Sinaï. Les tables de la Loi qu'il portait lui rappelaient précisément la forme et la couleur des boîtes d'Advil 500 mg (elle avait une forte migraine). Une autre peinture illustrait Jacob luttant avec le Seigneur, tandis que les anges escaladaient une sinueuse échelle de lumière menant au paradis. Cette composition avait toujours frappé Marylee. Elle lui évoquait un accident sur un chantier biblique. Dans ce qu'elle appelait sa pitoyable collection de tableaux juifs, son œuvre préférée était une peinture représentant Moïse et Aaron jetant un bâton qui se transformait en serpent devant Pharaon, afin qu'il laisse partir le peuple juif. Ce tableau lui rappelait les histoires des dresseurs de serpents qu'elle avait entendues en Virginie durant son enfance. Elle le détestait, à présent.

Ces peintures avaient été offertes à Gerry et Marylee par les Belkin (Ellen avait laissé Sam les choisir). Ils les avaient achetées à Haïfa, à un artiste de rue affamé, pendant le repérage d'un film de Sam sur les survivants de l'Holocauste. Parce qu'ils étaient associés à un sujet douloureux et parce que Sam les aimait, Gerry et Marylee avaient laissé les tableaux au mur, et cela faisait huit ans qu'ils y étaient.

Alors qu'elle s'apprêtait à rejoindre Judy et Ellen, Marylee s'arrêta devant Aaron et Moïse et enfonça l'ongle de son petit doigt dans une protubérance de peinture verte qui l'horripilait depuis trois semaines. Quand elle ôta l'affreuse petite boule de la coiffe de Pharaon, elle soupira de soulagement et poursuivit son chemin vers le Musée.

Le Musée – ou plus précisément le Musée des années soixante des trois couples – était l'espace commun du cinquième étage : mille cinq cents mètres carrés de nostalgie où gisaient des exemplaires jaunis de l'*East Village Rat* et autres journaux, des livres, des disques des Beatles, des Stones, de Donovan et de Dylan, un poster de Che Guevara, un sac à dos rempli de bérets militaires, une gourde jetée par un soldat de la 101ᵉ Airborne qui avait défendu le Pentagone contre les manifestants protestant contre la guerre du Vietnam (Judy et Michael en faisaient partie), une coupure du *New York Times* rendant hommage à Alison Krause et aux autres étudiants tués à Kent State, des *sacos*[1], des tubes desséchés de peinture pour le corps ayant servi à Woodstock, et d'autres précieux souvenirs, dont une frette de la guitare électrique brisée de Jimi Hendrix. Personne ne pouvait se défaire de toute cette camelote – et certainement pas du magnétophone Wollensack de Sam, avec lequel on pouvait encore entendre (s'il retrouvait la bande) le discours de Barry Goldwater à San Francisco durant la Convention républicaine de 1964.

Leur terrain de jeux pour adultes, qu'Ellen appelait le Musée, apportait au Brownstone un charme secret.

La nostalgie qui y régnait était souvent puissante – elle renvoyait au passé réel (leurs vieilles valises, chaussures de randonnée, bottes de techniciens et sacs à dos étaient partout), et aussi à un passé qui n'avait jamais existé, car initialement le Musée aurait dû être une immense chambre d'enfants. Mais on n'y trouvait ni jouets, ni tricycles, ni cerceaux poussiéreux. Malgré des efforts acharnés, aucun des couples n'avait eu d'enfants, et vu l'âge de Marylee, de Judy et d'Ellen, il était peu probable qu'ils en aient.

Le mardi soir, montant ou descendant l'escalier commun de leur immeuble, croquant une pomme ou un verre de vin blanc à la main, les femmes se rendaient visite comme elles le faisaient à l'époque où elles vivaient dans les dortoirs du Collège Barnard, trente rues plus haut. Vêtues de Jeans, d'é-

---

1. Sorte d'énorme coussin des années soixante-dix, en cuir ou en Skaï, empli de billes de polystyrène.

paisses chaussettes et de tee-shirts, elles passaient se voir, buvaient un thé, retournaient à leur appartement ou, comme ce soir, se rejoignaient au Musée.

Quant à Judy, qui avait beaucoup grossi depuis l'université, elle ne portait plus que de larges robes, bien ajustées autour des seins et s'évasant jusqu'aux chevilles. Ellen avait les dissertations de ses étudiants à corriger ; elle se déplaçait toujours avec quelques hebdomadaires et un dossier brun élimé, coincés sous son aisselle, comme si c'étaient les codes nucléaires du Président.

Lorsqu'elles s'installèrent en cercle sur les *sacos* troués et la chaise longue à un seul accoudoir, près d'un prie-Dieu portant l'inscription : NIXON, L'ENFOIRÉ/DONNEZ-MOI UN COUP DE PIED, Marylee annonça qu'elle avait une déclaration à faire à propos d'un locataire potentiel pour le restaurant qui était vide depuis trop longtemps. Le candidat, dit-elle, avait vingt-cinq ans et un accent du Sud qui lui rappelait sa région natale. Il y avait juste un petit souci : le jeune homme n'était pas en mesure de garantir seul les paiements du loyer.

— Néanmoins, ajouta-t-elle, adressant à ses amies un sourire lumineux comme un phare, je suis sûre que tout se passera bien.

— Qui veut fumer un joint ? coupa brusquement Ellen en détournant les yeux de la pile de copies posée sur ses genoux. Je ne sais pas pourquoi, mais j'ai toujours envie d'être un peu stone quand je lis les devoirs de mes étudiants.

— Pas pendant une réunion d'affaires, décréta Marylee.

— Depuis quand avons-nous des réunions d'affaires ? demanda Judy. D'habitude on s'assoit, on fume un petit joint, on discute, on dit un peu de mal de nos hommes et on va se coucher.

— Mais ce soir, c'est différent, dit Marylee.

Depuis la faillite du restaurant de l'ancien locataire, le local était vide et Marylee affirmait que le nouveau preneur tombait à pic. Le Brownstone leur coûtait quatre mille dollars en crédit mensuel et l'apport financier de la location du restaurant allégerait leur dette. Elle espérait que Judy et Ellen ne poseraient pas trop de questions et feraient confiance à son sens inné des affaires.

Comme d'habitude, elles se promenèrent dans le Musée – l'endroit était leur marché aux puces privé – burent du thé, Marylee entama une bouteille de vin et Ellen fuma son joint d'herbe mexicaine qui lui pendait aux lèvres comme une relique de Woodstock. Elles s'installèrent sur l'un des matelas à eau rescapés, non seulement encore rempli, mais également assorti de coussins au crochet, de provenance inconnue, portant le slogan : HO HO HO CHI MIN, THE VIÊT CONG ARE GONNA WIN[1]. Ellen mit un disque des tubes de Roy Orbison, elles reprirent en chœur les paroles, puis, grâce au vin, à l'herbe éventée, aux ondulations du matelas d'eau, à la chaleur du Musée et à on ne sait quoi d'autre, le monde leur parut soudain parfait.

Bien qu'elle n'ait pas encore dit à ses amies qui était le nouveau locataire, Marylee savait qu'elle allait devoir leur en parler. Mais après tout, elle avait bien le droit de se laisser envahir par la torpeur du moment.

– Très bien, dit Ellen, il est comment, ce locataire ? Vraiment ?

– Physiquement ?

– Oui. Commence avec les organes internes !

– Je ne sais pas, hésita Marylee. Il est sain, gentil, serviable, comme les jeunes l'étaient avant.

– Donc, ce n'est pas un New-Yorkais ? demanda Judy.

– Non. Pas du tout. Je pense qu'il est du Sud. Ce qui est bien, c'est qu'il a l'air de nous adorer, ajouta précipitamment Marylee. Et il veut commencer les rénovations tout de suite.

– C'est rassurant. Tu t'es occupée des papiers ?

---

1. Ho ! Ho ! Hô Chi Minh, le Viêt-cong vaincra !

— Je compte le faire.

— Un peu de vin ?

— Il s'appelle comment ?

— William Harp.

— Tu plaisantes ?

— Pourquoi ?

— Ça ressemble à un pseudonyme de tueur en série, dit Ellen.

— C'en est sûrement un, renchérit Judy.

— Il tue avec des cordes. De piano et de harpes, poursuivit Ellen.

Marylee se leva et plongea les mains dans une large jarre de perles en terre rouge posée sur le plancher près du lit. Elle fixa le visage d'Eugene McCarthy sur un poster de campagne électorale datant de 1968. Elle déplaça des cordages emmêlés, un narguilé cassé et demanda :

— Quand est-ce qu'on va jeter tout ça ?

— Jamais, répondit Ellen. Ça va être quel genre de restaurant ?

— Je n'en ai aucune idée. William est un original, mais il me redonne le sourire. Ça sera peut-être… le restaurant du bonheur.

— Tu as fait l'amour avec Gerry, ce matin ? lui demanda Ellen. C'est ça qui t'a mise dans cet état ?

— Peut-être, répondit Marylee, l'air absent.

— Le sexe l'a rendue dingue, déclara Judy. Mais ça doit être plutôt agréable.

— Je peux lui faire signer le bail ? demanda Marylee.

— Je n'ai pas le temps de m'occuper de ça cette semaine, dit Ellen, ni d'interroger Harp. Alors, bien qu'on ne le connaisse pas, on te fait entièrement confiance.

— Pas entièrement, coupa Judy, mais ce type t'a fait bonne impression. Il a l'air sérieux ?

Marylee hocha la tête.

— Il ne va pas faire neuf cents variétés de *bagels*[1] qui vont rancir instantanément ? poursuivit Judy.

---

1. Petite couronne de pain juif.

Marylee lui confirma que, malgré son jeune âge, William avait l'air de connaître la restauration et débordait d'énergie.

— C'est tout ? demanda Judy

— Comment ça ?

— Toi, tu nous caches quelque chose… C'est à propos du restaurant ou de ce type ?

— Je ne vous cache rien, répondit prudemment Marylee. Néanmoins, je pense que William est très pieux.

— Tant mieux, dit Ellen, ce type de personnes a souvent le sens des responsabilités. Elles ne filent pas sans payer le loyer parce qu'elles ont le sentiment que Dieu est le propriétaire ultime.

— Absolument, approuva Marylee avec soulagement. Tu sais ce qui est également positif ? C'est qu'il a le sens de l'humour. Il m'a dit qu'il pensait que Dieu était perçu comme un problème dans le Upper West Side.

— C'est parce que même Dieu n'arrive pas à louer de studio à un prix abordable dans ce quartier. Alors vas-y. Loue-lui le restaurant. Mais vérifie qu'il a une assurance et qu'on est couverts durant les rénovations et les trois mois de caution.

— Bien sûr.

Marylee termina son verre de vin, le posa sur un vieux meuble de télé et passa à travers un grand cadre vide qu'elle avait acheté en Virginie vingt ans plus tôt. Elle dénicha une poupée en chiffon enfouie dans une collection de napperons et la tendit à Judy. Elle souffla sur la poussière de l'*Anthologie Norton de littérature anglaise,* dont l'un des coins était complètement replié. Elle tendit l'anthologie à Ellen qui la feuilleta et déclara :

— Qui se souvient de la différence entre l'ironie dans la dramaturgie et l'ironie verbale ? Veuillez écrire trois paragraphes succincts… Vous ne pensez pas qu'on devrait bazarder ce bouquin ?

— Bazardons tout, dit Marylee. Je ne suis attachée à aucun de ces objets.

— Depuis quand? demanda Ellen. Tu as toujours voulu tout conserver.

— Plus maintenant. Je me sens entourée de lumière.

Judy, qui s'adonnait à la méditation depuis cinq ans, déclara:

— Même si Bouddha parle des dangers de l'attachement dans les Quatre Nobles Vérités, je ne me déferai jamais de tous ces souvenirs.

Marylee vit se former dans son esprit un disque illuminé représentant le beau visage de William. Elle se demanda ce que cela lui rappelait, puis trouva: c'était comme le petit rôle d'un grand acteur dans un vieux film. Dans un carton de livres portant l'inscription POLITIQUE, elle saisit deux ouvrages: l'un d'Herbert Marcuse, l'autre de Frantz Fanon. La lutte des classes était universelle et inévitable. Quelques années auparavant, elle en aurait douté. À présent, cela lui semblait évident. Elle soupira et remit les livres de poche dans le carton.

— Si on ne jette pas tous ces trucs, dit Ellen, alors quelqu'un va devoir faire la poussière ici. Même si on aime les années soixante, on n'est pas obligées de les respirer. Vous n'avez pas vu mon herbe?

— Taisez-vous, lâcha Judy, tandis que ses paupières se fermaient, on a assez parlé maintenant, ça va.

Marylee observa Ellen sortir une copie de sa chemise. Elle la secoua bruyamment comme un épicier ouvrant un sac en papier, puis commença à la corriger. Apparemment, Ellen était irritable ce soir. Quelques secondes plus tard, elle leva le nez de sa copie et dit à Judy:

— C'est vraiment agaçant quand tu te mets à méditer devant nous. Je trouve ça carrément déplacé, c'est comme si tu te curais les dents en public.

— Ça ne me dérange pas, dit Marylee.

— Rien ne te dérange, aboya Ellen. Mais pourquoi est-ce qu'on est toujours obligées de la regarder méditer? Elle pourrait s'excuser, au moins. C'est comme si on observait son estomac digérer, sauf que c'est son esprit qui s'autodigère.

– Intéressant, répliqua Judy.

Les yeux fermés, elle poursuivit sa méditation. Ellen continua de corriger ses copies et Marylee eut l'impression d'être une étudiante vivant dans un dortoir, face à un monde lui offrant encore d'infinies possibilités.

– Vous pouvez vous couper les ongles ou vous curer les dents devant moi, peu m'importe, dit-elle. Vous êtes mes amies et je vous aime.

D'un air sceptique, Ellen la regarda par-dessus ses lunettes et lui jeta :

– L'hiver, la fin du millenium et la fin du monde t'ont rendue pâlotte, ma jolie. Tu n'as pas attrapé froid, par hasard ? Tu ne couverais pas une grippe ?

– Non, murmura Marylee. Enfin, j'ai peut-être attrapé quelque chose…

Mais elle savait qu'elle n'avait rien. Elle ne s'était jamais sentie aussi bien.

4 janvier 2000
New York

Cher papa,

Tout se passe bien ici à Big Apple. Tu as eu une merveilleuse idée qui a germé au bon endroit et au bon moment. Dieu soit loué, les choses vont avancer vite, je pense. Un jour, il y aura des concessions dans toutes les communautés juives de l'Amérique. J'ai déjà trouvé des gens charmants – Marylee Jeffers et Gerald Levine, son mari (elle ne porte pas son nom) et leurs amis – pour m'aider à m'installer ici. Je te parlerai d'eux plus tard.

Ce qui compte, pour l'instant, c'est que le Monde du Seigneur a atterri en douceur dans le Upper West Side et va s'y établir.

Jésus est vivant et il est entre de bonnes mains avec moi grâce à ton amour, ton inspiration et ton soutien. J'insiste sur ce dernier mot, papa.

William posa son stylo. Il ne pouvait pas continuer sur le même ton, pensa-t-il. Il voulait se montrer confiant, mais s'il tombait dans la flatterie excessive il se ferait repérer et il se haïrait. Néanmoins, c'est ce qu'on attendait de lui et il poursuivit :

Tu as eu raison de me suggérer d'arriver à New York après les réjouissances factices liées au nouvel an, au nouveau siècle, au nouveau millenium, aux nouveaux bonbons, aux nouveaux tout ! Tu as eu raison de m'enseigner qu'il n'y a que les idiots pour croire que le Seigneur s'en remet à un calendrier terrestre.

J'ai dit au coiffeur qui m'a fait ma première coupe de cheveux new-yorkaise ce matin que ceux qui calculaient la date de la fin des temps étaient condamnés à l'erreur. Il était d'accord avec moi. Je lui ai dit que cela n'avait rien à voir avec une année, un jour ou une seconde spécifiques. Il a de nouveau acquiescé. Je lui ai dit que notre message était simple – je m'exerçais sur lui, bien sûr – et que la fin des temps était liée à la conversion des juifs et au moment où ils arrêteraient de se fourvoyer. Le coiffeur était parfaitement d'accord.

Le plus étrange, pensa William, c'est qu'il était presque sûr que le coiffeur était juif. Il décida de n'en rien dire à son père.

C'était une coupe de cheveux aussi impeccable que la pelouse d'un terrain de golf, bien dégagée autour des oreilles, et je lui ai donc donné un gros pourboire, puis je l'ai béni au nom du Seigneur. Les faibles ont peut-être renoncé à convertir les juifs, mais pas nous.

Comme la fin du monde n'est pas arrivée, je ne pensais pas que les festivités cesseraient. Le quartier a subi de nombreux excès pendant des jours et il se réveille lentement comme un ivrogne. Les rues sentent encore l'alcool, la marijuana et diverses odeurs de dépravation. Il y a du mobilier sur tous les trottoirs : des chaises, des canapés, des tables et, de ma fenêtre, je distingue un four à micro-ondes contenant des livres, comme si quelqu'un voulait les réchauffer. Des étagères, des lampes et des poussettes abandonnées souillent les trottoirs, comme si leurs propriétaires s'étaient enfuis dans la honte ou la confusion ou avaient été kidnappés.

Hier, j'ai récupéré quelques meubles et je t'écris sur une jolie table en acajou que je suis fier d'avoir sauvée. Cela me rappelle les versets 40-42 de Matthieu : « Alors de deux hommes qui seront dans un champ, l'un sera pris, l'autre laissé; de deux femmes qui moudront à la meule, l'une sera prise et l'autre laissée. Veillez donc, puisque vous ne savez pas quel jour votre Seigneur viendra. »

William s'assit sur le rebord de la fenêtre et écarta le rideau de fortune afin de voir le ciel. Cela pourra me servir pour mes sermons, se dit-il. Puis il murmura :

Entre, ciel. Entre, paradis de Jésus. William Harp t'attend.

Il soupira et retourna rapidement à sa lettre.

Ce jour viendra, papa, grâce au travail que nous commençons et au restaurant. En quelques jours, j'ai trouvé un logement au rez-de-chaussée de ce qu'ils appellent un immeuble Brownstone, situé près de Broadway, l'artère la plus animée du quartier. Le numéro de l'immeuble d'en face est le 666! En fait, c'est le 366, mais comme la peinture est écaillée, le 3 ressemble exactement à un 6. Si ce n'est pas un signe, papa, alors je suis aveugle. Comme moi, tu sais ce que cela signifie : grâce au restaurant, nous allons lutter contre le Diable et l'Antéchrist et toutes les choses qui cohabitent à cette infâme adresse.

Les voies du Seigneur sont impénétrables parce que le restaurant que j'ai loué est au rez-de-chaussée d'un immeuble de quelques étages, et devine qui y vit? Marylee Jeffers, Ellen Belkin et Judy Klain, trois chrétiennes, mariées à des juifs – Gerald Levine, Sam Belkin, et Michael Klain. Les trois couples sont propriétaires du Brownstone!

J'ai encore peu d'informations à leur sujet, mais voici ce que je sais déjà : l'une des femmes, Marylee Jeffers, est du Sud et c'est avec elle que je suis le plus aimable car elle s'occupe du bail. Comme nous, elle vient d'une petite ville de Virginie. Quand elle a entendu mon accent, elle m'a raconté pendant une demi-heure qu'elle avait été la Princesse du Festival des Cacahuètes au lycée. Marylee est très belle. Elle a des pommettes hautes comme grand-mère, un regard vert et a l'air de ne pas se laisser marcher sur les pieds. Puis il y a Ellen, une femme mince qui fait tout le temps du jogging. Elle est catholique et vient de l'Arizona, je crois. Judy, la troisième femme, plus corpulente, m'a dit que ses ancêtres étaient arrivés dans le Connecticut il y a quatre mille ans avec les pèlerins. Elle plaisantait, bien sûr, mais elle prétend qu'il y avait vraiment des descendants du Mayflower dans sa famille et des membres de l'Église épiscopale. Judy est devenue bouddhiste. Ils sont tous aussi perdus que tu me l'avais dit, papa.

Moi aussi, mais je ne peux pas te le dire.

Les trois couples ont acheté l'immeuble au début des années quatre-vingt – c'était une communauté dans laquelle tout le monde se disputait à propos de tout, m'a dit Marylee, et ils fumaient de la marijuana, prenaient du LSD et commettaient tous les péchés des années soixante.

Dieu soit loué, ils en sont sortis indemnes et sont restés de bons amis. Les trois couples sont mariés maintenant, mais je n'ai pas vu d'enfants. Peut-être que les enfants ont grandi et vivent ailleurs. Pour en revenir au restaurant, c'est un bel espace, mais il y a beaucoup de travaux à faire, surtout dans la cuisine. Je t'en parlerai plus tard.

J'ignore encore de nombreuses choses sur ces trois couples, mais je suis sûr qu'ils vont m'aider. Comme tu disais, le Seigneur avait un but en m'orientant vers eux pour ouvrir le restaurant. Marylee et Judy ont préparé le contrat, m'ont tout expliqué et ont vérifié les références que tu m'as données. Pour trois mille neuf cents dollars par mois, chauffage inclus, c'est vraiment une affaire, à New York ! Elles m'ont recommandé des ouvriers et des fournisseurs, elles connaissent la restauration et elles veulent que mon restaurant ait du succès. Elles ont le sens des affaires, surtout Marylee, qui sait comment lancer un produit et veut que le restaurant soit branché.

Quand un restaurant est branché, cela veut dire que tout le monde en parle et les gens font la queue sous la pluie, comme des dindons dans une basse-cour, et attendent des heures sous leurs parapluies pour entrer. Marylee dit qu'à New York, le plus important, c'est d'être branché. Je l'ai regardée un long moment et je lui ai dit :

— Je pensais que le plus important, c'était Jésus.

Elle a hésité et m'a répondu :

— Vous pensez que Jésus était tendance ?

— Il était, il est et il sera toujours tendance, ai-je déclaré.

— Au commencement, Dieu a créé la publicité, a-t-elle dit.

— Amen, ai-je ajouté.

Je te restitue nos dialogues tels quels pour que tu aies une meilleure idée de qui sont ces gens, papa. Ils se croient plus malins que les autres, ils parlent un peu trop vite, mais ce sont les enfants de Dieu et je suis Son serviteur. Le Seigneur est avec moi et grâce à cela, je vaincrai. J'ai gagné l'amitié de Marylee, je gagnerai bientôt celle des autres.

En fait, Marylee a déjà proposé de m'aider à promouvoir le restaurant et à obtenir les autorisations et licences nécessaires, ce qui peut être compliqué. Bien sûr, Marylee et les autres ont besoin de l'argent de la location, mais si elles tiennent tant à ce que ce restaurant marche, c'est parce que les trois précédents ont fait faillite.

— Ils étaient voués à l'échec, m'a expliqué Marylee, mais vous savez pourquoi le vôtre va marcher ?

J'ai levé les yeux au ciel indiquant le Seigneur et elle a dit :

— Parce que vous êtes une bonne réclame.

Puis, pensant à toi, je lui ai dit que mon associé et moi, nous aimerions en savoir plus sur l'échec des restaurants précédents. Elle m'a demandé qui était mon associé. Quand je lui ai répondu que c'était Jésus, elle m'a demandé s'Il allait cosigner le bail et payer le loyer parce qu'à son avis j'étais un peu jeune pour avoir les fonds suffisants. Elle m'a expliqué cela gentiment, mais j'ai été obligé de lui parler un peu de toi, bien que tu m'aies dit de rester discret là-dessus. Ci-joint, tu trouveras les photocopies des documents signés.

Pour en revenir à la fermeture des restaurants, je crois qu'il est important d'en parler car, comme l'a souligné Marylee, New York

26

est une ville où de nombreux établissements sont en concurrence pour satisfaire tous les goûts, ce qui laisse peu de place à l'erreur. Le premier établissement, m'a-t-elle expliqué, était un restaurant diététique. Il n'a pas marché car il n'attirait que des gens tristes qui croyaient que la nourriture était un traitement médical. Le deuxième s'appelait Le Curry de Murray, mais personne ne pensait qu'un curry pouvait être préparé par quelqu'un qui s'appellerait Murray. Et le dernier, Le Vivaneau, un restaurant de poissons, a fait faillite à cause des prix fantaisistes des plats. À New York, dit Marylee, les prix sont aussi importants que la publicité.

Un électricien vient d'arriver et je dois interrompre cette lettre.
À toi en Christ
Ton Billy.

9 janvier 2000

Papa,
Quelques jours se sont écoulés et il y a du nouveau : je ne suis pas le seul locataire dans l'immeuble. Après avoir senti des effluves de désinfectant provenant de la cave, j'y suis descendu et j'ai découvert qu'un professeur de méditation, un bouddhiste nommé Nawang, y vivait. Ce n'était pas du Lysol qui flottait dans l'air, mais de l'encens au bois de santal et au pin qu'il faisait brûler avant de commencer ses prières ou ce qu'il appelle ses méditations. Et il y avait suffisamment d'encens pour purifier un hangar d'avions, ce qui me semblait disproportionné par rapport à la taille de son antre.

J'ai perdu ma patience chrétienne et lui ai dit que son encens puait. Heureusement, quelques jours plus tard, Marylee m'a présenté le bouddhiste et nous nous entendons mieux depuis qu'il a accepté de brûler moins de bâtons nauséabonds. C'est un petit homme couleur chocolat avec des yeux rieurs. Il vit dans l'immeuble et il a un mystérieux emploi aux Nations unies. (Ne t'inquiète pas, papa, je sais que les Antéchrist s'arrangent pour s'introduire aux Nations unies.

Je reste vigilant et je ne baisse pas la garde.) Le bouddhiste donne des cours dans la cave, mais il me semble que Judy, la femme corpulente du deuxième étage, est son unique élève.

Je devrais insister sur le côté Antéchrist, songea Billy. Ça l'a toujours conforté dans l'importance de sa mission.

Comme tu le sais, les bouddhistes s'assoient sur des coussins et fixent le vide; ils ne représentent pas un danger pour nous. Je suis maintenant certain que Nawang et moi sommes les seuls locataires des femmes chrétiennes et de leurs maris hébreux. New York est vraiment la gare des Antéchrist, comme tu le disais si bien.

Marylee travaille dans la décoration, mais je ne sais pas pour qui. Elle travaille peut-être avec son mari qui est dans le revêtement de sols. Apparemment, ils ont rencontré le bouddhiste aux Philippines et il a supplié Marylee de l'emmener aux États-Unis. D'après Ellen, Marylee ramène tout le temps de nouvelles personnes. Et je suis le dernier en date!

Ellen est ce qu'ils appellent une universitaire et elle enseigne la littérature à l'université. Elle adore me poser des questions. Elle a un faible pour ses étudiants, je crois, mais elle le cache. C'est typique des New-Yorkais: s'ils aiment quelque chose ou quelqu'un, ils prétendent le contraire et se montrent toujours distants. Sam, le mari d'Ellen, apparaît rarement et j'ai à peine eu l'occasion de lui parler.

Quand elle n'est pas avec le bouddhiste, Judy Klain travaille dans l'immobilier. Elle vend de grands espaces vides et explique à ses clients qu'il ne faut pas les meubler car cela donne aux chambres une ouverture sur d'infinies possibilités. Je lui ai dit qu'avec Jésus il y avait également d'infinies possibilités, mais elle a fait semblant de ne pas entendre. Judy s'occupe de l'entretien de l'immeuble et de la désinsectisation (à New York, il faut vaporiser tous les mois sinon, après l'hiver, les cafards sortent des recoins et ils sont si gros, paraît-il, qu'ils partent en emportant les chaussures). Judy exagère toujours. C'est à elle que je remets le chèque du loyer, mais l'argent de la caution que tu as envoyé (merci beaucoup), je l'ai donné à Marylee.

Pour en revenir à leurs maris, il y a donc Gerald, dont je t'ai déjà parlé, et Sam, l'époux d'Ellen, qui réalise des documentaires. Ellen dit que Sam est toujours en tournage, en repérage ou au téléphone. Je le vois peu, mais lorsqu'il apparaît, on le remarque: il mesure plus de deux mètres et il est bardé de téléphones portables. Michael Klain, le mari de Judy, est bibliothécaire. Il essaye d'écrire un livre depuis des années, mais personne n'en connaît le thème. Il doit avoir du mal à écrire car il a des yeux fatigués, des lunettes aux verres épais et il est toujours pressé, comme s'il était en proie à un combat intérieur. Je le vois souvent entrer et sortir de l'immeuble avec une pile de livres sous le bras. Il ressemble à un édifice branlant sur le point de s'effondrer.

À présent, voici le bref rapport que tu m'as demandé de te faire à propos du quartier. Tout le monde est pressé, les gens parlent des douzaines de langues que je ne connais pas et vivent dans des immeubles aussi hauts que la Tour de Babel. Et, bien sûr, il y a beaucoup de juifs. Je n'ai jamais vu autant de synagogues! Certaines ressemblent à d'anciennes banques, mais avec des vitraux. D'autres sont minuscules et ont l'air de résidences privées. Ce sont surtout des vieillards qui prient. Hier, je les ai entendus prier dans leur langue juive, qui ressemble beaucoup à l'allemand.

Les trois couples ne vont ni à la synagogue, ni à l'église, ni dans d'autres établissements. En fait, à part Judy, qui médite avec le bouddhiste dans la cave tous les matins, ils semblent accorder peu d'importance à la religion. Les femmes, à mon avis, ont dépassé l'âge limite pour avoir des enfants. C'est peut-être pour cela qu'un sentiment de tristesse et de résignation envahit parfois l'immeuble.

Nous allons changer tout cela!

Il y a trop de stérilité sous ce toit, m'a déclaré Ellen. C'était plus que gênant. Je crois qu'elle l'a fait exprès pour me voir rougir. Mais ce n'est pas grave si cela permet au Seigneur d'entrer dans le cœur de ces femmes.

Je ne sais pas si leurs maris sont des juifs pratiquants. Ils écoutent du rock pendant le shabbat (j'entends souvent Roy Orbison à l'étage d'Ellen et de Sam), ils commandent des plats chinois (certains sentent le porc) qu'ils mangent tous ensemble, et ils donnent un pourboire au coursier. J'entends tout cela de ma chambre, près de la cage d'escalier. Les juifs ne doivent pas se comporter ainsi durant le shabbat. Mais tout cela rendra mon travail plus facile et je vais prendre les choses en main.

Parfois, Marylee descend également dans la cave du bouddhiste. Elle dit qu'elle y fait des étirements et occasionnellement des assouplissements pelviens. Comme je l'ai déjà dit, elle me fait penser à une femme qui n'a jamais eu d'enfants. Marylee, Judy, Ellen et leurs maris ont presque cinquante ans et se connaissent depuis longtemps. Ils ressemblent à une grande famille. Ils se sont certainement rencontrés à l'université. Ils sont assez en forme pour des gens de cet âge, sauf Judy qui est ce qu'on appelle une femme forte. Cela devient frappant quand elle est avec son mari : il est maigre et jaune comme les bâtons d'encens du bouddhiste.

Les premiers rapports écrits étaient toujours les plus difficiles, pensa Billy. Peut-être parce que le monde nouveau qu'il découvrait l'attirait, mais il ne pouvait pas le dire. Quoi qu'il en soit, son père lui avait demandé un dévouement total et il l'obtiendrait. N'était-ce pas son dû ?

À l'avenir, mes lettres seront moins longues. Mais tu as raison, papa, New York recèle de cachettes pour les Antéchrist et le Diable — dans l'immeuble 666 ou dans la foules du métro. Je crois que je ne m'adapterai jamais au rythme de cette ville, mais je fais de mon mieux. Néanmoins, les gens du Brownstone sont un don du Ciel, bien que la cuisine du restaurant soit plutôt un don de l'Enfer : l'équipement est cassé, des fils électriques pendent du plafond et le curry de Murray a tacheté les murs. Nous allons nettoyer toute la surface et les recoins, refaire entièrement l'installation électrique et d'autres travaux seront également nécessaires. Puis, avec mon grand optimisme et d'excellentes recettes chrétiennes, le travail pourra commencer.

Je suis tes ordres à la lettre et n'ai dit à personne quel était le véritable objectif du restaurant. Ce n'est pas facile car Marylee me pose beaucoup de questions. Ce qui est normal puisqu'elle et ses amis en sont tout de même les propriétaires. Mon numéro de téléphone est inscrit en chiffres romains en bas de la page.

N'oublie pas de prendre tes médicaments et de continuer à m'envoyer les mandats. Plusieurs milliers de dollars sont nécessaires immédiatement afin de couvrir les frais (appareils, tables, installations) et il me faut aussi de l'argent la semaine prochaine pour payer l'entrepreneur.

Dieu soit loué, j'avance vite, papa. Le travail va pouvoir commencer.

Il hésita avant de signer. « Billy ? Ton petit Billy ? » Ou alors « William » qui lui donnait l'air d'être plus indépendant ? Parfois, avec son père, ce genre de détails prenaient beaucoup d'importance. « Affectueusement ? » Ou : « Que Dieu soit loué ? » Il se leva, alla au fond du restaurant et s'arrêta devant le miroir cassé au-dessus de l'évier. Il retira ses petites lunettes ovales et scruta son visage comme s'il examinait un chemin inconnu sur une carte routière. Puis, il revint s'asseoir et signa : « Ton fils, William. »

2

Dans son bureau du centre-ville, installée dans un siège en cuir, Marylee essayait de travailler. Malgré les nouvelles fenêtres conçues pour l'insonorisation, elle entendait les klaxons de Madison Avenue. Elle examina son bureau ovale, jonché de dessins, de dossiers de clients et de photographies de fresques murales anciennes. Cela lui semblait familier, comme bien d'autres choses, mais également perturbant et de façon stimulante. C'était comme si quelqu'un avait répandu un élixir dans l'air qu'elle respirait. Pouvait-elle vraiment continuer à recommander à ses clients ces fresques de Pompéi, lesquelles, remarqua-t-elle pour la première fois, présentaient de nombreux petits pénis ?

Elle baissa les yeux vers son clavier d'ordinateur et scruta les plis de son élégante jupe jaune étalée sur ses cuisses. Si seulement sa vie était aussi soignée que sa jupe…

Elle saisit une photo encadrée sur son bureau : Hawaï, vingt ans auparavant. Elle et Gerry dégringolant d'un hamac. Souriants, confiants, beaux, amoureux.

Soudain, Marylee entendit l'alarme d'un véhicule et eut l'impression que le son ne venait pas de la rue mais de la photo et du passé. Elle la remit à sa place et essaya de faire le bilan des récents événements.

Un jeune homme avait surgi de nulle part avec l'idée la plus ridicule du monde : ouvrir un restaurant chrétien. Il n'avait aucune expérience dans la restauration et ne connaissait rien du quartier juif dans lequel il voulait s'implanter. Ce qui ne le gênait absolument pas. Son optimisme était comme un lever de soleil et il avait un sourire de chasseur de proies. Il la mettait mal à l'aise, la déstabilisait, mais curieusement c'était agréable. Elle aurait dû lui dire : « Au revoir et bonne chance. »

Sur son bureau, son travail l'attendait : deux entrées d'immeubles et une boutique de cadeaux dans un hôpital figuraient sur sa liste de priorités. Un assistant apparut dans l'embrasure de la porte du bureau, mais quand il la vit si préoccupée, il repartit.

Elle continua de réfléchir, le regard lointain, lorsqu'un coup de téléphone de Gerry la ramena brusquement sur terre. Comme d'habitude, il n'avait rien de bien important à lui dire. Ce qui provoqua en elle une soudaine exaspération :

— De quoi est-ce qu'on a l'air ? lui dit-elle. Toi au milieu de tes tommettes et moi avec mes tapis, mes paravents et mes papiers peints. Pourquoi est-ce qu'on a choisi de s'occuper de *surfaces* ? Toute notre vie. Depuis tant d'années ! Nous sommes le couple le plus superficiel que je connaisse.

Elle raccrocha sans attendre sa réponse. Qu'aurait-il pu lui répondre ? Gerry ne méritait pas qu'elle lui parle ainsi. C'était un homme généreux, dévoué, l'honnêteté personnifiée. Marylee savait qu'elle regretterait vite ses paroles. Elle sentit une boule au creux de l'estomac, là où son anxiété se logeait. Ce soir, elle s'excusera auprès de Gerry et il acceptera ses excuses. Il lui dira même qu'il est désolé de l'avoir appelée à un mauvais moment. Puis il l'étreindra, lui proposera d'aller jouer au bridge avec Ellen et Sam et, remarquant son silence, il retirera sa proposition. Il mettra un CD de Barry Manilow ou la bande originale de *The way we were* qu'il écoute souvent en ce moment. Ils boiront un verre de vin blanc ensemble et ils s'étendront sur le canapé. Si elle lui envoie des signes, il essayera peut-être de faire l'amour avec elle. Elle acceptera, probablement.

Rien ne changera. Comme toujours.

16 janvier 2000

Cher papa,

Tout se passe à merveille. Pendant que je t'écris, les ouvriers sont en train d'arracher les fils électriques, de casser le plafond et de construire un nouveau mur. Mais tout l'argent a été dépensé et il en faut plus que je ne le pensais. C'est toujours comme ça, non ? Je suppose que ça ne te surprend pas !

J'ai une bonne nouvelle: je n'ai pas pu garder notre secret parce que Marylee m'a dit qu'elle n'allait pas pouvoir m'aider à promouvoir le restaurant si je ne lui disais pas quel en était le concept. En fait, dans son travail, elle crée ce qu'elle appelle des ambiances pour les bureaux et les appartements de gens aisés. Et s'occupe des lancements de produits. Donc je lui ai révélé notre concept. Elle n'a pas cillé, elle a juste dit que l'ambiance à laquelle je pensais laissait à désirer.

William savait qu'il devait faire attention à ne pas blesser son père, néanmoins il ne put s'empêcher de lui dire la vérité.

Je t'ai promis d'être sincère, papa. En fait, voici réellement ce qui s'est passé:

La première réaction de Marylee a été de rire. Mais elle n'a pas ri méchamment. C'était simplement le rire d'une hérétique. Elle est passée ce matin avant d'aller à son bureau et elle était très bien habillée. Comme tous les New-Yorkais, elle était pressée et elle voulait savoir comment allait s'appeler le restaurant. Fièrement, je lui ai dit qu'elle était la propriétaire de Miches et Poissons, la première cafétéria chrétienne des États-Unis. Elle m'a regardé fixement un long moment, puis elle a murmuré:

— *Vous plaisantez ?*

J'ai désigné les ouvriers, les travaux et la pile de factures que je tenais en main. Elle m'a regardé de nouveau d'un air sérieux et a dit :

— *À ma connaissance, William, les chrétiens mangeaient peu. Ils étaient ascètes. Ils jeûnaient tout le temps, non ? Nuit et jour, jusqu'à ce que les Romains les jettent dans l'arène pour qu'ils se fassent dévorer par les lions. Vous avez l'intention de servir des sauterelles et des chardons couverts de miel ? De l'eau et de l'air ? Franchement, William, c'est absurde, il n'y a jamais eu de cuisine chrétienne.*

— *Maintenant, elle existe, lui ai-je répondu.*

— *Je vous conseille de revoir votre concept si vous ne voulez pas subir le même sort que* Le Curry de Murray. *Il n'y a que des juifs dans le Upper West Side au cas où vous ne l'auriez pas remarqué.*

— *Vous commencez à comprendre.*

— *Pardon ?*

— *Il y aura aussi la parole de Dieu sur toutes les tables avec le sel et le poivre. Les gens pourront la lire en mangeant, lui ai-je dit.*

— *Pendant qu'ils mangeront des chardons ?*

— *Non, des petits pains et de délicieux poissons.*

Elle se concentrait pour essayer de comprendre et cela devenait vraiment excitant, papa.

— *Très bien, a-t-elle dit, expliquez-moi de nouveau votre idée.*

— *Si pour atteindre le cœur des gens, il faut passer par leurs ventres, on peut prendre la même route pour atteindre leurs âmes, lui ai-je déclaré.*

— *L'âme des chrétiens ?*

— *Non, madame. On ne refoulera pas les chrétiens à l'entrée, mais en termes de marché, ils ne représentent pas notre cible principale.*

— *Vous…*

— *Oui, j'ai poursuivi, ce sont les juifs que nous cherchons à attirer avec nos plats. Puis, nous leur enseignerons la religion chrétienne et nous les baptiserons au nom du Seigneur.*

Mon cœur a commencé à battre à toute vitesse.

— *Vous savez ce qui va nous arriver si on vous loue ce restaurant ? m'a-t-elle demandé. Nos maris vont nous tuer ! Maintenant, vous allez venir ici et vous allez vous expliquer, jeune homme.*

Elle m'a fait asseoir comme un gosse sur un sac de ciment et m'a demandé si j'étais vraiment sérieux avec mon projet. Voici ce que je lui ai répondu :

— *Grâce au pouvoir de la Bible, de la Bonne Nouvelle et de la bonne cuisine (nous savons que les juifs adorent manger), nous les guiderons vers le Seigneur. Il attend le retour de Son peuple.*

— *Vous en êtes certain ?*

— *C'est juste une question de temps.*

— *Dans ce cas, a-t-elle dit, il y a vraiment un problème. Je vous conseille de ne rien dire à Gerry ni aux autres. Pas avant que j'aie réfléchi à tout ça.*

J'espère que tu seras fier de ma réponse.

— *Nous aimons tous les hommes, ai-je déclaré, mais en particulier les juifs. Et nous voulons le leur prouver en leur montrant la voie qui mène au Seigneur à travers la nourriture. C'est un concept simple à comprendre.*

Elle m'a dévisagé d'un air perplexe, comme si elle se demandait si elle avait affaire à un génie ou à un idiot. Plutôt à un idiot. Tu m'as dit de ne pas être timide et j'ai continué sur ma lancée :

— *Vous pensez qu'il n'y a pas de cuisine chrétienne, mais vous vous trompez. Jésus était juif. Il a créé le* seder[1] *de la Pâque juive, la Cène et l'agneau pascal. Les plats de Jésus étaient des plats juifs. Voilà pourquoi il va toucher le cœur des juifs avec la cuisine juive à* Miches et Poissons, la cafétéria chrétienne.

Marylee a répété plusieurs fois le nom comme si elle essayait une nouvelle robe.

— *C'est notre nom, ai-je dit, et nous pourrons ouvrir ce restaurant sans offenser vos charmants maris et les autres personnes juives qui y viendront.*

---

1. Plats dont les composants symbolisent chacun un élément important de la sortie d'Égypte de Moïse et de son peuple.

— *Vous allez les offenser ! Les leurrer...*

— *Les attirer ici...*

— *Et essayer de les convertir ? Dans ce restaurant ?*

— *Vous m'aiderez en vous occupant de l'ambiance et de la publicité, je prendrai en charge le reste du travail du Seigneur.*

Marylee s'est mise à examiner les lieux, les panneaux de plâtre, les piles de câbles, de bois et de ciment. Je la suivais des yeux, lui laissant le temps de bien assimiler notre concept.

— *Nos maris vont nous tuer, a-t-elle répété. Et plutôt deux fois qu'une.*

Au sujet de l'assurance, rassure-toi, elle ne pensait pas que Gerry Levine allait l'assassiner. Comme tous les gens de New York, elle exagère toujours. Son mari sera probablement furieux, mais il n'y aura pas d'homicides.

Je travaille jour et nuit avec ardeur et j'ai hâte de voir notre projet se concrétiser. D'après mes calculs, le restaurant pourra ouvrir dans trois mois. Je te tiendrai informé de l'évolution des travaux. Continue à m'envoyer ton soutien.

À toi en Christ,

William.

3

À l'approche de la nouvelle soirée Caracas, Judy et Ellen
étaient si pressées de parler à Marylee qu'elles poussèrent
leurs maris à enfiler en hâte des vêtements de sport sales
et les conduisirent presque à Caracas elles-mêmes. Judy
donna à Michael cinq cents milligrammes de vitamine E
(bonne pour le cœur) contenue dans un cachet de la taille
d'une balle de revolver. Ellen rappela à Sam de ne pas
oublier d'acheter du lait, du soda et des filtres à café,
vendus moins cher dans le New Jersey. Puis elles expé-
dièrent leurs hommes dans la Toyota de Gerry et foncèrent
chez Marylee.

— Bonsoir ma chérie, dit Ellen en franchissant le seuil de
la porte, avec dans les bras une pile de copies. Nous savons
tout, tu ne peux plus rien nous cacher!

— Vous cacher quoi? répondit Marylee. Entrez et excusez-
moi pour le désordre.

Des souvenirs de Marylee jonchaient le sol: des livres de
classe ouverts, une douzaine de photos et un assortiment de
petits drapeaux en plastique des Confédérés.

— C'est pour mélanger les cocktails, expliqua-t-elle.
Ce sont des reliques d'une valeur inestimable.

— Tout ça est bon pour le Musée, déclara Ellen.

Ellen s'agenouilla, jeta un œil sur l'album de photos de leurs années de lycée et repéra Marylee.

— Tu es toujours aussi jolie, dit-elle. Il n'y a que ta coupe de cheveux et tes opinions qui ont changé. Pourquoi tu ne nous as pas dit ce qui se passait ?

— Je vous ai tout dit.

— Ne sois pas lâche M.L., menaça Ellen. Tu en savais plus que ce que tu prétends.

— Pas vraiment. Vous voulez un thé ? Qui veut quoi ?

— Bouge pas, dit Judy, saisissant fermement le bras de Marylee, l'empêchant d'aller dans la cuisine. Dis-nous comment tu comptes faire pour rompre le bail ?

— Le rompre ? mais il vient juste de le signer.

— C'est toi qui l'as laissé signer.

— Avec votre accord, rappela Marylee.

— On a fait une erreur, c'est évident, dit Ellen. Maintenant il faut la réparer.

— Les frais d'avocats ne sont pas donnés, ajouta Judy. Nos hommes vont nous tuer. Mais si on ne rompt pas le bail, le châtiment sera pire.

— On va le faire annuler, affirma Ellen.

— Avec quel argument ? demanda calmement Marylee.

— Peu importe. On est à New York, répondit Ellen. Tout est possible.

— Il va nous assigner en justice, déclara Marylee, bien qu'elle n'en fût pas du tout certaine.

— Et alors ? On se défendra, dit Ellen. C'est pour ça que Dieu a inventé les avocats.

— Il n'est pas méchant, expliqua lentement Marylee. Il ne représente aucun danger pour la société. J'y ai vraiment réfléchi.

— Pas assez, répliqua Ellen.

Judy s'installa sur le canapé de Marylee, posa ses mains sur ses genoux et joignit ses deux pouces. Mais elle ne ferma pas les yeux.

— Est-ce que tu peux calmement nous faire part de tes réflexions concernant William Harp ? demanda-t-elle.

— Tu ne vas pas te remettre à méditer ! jeta sèchement Ellen.

— Arrête d'aboyer ou je méditerai devant toi jusqu'à ta mort, répondit Judy.

Marylee assistait à une dispute plutôt comique qui ne l'amusait plus. C'est précisément ce qui me plaît chez William. Avec lui, au moins, il y a la paix, et il y a...

— Très bien, dit Ellen, en agitant les dissertations de ses étudiants. J'ai de quoi m'occuper pendant que vous échangez vos opinions sur William Harp. J'aimerais simplement savoir une chose M.L. Pourquoi tu l'as laissé signer le bail alors que tu savais parfaitement ce qu'il préparait ?

Cela faisait des années que Ellen la prenait pour une étudiante, pensa Marylee. De quel droit se permettait-elle de lui parler ainsi ? C'était comme si elle lui disait : « Tu auras une mauvaise note si tu ne laisses pas tomber William Harp. » Avec simplicité, elle répondit :

— On a discuté, on a pris une décision, on a loué.

— En étant au courant de tout ? s'énerva Ellen.

— Il n'y a aucune raison pour que notre amitié se transforme en hostilité, dit lentement Judy, comme si elle espérait régler le problème avec une secrète technique bouddhiste. Il n'y a aucune raison de ne pas croire que Marylee est de bonne foi. Ce n'est tout de même pas la fin du monde.

Des mots jaillirent de la bouche de Marylee :

— Ça, ce n'est pas sûr.

— Pardon ? demanda Judy en changeant de position.

— Voilà pourquoi ce William doit partir, dit Ellen. Il lui a jeté un sort apocalyptique.

Elle se tourna vers Marylee :

— Tu connais les règles ? C'est la majorité qui l'emporte, alors dis à ton Jésus d'aller s'installer ailleurs.

— Pas de cette façon. Sûrement pas.

— Écoute, dit fermement Judy, si ce type reste, Michael va péter les plombs, et je vais me retrouver avec le Docteur Folamour. Michael est déjà assez bizarre comme ça, ce n'est pas un missionnaire qui va l'arranger.

— Et pense à la *bobe*[1] de Sam, ajouta Ellen. Et au *zayde*[2], et aux dix-sept membres de sa famille qui sont morts...

— Attends, la coupa Judy, qui connaissait d'avance la suite du discours d'Ellen. Quand ils meurent, les gens ne restent pas des corps qui guettent les vivants pour les sermonner. Les morts sont des atomes, des grains de poussières, des photons dans le cycle sans fin de *samsâra*[3].

— *Samsâra shmamsara*, dirait *zayde*, poursuivit Ellen. Pour Sam, les morts ne sont pas des atomes de poussière. Et sous mon toit, en matière de violence domestique, c'est son opinion qui compte. Pour lui, les morts sont les corps des membres de sa famille juive. Si nous louons à un missionnaire chrétien, ils vont tous se retourner dans leurs tombes comme dans une comédie musicale de Busby Berkeley.

Dès qu'Ellen et Judy commençaient à évoquer en yiddish petit-nègre les grands-parents européens, la conversation se terminait immanquablement sur l'Holocauste, les nazis et la disparition totale de l'héritage juif.

— C'est évident, conclut Ellen, il y a un problème incontournable.

— Vous êtes ridicules avec vos *bobe* et vos *zayde*, reprocha Marylee, surprise d'entendre son accent du Sud ressurgir malgré elle. Vous êtes ridicules avec vos sombres prophéties alors qu'il ne s'est encore rien passé! Vous savez ce qui est le plus pathétique? C'est que vous dites mot pour mot, et avec les mêmes sentiments, ce que Sam et Michael diraient.

---

1. Grand-mère en yiddish.
2. Grand-père en yiddish.
3. Cycle des renaissances chez les bouddhistes.

D'un geste résolu, Ellen posa sa pile de copies. Elle remonta ses lunettes sur la rougeur en haut de son nez, leva les mains d'un air exaspéré et déclara :

— Nous sommes mariées à ces hommes, au cas où tu ne l'aurais pas remarqué !

— Tu as examiné ton corps récemment ? Tu existes en dehors de ton mari. Nous sommes mariées, mais nos têtes ou les autres parties de notre anatomie ne sont pas liées aux leurs ! En tout cas, pas les miennes. Et le pire, c'est que vous n'en êtes même pas conscientes. Écoutez, je comprends votre réaction. Quand j'ai discuté avec William Harp, j'ai tout de suite pensé que si on ne le virait pas *illico presto*, le divorce serait imminent. Mais c'est absurde ! Nous ne sommes pas des perroquets ! Et si ça dérange vraiment nos maris qu'on loue à ce jeune homme, ça veut dire quoi, que nous sommes des femmes asservies ?

— Merci, Périclès, dit Ellen.

— Ton ironie renforce ma détermination.

— À faire quoi ? demanda Ellen.

— À honorer le bail, répliqua Marylee. Moi, je sais que Gerry n'en fera pas un fromage. Il m'aime et il comprendra. Et si vous encouragez vos maris à ne pas réagir de façon totalement irrationnelle, Gerry pourra servir de modèle à vos deux dingues.

— Je parie dix dollars que Gerry va hurler, dit Judy. Et ils vont prendre un avocat.

— Je double la mise, renchérit Ellen.

— Nous avons encore notre propre identité ? interrogea Marylee. Nous sommes mariées à des hommes ou à leur religion ? Par ailleurs, je vous rappelle qu'ils ne sont pas vraiment pratiquants.

Un grand blanc suivit et Marylee en profita pour apporter du thé et des biscuits. Les femmes restèrent silencieuses, le tic-tac de la pendule accrochée derrière les plantes de la cuisine faisant concurrence au bruit des tasses entrechoquées.

Ellen agita son crayon au-dessus de sa pile de dissertations. Judy quitta la table et retourna sur le canapé où elle prit une posture douloureuse, forçant ses pieds à pointer vers ses aisselles. Comme toujours, ses pouces se touchaient légèrement. Quand ses pouces étaient séparés, cela signifiait qu'elle était très énervée. À travers la fenêtre, Marylee remarqua une mince branche d'ailante qui lui évoqua la faux de la Mort désignant Broadway. Quand le silence devint trop pesant, elle déclara :

— Alors, nous sommes devenues comme nos maris ? Qui s'est converti au judaïsme ? Est-ce qu'il y a une épouse juive parmi vous ?

— Nous sommes toutes naturellement converties, nom de Dieu ! répondit Judy

— Elle a raison, ajouta Ellen. Converties d'office, par le mariage.

— Pas moi, rétorqua Marylee, je n'ai pas ce sentiment. Je suis toujours une *shiksa*[1].

— Après vingt Pâques juives, dit Judy, et je ne sais combien de Hanoukka et de bar-mitsva, on se sent imprégné de cette religion. On connaît cinq mots de yiddish... puis, dix ans plus tard, une bonne douzaine. C'est comme si c'était notre langue maternelle. Tu comprends ce que je veux dire ? C'est une sorte d'osmose.

— Donc, résuma Marylee, vous n'êtes ni orthodoxes, ni conservatrices, ni réformistes, ni simplement mariées à des juifs. Vous êtes différentes. Vous n'avez pas encore été identifiées, étiquetées et cataloguées. Comment pourrait-on vous baptiser ? Converties d'office ? Non, j'ai mieux. On n'en a jamais entendu parler dans l'histoire des juifs du Upper West Side. Vous êtes des juives osmosées.

— C'est ça, dit Ellen en se levant et en singeant un salut militaire, des juives osmosées et fières de l'être.

Judy changea de posture et dit :

---

1. Non-juive en yiddish.

— Il n'y a pas besoin d'être juif pour refuser qu'un missionnaire chrétien s'installe sous notre toit.

Marylee se pencha vers Judy et lui replaça ses pouces l'un contre l'autre.

— Dans ce cas, répliqua-t-elle, qu'est-ce que fabrique un bouddhiste dans notre immeuble ? Du tricot ? Personne ne s'est opposé à lui louer la cave, que je sache. Et qu'est-ce que tu fais avec lui depuis des années ?

— Ce n'est pas pareil, protesta Judy. Nawang fait bande à part. Il reste dans la cave.

— S'il y a un bouddhiste dans la cave, il peut bien y avoir un chrétien au rez-de-chaussée, je ne vois pas où est la différence.

— Sur ce point, elle a raison, approuva Ellen.

— Nawang ne fait pas de prosélytisme, dit Judy.

Elle changea ses mains de position, s'en servant comme des instruments de rituel, espérant peut-être que ses gestes constitueraient un argument. Mais Marylee et Ellen restèrent de marbre.

— Écoute, dit Ellen, avant de rencontrer Nawang, tu t'intéressais autant au base-ball qu'au bouddhisme. Maintenant tu es devenue une fan du Dalaï-Lama.

— Le bouddhisme est une technique, pas une religion, insista Judy. Ça permet d'être moins stressé et d'apprendre à respirer. Nawang n'ouvrirait jamais un restaurant qui serait une provocation.

— Nawang passe des annonces pour ses cours, dit Marylee. Quand il a collé des prospectus ridicules sur tous les réverbères de Broadway, nous sommes intervenues ? Non. Mais il fait la promotion de sa religion et, sur toi, ça a marché.

— Nawang ne cherche pas à nous voler nos âmes, affirma Judy. Mais cet évangéliste, lui, n'attend que ça.

— S'il te plaît, intervint Ellen, ne parle pas d'âmes... si je vois le mot « âme » sur une dissertation, je le raye et demande à l'étudiant : « Vous voulez parler de personnalité, de sentiments spirituels ? Ne restez pas vague. »

– Tu sais très bien ce qu'est une âme, lança Marylee à Ellen.

– Je sais ce que c'est que l'âme d'une poutre, d'un rail, mais si une âme humaine se promenait dans la rue le soir d'Halloween et me mordait, j'aurais encore un doute.

– On peut avoir une minute de silence ? supplia Judy. Cette conversation ne mène nulle part.

Puis elle se mit à psalmodier « *sunyata*[1] », son mot de sanscrit préféré.

Ellen soupira et inscrivit un D+ au feutre rouge sur une dissertation intitulée : « Les choses changent toujours vite dans le monde moderne d'aujourd'hui. » Judy continua à méditer et Marylee commença à laver la vaisselle le plus discrètement possible afin de ne pas déranger ses amies. Elle essaya de se concentrer sur chaque tasse, chaque cuillère car, selon Judy, cette technique permettait d'exécuter les corvées ménagères avec joie. Mais, soudain, un souvenir d'enfance, qui ressurgissait souvent depuis l'arrivée de William Harp, créa une interférence dans sa concentration : elle revit le message inscrit près de l'église de Peanut Valley, Virginie. Des lettres blanches se détachaient sur un rectangle noir encadré d'acier inoxydable, planté sur une pelouse verte. Quand une laverie automatique avait ouvert à côté de l'église, un membre de la paroisse avait écrit : DIEU LAVE TOUJOURS PLUS BLANC.

Ellen posa ses copies et dit :

– Voilà ce qui ne va pas, M.L. Le bail de Nawang est résidentiel. Or, depuis cinq ans, il se sert de la cave pour donner ses cours, ce qui est totalement illégal. De plus, il vit avec un mouton. On va finir par avoir des ennuis avec ce mouton. Mais on laisse faire parce que Judy le protège. Et maintenant, tu penses qu'on devrait louer à ce missionnaire parce qu'il est mignon, ou pour je ne sais quelle raison. Résultat des courses : soit on laisse de nouveau faire, soit on les vire tous les deux.

----

1. Le Néant.

— Le bail de William Harp est commercial et totalement légal, répondit Marylee. Et permettez-moi de vous signaler que nous avons besoin de son loyer pour rembourser notre emprunt. Il ne s'agit pas de charme ni de prosélytisme, il s'agit d'argent.

— Je n'ai jamais trouvé Nawang mignon, par ailleurs, coupa Judy en rougissant. La contemplation n'a rien de mignon. La contemplation n'a aucun rapport avec les biens immobiliers.

— Bien sûr, soupira Ellen en se replongeant dans ses copies. J'ai l'impression de discuter avec deux collégiennes.

Marylee savait que William avait déjà discuté avec Nawang au sujet de l'encens et du mouton. Lequel n'était pas seulement un animal de compagnie, mais également un animal sacré aux yeux du bouddhiste. Depuis trois ans, à la demande de Nawang, ils laissaient le mouton paître dans le petit jardin du Brownstone. Et ce, contrairement au règlement sanitaire, administratif, au code Napoléon et à d'autres codes, affirmait William. Il connaissait toutes les lois.

Ellen grimaça en lisant le titre d'une dissertation (« Une équipe de sport gagnante peut contribuer à unir les habitants de notre ville incontrôlable. »), puis releva la tête.

— Et n'oubliez pas une chose, dit-elle, plus il fera de rénovations, plus il investira d'argent et moins il aura envie de partir. Il a déjà fait beaucoup de travaux. Si nous voulons intervenir, il faut agir vite.

— On peut également ne rien faire, proposa Judy. L'inaction est une forme d'action.

— Tu vas la boucler ! s'écria Ellen. Je n'ai rien contre toi, mais Seigneur…

Marylee riva ses yeux sur Ellen comme si elle venait de surprendre une chrétienne rejetant une bouddhiste. Judy rapprocha ses pouces et prit la position *mudra*.

— On ne pourrait pas être un peu plus compréhensives les unes vis-à-vis des autres ? murmura Judy. Et essayer de parvenir à une entente ?

— Pour toi, tout doit être clair et simple, répliqua Ellen, mais pour nous, ça ne marche pas comme ça. Nos vies sont complexes.

— Pourquoi tu tiens tant à cette opposition entre *vous* et *moi* ? Ce sont de fausses dichotomies, sources d'attachement et de souffrance.

— Fais quelque chose M.L., implora Ellen, aide-la.

— Quand on voit ta tête, c'est plutôt toi qu'on a envie d'aider, rétorqua Judy.

Ellen remit le capuchon de son feutre et lâcha :

— Je vais te dire ce qui va se passer. Quand le restaurant fera faillite, Harp deviendra comme ton Nawang, une curiosité religieuse dans notre immeuble, un autre détritus du nouveau siècle et du nouveau millenium. Le chrétien rejoindra le bouddhiste dans sa marginalité. Le Nirvana et les Portes du paradis seront bradés dans notre immeuble.

— Tu oublies une chose, coupa Marylee, imagine que le restaurant ait vraiment du succès ?

— Il n'en a jamais eu, il n'en aura jamais.

— Sauf si Dieu est avec William, lâcha Marylee.

Les mots, comme les paroles d'une chanson oubliée, avaient jailli brusquement de sa bouche.

— Ce cliché a vraiment un sens pour toi ? lui demanda Ellen, regrettant déjà sa question.

La corde sur laquelle Marylee et ses amies avaient essayé de ne pas trop tirer commençait à s'effilocher. Marylee se planta devant Ellen et dit d'un ton sourd :

— Il te paraît impossible que je croie encore en Dieu ? C'est un péché d'aimer Jésus quand on vit dans le Upper West Side ? Dans cet immeuble, le cynisme est aussi dense que les embouteillages sur Broadway. Tu as changé, Ellen. Je me souviens comment tu...

— Ce ne sont pas les juifs qui m'ont rendue cynique, si c'est ce que tu sous-entends. Les juifs n'ont pas inventé le cynisme. Moi, je suis née sous le signe de Saturne dans le grand désert de l'Arizona et j'en suis fière. Le cynisme est-il génétique ? Veuillez écrire trois paragraphes sur ce sujet. Écoute, le restaurant va probablement être un échec, et notre vie redeviendra à peu près normale. Point final.

Judy joignit de nouveau ses mains comme si elle allait prier.

— Un nouveau restaurant végétarien ou de poissons pourrait peut-être marcher, avança-t-elle, mais un restaurant chrétien ? Comment tu peux miser là-dessus ? C'est pourtant toi la femme d'affaires parmi nous.

— Il y a de la musique chrétienne, des librairies chrétiennes, un style de vie chrétien, pourquoi pas un restaurant ?

— Ils jeûnent tout le temps ! s'écria Ellen. Et ils boivent surtout de l'eau si mes souvenirs sont bons. Imaginez un peu ça : de l'eau minérale chrétienne, des dates, des figues, du miel et des grenades. Sam va en mourir de rire. Et si jamais il survit, il ira tout casser dans le restaurant.

— On peut peut-être voir l'aspect positif des choses ? suggéra Marylee. Tout d'abord, William a l'intention de servir des plats juifs ! Et si Michael, Sam ou Gerry y voient un inconvénient, on leur rappellera gentiment les échecs passés des précédents locataires. Au moins, l'idée de William est nouvelle. Et il a fait un dépôt de garantie pour un an de loyer, comme nous l'avions exigé. L'immeuble est également protégé contre les dégâts que son travail peut occasionner. Il nous a fourni le plan des travaux projetés. Vous l'avez vu. Et il s'est arrangé pour que tous les employés bénéficient d'une assurance et d'une couverture sociale. Si le livreur de pizzas dérape, nous n'aurons pas d'ennuis. Si un électricien provoque un court-circuit dans l'immeuble et grille tous les fils, nous sommes couverts. Il suit religieusement les règles, avec le sourire.

— Religieusement, comme tu dis, coupa Ellen. Il a l'intention de convertir les cousins de Sam et tous nos voisins en chrétiens. Mais, c'est un détail, je suppose.

— Personne n'a dit que c'était un détail, répliqua Marylee. Mais est-ce qu'on devrait le chasser de la ville ou faire annuler le bail simplement parce que son métier est de convertir les gens ? Il pense que des âmes peuvent être sauvées, et alors ? C'est une conviction pleine de compassion. C'est tout à fait légitime. Ou, comme on dit chez *bobe* et *zayde* durant la Pâque juive : « En quoi le commerce de la conversion est-il différent des autres ? »

— Ce qui est bien chez les juifs, dit Ellen, c'est qu'ils ne font pas de prosélytisme. Ils fichent la paix aux autres. En plus, ce sont des maris fidèles. Voilà pourquoi je suis fière d'être une juive osmosée.

— Attendez, intervint Marylee. Écoutez-moi encore un peu.

La fermeté de sa voix lui procura un sentiment jubilatoire. C'était comme si elle faisait du vélo pour la première fois où comme si elle avait réussi un tour de force qui lui ouvrait grand les portes du monde.

— Depuis des années, en ce qui concerne la théologie, vous croyez qu'on n'a subi aucune pression de la part de nos maris. Bien sûr, ça les arrange de penser qu'on n'attache aucune d'importance à la religion et qu'on s'en tamponne depuis vingt ans ! Mais imaginez qu'on ait changé ? Peut-être pas vous, mais moi ? Maintenant, à cet instant précis. Que je prenne subitement la religion au sérieux… depuis l'arrivée de ce jeune homme. Que vous la preniez également au sérieux. À votre avis, ils vont réagir comment ?

— Tu exagères, dit Judy.

— Vraiment ? Pourtant tu laisses Ellen se moquer de ta religion bouddhiste, et ses sarcasmes sont gentils comparés à ceux de ton mari.

— Ce n'est pas vrai.

— Je ne crois pas que Michael – ou les autres – respectent ta nouvelle foi. Je suis navrée de te le dire.

— Pas ma foi. Mes techniques.

— Oui, si tu veux, tes techniques, peu importe. Mais laissez-moi vous dire une chose : ça fait des années que nous subissons le prosélytisme de nos maris. Silencieusement, d'accord, mais méthodiquement. Même s'ils ne l'avouent pas, ils pensent que le judaïsme est une religion supérieure aux autres, un meilleur chemin à suivre et qu'un jour ou l'autre, parce que nous avons eu la brillante idée de les épouser, nous parviendrons également à cette conclusion. Comme ça, quand ils seront trop vieux pour dormir sans faire pipi au lit, nous les dorloterons avec une sorte de compassion juive. Je suis sûre qu'ils y pensent tout le temps. Au mieux, ils tolèrent tes méditations, Judy, ou toutes autres pratiques différentes des leurs. En réalité on fait semblant de ne pas le remarquer.

— Qu'est-ce que tu as mangé, ce soir ? demanda Ellen.

— Et pourquoi ? poursuivit Marylee. Parce qu'on refuse d'admettre ce qu'une idée qui sort du cadre habituel provoque en nous. Grâce à ce nouveau restaurant, j'ai pris conscience d'une chose évidente : ça fait des années que j'accepte de subir un lavage de cerveau. Voilà la vérité. William Harp a une influence positive. J'en suis certaine.

— Très bien ! dit Judy. *Amen.* Quelle est ta conclusion, Ellen ?

Ellen se tut un long moment puis déclara :

— J'ai encore de nombreuses copies à corriger avant d'aller me coucher.

Après un court silence, elle ajouta :

— On ne devrait pas laisser William Harp s'installer chez nous.

Marylee fut prise d'un élan soudain qui la propulsa vers un piano à queue installé à l'autre bout de la pièce. Le piano lui avait été offert par Ellen et Judy, le jour de ses quarante ans, mais elle en avait rarement effleuré les touches. En caressant le bois froid et poli du bout des doigts, elle sentit que l'instrument avait attendu patiemment que ce moment arrive. D'un geste théâtral, elle souleva le couvercle, plaqua un accord, puis s'assit sur le tabouret.

— Vous vous souvenez de cet air ? demanda-t-elle, tandis que les premiers accords de *En avant, soldats chrétiens !* résonnaient triomphalement dans la pièce. Qui chante avec moi ?

4

Le jour suivant fut pluvieux et mélancolique. Dans son bureau, Marylee regretta de ne pas être avec William Harp. Elle s'imaginait avec lui sur le chantier du restaurant chrétien, au milieu des odeurs puissantes de plâtre et de peinture. Ils ne marchaient pas main dans la main, bien sûr, mais côte à côte, tels deux partenaires silencieux, échafaudant quelque chose d'important.

Marylee fut prise d'un léger vertige. Elle rétablit son équilibre en s'agrippant au bord de la fenêtre et regarda le flot de passants déambuler sur Madison Avenue. « Une personne à la fois », dit-elle à voix haute, puis elle se concentra sur un parapluie jaune qui se détachait de la foule en progressant rapidement. Elle pensa de nouveau à William Harp et essaya de communiquer avec lui par télépathie. Elle se demanda si elle était amoureuse du jeune missionnaire et se sentit stupide. Puis elle se dit que ce qu'elle éprouvait, bien que confus, était d'un autre ordre.

Le lendemain matin, en sortant de l'immeuble, elle aperçut William qui examinait un plan dans le restaurant. Elle le salua en passant et s'éloigna rapidement. Sa priorité du jour était d'être particulièrement attentionnée avec Gerry. Elle envisageait de lui préparer un bon dîner en lui faisant son plat préféré : des pâtes au pistou avec des pignons et du sucre brun. Elle voulait lui faire plaisir car il s'était montré plein de sollicitude envers elle. Il ne la questionnait pas, il lui tenait la porte, il attendait qu'elle s'asseye à table la première. Il était si galant qu'elle avait l'impression de le poignarder dans le dos.

Ils s'installèrent sous les plantes vertes et mangèrent en silence. Poliment, ils se passèrent le sel, le poivre, l'huile de colza. Ils échangèrent quelques mots sur les feuilles naissantes des bégonias et le lierre qui résistaient admirablement à l'hiver. En l'espace d'un repas, c'était comme si une main invisible venait d'effacer vingt ans de vie conjugale et qu'il leur fallait faire un terrible effort pour repartir de zéro.

— J'ai pris notre relation pour acquise, lâcha finalement Gerry. Je ne le ferai plus.

— Tu as l'air ailleurs depuis quelques semaines, dit Marylee sur un ton qu'elle aurait souhaité moins sec. C'est ça, ta façon d'exprimer ton malaise ?

— Écoute, je sais que certaines choses... te rendent triste.

Gerry pensait à la stérilité, aux innombrables tests, au sentiment d'échec, à toutes leurs tentatives passées. Il avait voulu croire que tout cela était oublié. Mais peut-être que Marylee ne pourrait jamais l'oublier. Ou peut-être qu'il s'agissait d'autre chose. Il ne savait jamais avec Marylee. Elle ne lui donnait aucun signe, aucune piste. Donc, la meilleure approche qu'il avait trouvée avec elle était de ne pas focaliser sur quelque chose de précis.

— Je voulais te demander ce qui te rendait triste, dit-il.

— Je ne suis pas triste ! Je suis plutôt en forme. Le boulot marche bien et il y a le restaurant, maintenant.

— Quel restaurant ?

— Celui du nouveau locataire. C'est une grosse responsabilité et je m'en occupe. J'ai peu de temps libre. Comme toi.

— Tout va bien, alors ?

— Super.

— En fait, c'est moi qui suis un peu triste, dit-il. Si quelque chose a disparu entre nous, c'est parce que je n'ai pas réagi assez tôt.

Marylee remarqua le regard passionné et soumis de Gerry, la lueur d'espoir qui brillait dans ses yeux bruns. Il avait toujours eu les yeux d'un jeune homme curieux, avide et, surtout, prêt à tout pour aider les autres. Marylee n'avait jamais su que faire de tant de sollicitude, de tant d'attentions. Si elle avait voulu, elle aurait pu passer des années à le remercier, merci Gerry, merci pour tout ce que tu fais pour nous. Elle savait qu'Ellen et Judy la trouvaient un peu égoïste vis-à-vis de Gerry, mais il ne lui faisait aucun reproche à ce sujet. Il était comme une ressource naturelle inépuisable, un Niagara de générosité sans fin dont elle était l'éternelle et ingrate bénéficiaire.

Elle se leva et l'embrassa doucement derrière l'oreille, un baiser neutre : ni chaste, ni excitant. Ils finirent leur repas, débarrassèrent la table et firent la vaisselle sans échanger un mot.

Plus tard, quand ils découvrirent dans le réfrigérateur que le lait destiné au café du matin de Marylee était tourné, Gerry insista pour sortir en acheter, même s'il faisait très froid dehors. Marylee eut l'impression qu'il aurait été prêt à aller traire une vache à la campagne et à écrémer le lait lui-même avec ses doigts gelés si elle le lui avait demandé.

Quand il revint de l'épicerie, Marylee remarqua que le froid l'avait revivifié. Il changea un robinet cassé dans la salle de bains. Il s'excusa de ne pas l'avoir réparé plus tôt. Ils s'inoculaient mutuellement une forte dose de courtoisie, comme des voyageurs se préparant à entrer en territoire dangereux. Assis sur le sofa, ils lurent jusqu'à ce que les yeux de Gerry se ferment. Son menton s'affaissa. Le livre, une série de photos aériennes de Paris, lui tomba des mains. Avec fascination et soulagement, Marylee observa les différentes étapes de son assoupissement. Une fois endormi, il ne pourrait plus proposer de l'aider. Son amour ne lui donnerait plus de complexes. Elle le regarda dormir en l'écoutant ronfler. La respiration plongeait dans un silence humide et, à l'improviste, une explosion sonore retentissait.

Soudain, Marylee scruta Gerry adossé contre les coussins, la bouche et les yeux légèrement ouverts, le ronflement jaillissant du fond de la gorge comme le moteur d'un petit avion vrombissant pour gagner de l'altitude. Elle l'avait déjà vu dans cette position. Elle s'en souvint avec une troublante clarté : elle était à l'hôpital et se réveillait après une opération.

– Maintenant, je sais, dit-elle avec soulagement (Gerry aurait pu l'entendre s'il avait été éveillé), tout ça n'a pas commencé à cause de William Harp.

Comme si les traitements pour la fertilité n'avaient pas suffi à lui gâcher la vie, deux ans auparavant Marylee s'était découvert une boule dans un sein. Après la biopsie, la chimiothérapie avait suivi, puis la chute de ses cheveux. Elle s'en était bien sortie et Gerry avait été merveilleux avec elle durant sa maladie. Mais il y avait eu un incident à l'hôpital : quand elle s'était réveillée, voir Gerry dormir l'avait déprimée. Pour la première fois de sa vie, elle avait ressenti un vide immense.

Elle avait passé la nuit à se palper. C'était normal après une telle opération. Ses doigts couraient sur sa peau et, tandis qu'elle ressentait encore les effets de l'anesthésie, elle les imaginait comme un peloton de cinq, dix soldats marchant de long en large autour de sa blessure. Leur mission était de lui faire un rapport sur les limites et les contours du pansement. Mais les soldats avaient continué de marcher maladroitement et bruyamment et le rapport ne lui était jamais parvenu.

C'était sans doute les effets du Demerol. C'est ce qu'elle s'était dit pour justifier ce qui était arrivé après. Elle avait eu peur que sa blessure soit en train de saigner ou soit mal recousue, mais elle n'avait n'éprouvé aucune douleur. Au contraire, elle avait ressenti une chaleur rassurante, comme quand des mains entourent une tasse de thé. Puis elle avait fermé les yeux et vu une image : un vieil homme ridé avec un visage de nouveau-né. L'homme, emmailloté, était étendu contre sa poitrine, sous son pansement. Puis de son pansement, comme de la pierre blanche d'un jardin, un lapin anthropomorphe avait jailli. Il ressemblait à un personnage de dessin animé, mais il était également très humain et lui avait décoché un clin d'œil. Était-ce une vision ou une hallucination due au Demerol ? Peu importe. Ce qui était sûr, c'est que cela s'était vraiment produit. Le personnage, elle en était certaine à présent, était Jésus dans ses langes, le même Jésus qui avait tant compté pour elle dans son enfance. Il s'était insinué dans sa vie, dans son incision, là ou on lui avait enlevé son sein.

« Je vais mourir, s'était dit Marylee. Pas durant ce séjour à l'hôpital, mais quand on m'enlèvera une autre partie pourrie de mon corps. »

Mais le personnage lui avait envoyé un message différent : « À tes yeux, je ne suis peut-être qu'une cicatrice, mais ne te fie pas aux apparences de ce monde. Je suis la chaleur ; je ne suis pas la fin de quelque chose, mais une renaissance. » C'était à ce moment-là qu'elle avait retrouvé la foi.

Elle se tourna vers son mari endormi. Pourquoi avait-elle décidé de ne pas le réveiller à l'hôpital pour lui dire ce qu'elle avait vu ? Pourquoi ne lui en avait-elle jamais parlé ? Parce qu'elle avait elle-même du mal à y croire ? Ou parce que Gerry, étant juif, ne l'aurait pas crue ? Ou même pire : il se serait moqué d'elle. Est-il possible, se demanda-t-elle, d'aimer son mari en ressentant un vide profond ? Est-ce le signe d'un mariage raté que je refoule ? Nous sommes à des kilomètres l'un de l'autre et nous continuons à nous tenir la main, par convention, par affection, par habitude, en avançant droit vers le gouffre... Non, j'exagère, se dit Marylee. Elle envisagea d'aller faire un tour au Musée. Au milieu des vieux livres de poche, des pantalons à patte d'éléphant, des chemises en madras, des jupes indiennes qu'elle enfilait parfois quand elle était seule, elle se détendrait. Le fait de porter de vieux habits, même une heure, la calmerait.

Mais elle se ravisa et décida de ne pas succomber à la tentation de la nostalgie anesthésiante. Elle posa un doigt sur le nez de Gerry. Son ronflement baissa d'une octave, cessa, puis reprit comme le ronronnement d'un chat satisfait.

Elle le hissa sur ses jambes – Gerry était un champion du sommeil, il arrivait même à marcher en dormant – et le guida vers leur chambre. Elle l'aida à enfiler son pyjama et à se coucher.

Est-il possible, se demanda-t-elle, que j'aie eu une vision ? Elle s'assit sur le lit, près de Gerry et, tandis qu'il continuait de ronfler, elle s'agenouilla au sol, les mains jointes, la tête baissée et, pour la première fois, depuis quarante ans, elle se mit à prier.

5

Le lendemain, se sentant fraîche comme une rose, Marylee enfila un tailleur rouge et des chaussures assorties, puis sortit de l'immeuble, espérant être la première levée. Mais William Harp l'avait devancée. Sur le trottoir, au milieu d'un cercle de soleil hivernal, vêtu d'une combinaison orange à faire pâlir le tailleur de Marylee, il nettoyait les vitres extérieures du restaurant. Sur un morceau de papier scotché à l'intérieur, Marylee lut, écrit à la peinture blanche : MICHES ET POISSONS, VOTRE CAFÉTÉRIA CHRÉTIENNE ! À VOTRE SERVICE ET À CELUI DU SEIGNEUR. OUVERTURE PROCHAINE.

Quand William remarqua la présence de Marylee, il se tourna vers elle et demanda :

— Vous appréciez cette nouvelle année ?

Elle acquiesça et il récita les paroles de Zacharie : *Le froment épanouira les jeunes gens et le vin nouveau les jeunes filles.*

— Vous faites allusion à la licence de boissons ?

— En effet, madame Jeffers. J'aimerais également vous parler d'autres détails, mais je ne veux pas vous retarder.

— Je finis tôt aujourd'hui. Je passerai à trois heures. En attendant, je vous conseille d'enlever ça, dit-elle en désignant la pancarte. Il ne faut pas informer les gens tant que le restaurant n'est pas ouvert. Surtout si vous changez le nom. Ce n'est pas le nom définitif?

— On pourra peut-être trouver mieux, madame Jeffers.

— Marylee.

Il se précipita dans le restaurant, arracha le morceau de papier, le roula en boule et, d'un geste théâtral, le jeta par-dessus son épaule vers une pile de débris. Marylee le rejoignit et balaya l'espace du regard. Elle remarqua de nouveaux murs et une nouvelle installation électrique à l'angle du plafond. Il travaillait vite. Elle sentit une odeur de peinture fraîche, ou peut-être était-ce l'eau de Cologne de William.

— Les travaux avancent rapidement, lui dit-elle.

— Grâce au Seigneur, répondit-il. Et à vous.

6

Quelques jours plus tard, Gerry se rendit à un salon de
revêtements de sols à Islip, Long Island, et Marylee profita
de son absence pour réunir ses amies. Elle avait prévu de les
rassembler au Musée, mais Judy y avait installé une
« bombe anticafards » rendant l'air irrespirable. Quand
Marylee croisa Judy dans le couloir, elle lui jeta :

— Toi qui dis aimer tous les êtres vivants doués de sensibilité de la terre, tu tues plus de cafards que nous tous. Tu
aurais pu nous prévenir avant de mettre ce produit.

— Les cafards n'appartiennent pas à la catégorie des êtres
vivants doués de sensibilité, rétorqua Judy.

— Je doute fort qu'ils soient d'accord avec toi. Michael
est là ?

— Pour une fois, non. Il est parti voir son père à la maison
de retraite. On peut discuter chez moi si tu veux, puisque
Sam est en haut.

— Non, Ellen nous attend. Elle m'a dit que Sam cherchait une musique pour son film. Dans ces cas-là, le reste
du monde n'a plus aucune importance pour lui.

Quand les deux femmes pénétrèrent dans l'appartement,
Sam fit à peine attention à elles. Allongé sur un épais tapis
devant la cheminée, les yeux mi-clos, il portait un casque

jaune de la taille d'une boîte à chaussures. Bien qu'il n'ait pas trouvé d'argent pour financer son documentaire sur les plus petites nations du monde, il écoutait le chant des baleines et d'autres sons de l'océan, cherchant ce qui pourrait accompagner les images des atolls qu'il filmerait au cas où son projet se concrétiserait. L'évolution du restaurant ne semblait pas le troubler, remarqua Marylee. Les trois amies contournèrent Sam et sortirent du salon. Dans la cuisine, elles s'installèrent sur des tabourets, aidèrent Ellen à râper des carottes pour faire un gâteau. Dans une jarre contenant des thés du monde entier, Marylee choisit « Sérénité » un thé aromatisé à l'orange et à la menthe venant du Sahara. Judy opta pour « Réveil », un thé noir du Népal, mais à son regret, le goût s'avéra fort et sulfureux.

— De quoi voulais-tu nous parler, M.L. ? lâcha finalement Ellen.

Marylee hésita. Vas-y, lui souffla une voix dans sa tête. Exprime-toi.

— Voilà. On se connaît depuis trente ans, et ça fait à peu près vingt ans qu'on est opprimées. Je voulais vous le dire lors de notre dernière réunion, mais je n'ai pas osé. Depuis, je n'ai cessé d'y penser. Chaque fois que je lis que les Chinois ont persécuté les chrétiens, je pense que la persécution, comme la charité, commence chez soi. Alors, nous devons réagir. Maintenant.

— Nous serions des chrétiennes persécutées ? demanda Ellen.

— Pour commencer, nos hommes nous imposent subtilement un environnement juif, un style de vie juif. Et nous acquiesçons tout le temps.

— Et pour finir ? coupa Ellen en donnant un coup de coude dans les côtes rembourrées de Judy.

— Je refuse d'entendre la suite, protesta Judy.

— Je t'interdis de méditer ! lui cria Ellen. Écoute la litanie de tout ce que nous avons subi.

Elle fixa Marylee d'un air incrédule.

— Enfin, M.L., nous ne sommes même pas chrétiennes. Judy est bouddhiste et je suis une humaniste laïque. Il n'y a aucune raison de nous persécuter.

— Justement. C'est bien ce que je veux dire. Et ce n'est pas William Harp qui m'a fait penser à tout ça. C'est ce qu'il représente : l'égalité. La tolérance. On oublie que ça existe, c'est ça le problème. Voilà pourquoi on doit laisser ce jeune homme ouvrir son restaurant. On doit l'aider et l'encourager. Quand je pense qu'on voulait le chasser, j'en suis atterrée.

— Un missionnaire chrétien représente la tolérance ? s'étonna Judy.

— Oui, de fait, et aussi parce que son travail contribuera à supprimer le traitement de faveur auquel ont droit les enfants d'Israël vivant sous ce toit.

— Le traitement de faveur ?

— Je parle du sentiment de triomphalisme. « Parce qu'on est juifs, on règne ! » C'est ça qu'ils pensent. Vous n'en avez toujours pas pris conscience. Vous pensez que c'est normal, mais ça ne l'est pas ! Et il faut que ça change. Parce que les limites ont déjà été dépassées ! J'ai prié notre Seigneur l'autre soir et je me suis sentie grisée. Je n'ai jamais aussi bien dormi. La joie qui était enterrée en moi depuis si longtemps m'est revenue. J'ai découvert que j'étais vraiment une femme chrétienne.

— *Amen*, dit Ellen. Dieu soit loué.

— Tais-toi, lâcha Judy. Tu vois bien qu'elle est sincère.

Le soulagement de Marylee était presque palpable. Elle se sentait enfin libre, envahie par une nouvelle vitalité spirituelle.

— Oui, Dieu soit loué, dit-elle. Mais qui m'a empêchée d'être chrétienne durant toutes ces années ? Certainement pas Gerry. Ni Sam ou Michael. Une atmosphère peut-être... une atmosphère résolument juive et contraignante.

— Contraignante pour qui ? demanda Ellen. De quelle façon ?

— Contraignante pour les autres religions. Et c'est injuste. Si ce restaurant a du succès, ça représentera une victoire pour nous.

— Ça nous créera des ennuis, surtout, dit Ellen. Et tu as tort. Judy est bouddhiste. Personne ne l'empêche de vivre.

Marylee s'énerva :

— Tu étais où quand Michael a écrasé tout son encens ?

— C'est vrai, reconnut Judy. Ça n'a pas été facile. Et ça ne l'est toujours pas.

— Mais on ne peut pas dire que tu aies été opprimée, tout de même, déclara Ellen, ni persécutée à cause de ta religion par ton mari. Tu n'es pas une victime, Judy.

— Le bouddhisme, avança prudemment Marylee, est peut-être une exception. Parce que ça n'a rien à voir avec le christianisme. Si j'accrochais un crucifix ou un croissant de lune autour du cou de Bouddha, et si Judy préférait Mahomet à Gautama, Michael aurait une crise d'apoplexie, j'en suis certaine. Et c'est ça qui ne va pas.

Marylee laissa s'installer un silence pesant, puis reprit.

— Notre Seigneur Jésus, notre Seigneur Jésus. Vous voyez. Je l'ai dit. Ce sont des mots qui ne sont jamais prononcés sous ce toit. Et pourtant, j'étais, et je suis chrétienne.

— Écoute, dit Ellen en la regardant droit dans les yeux. Dans la vie, j'ai un but simple : arriver au bout du semestre sans encombre.

— Jésus peut t'aider, peut-être, dit Marylee.

— Tu es trop intelligente pour tenir un discours pareil, lui déclara Judy. Il paraît que certaines personnes régressent quand elles font une psychothérapie. Pourquoi ? Parce que leur propre intelligence les fait souffrir. C'est un peu ce qui t'arrive, Marylee.

— Les gens qui font sans cesse référence à Jésus sont des idiots, affirma Ellen.

— J'ai moins de diplômes que vous, mais je sais qu'il faut du cœur pour réveiller le Seigneur. Je suis peut-être un cliché à vos yeux, mais moi, je me sens chaleureuse, fraîche et ressuscitée. Et cette sensation va durer grâce au restaurant et aux sermons de William.

— Les quoi ? demanda Ellen.

— Tu veux que j'épelle ? dit Marylee, agacée.

— Si tu veux. Mais c'est le contenu qui primera sur l'orthographe. C'est bien d'être passionnée et tu débordes d'énergie depuis qu'on a refait l'entrée de l'immeuble. Bravo ! Ça vaut un B+. Mais, s'il te plaît, ne laisse pas ton cerveau sur le pas de la porte.

— Qu'est-ce que tu attends de nous ? s'inquiéta Judy.

— Si jamais la tirade commence, promettez-moi de leur tenir tête. C'est tout. Ne soyez pas lâches. Si les hommes se comportent comme si c'était la fin du monde, gardez votre calme, patientez et dites leur : « Tu vois, William est au rez-de-chaussée, et ce n'est pas la fin du monde. » Maintenant allez prendre une douche et vous coucher.

— C'est tout ce que tu attends de nous ?

— C'est tout pour commencer. Et ne me faites pas annuler le bail.

Ellen examina les documents de Marylee avec impatience.

— Très bien, dit-elle, j'essaye de visualiser ce restaurant. Aide-moi. Il va ressembler à quoi ? À la planète Jésus ?

Le sarcasme d'Ellen n'était pas méchant, pensa Marylee. Il prouvait même qu'Ellen s'intéressait au projet.

— Tout est possible, dit Marylee, quand on a la foi…

— Restons-en au restaurant, coupa Ellen d'un ton acerbe. Tu nous demandes simplement la permission de laisser ce missionnaire ouvrir une cuisine pour le royaume des Cieux.

— William a le potentiel pour devenir le meilleur entre-preneur du Upper West Side, dit Marylee.

Elle avait l'intention de présenter à ses amies un concept commercial clair, mais lorsqu'elle avait discuté du restaurant avec William dans la matinée, une multitude d'idées avaient jailli, et l'enthousiasme qu'elle éprouvait l'empêchait d'expliquer les choses posément.

— L'une des idées de William, poursuivit-elle, est d'accrocher aux murs du restaurant de grandes photos dédicacées de chrétiens célèbres. Ce n'est peut-être pas la meilleure idée, mais on peut l'améliorer. Quant au service, il sera assuré par des jeunes gens religieux, éventuellement des séminaristes. William ne sait pas encore où il va les recruter. Tu pourrais peut-être demander à tes étudiants, Ellen. Mais dans sa vision des choses, et il a vraiment une vision, ces jeunes serveurs ponctueront le service en se rassemblant devant les gens pour former un chœur impromptu. Et ils chanteront des hymnes classiques et des cantiques familiers aux clients juifs.

— *O Hanoukka, O Hanoukka, Viens allumer la Menorah*? Ce genre de chansons ? demanda Judy.

— Oui, pourquoi pas ?

— Dans ce cas, je peux aller chercher les paroles maintenant, déclara Judy. Elles sont au Musée, dans une boîte qui contient la plus grande collection de chandelles de Hanoukka à moitié consumées et de pinces pour les mégots de joints. J'aimerais vraiment m'en débarrasser.

— Très bien, poursuivit Marylee. Donc, sur les tables il y a aura les paroles des chansons — sur des pages plastifiées peutêtre, afin que les aliments ne les salissent pas — et les clients pourront chanter également. Pour distraire les clients, il y aura également des cartes avec des questions sur la Bible.

— Des cartes ? s'étonna Ellen. C'est un peu vieillot.

— Tu as raison, répliqua Marylee On pourra créer une version électronique. Merci pour cette remarque. Vos réactions me permettent de perfectionner le produit.

Les pouces de Judy se rapprochèrent, son dos se redressa, elle inspira et expira plusieurs fois, prête à se plonger dans un état de méditation profonde.

— Tu es avec nous ? s'inquiéta Ellen. Judy ! Ne me laisse pas seule avec M.L. et son entrepreneur chrétien ! Réveille-toi !

— Ne crie pas, dit calmement Judy. Je suis là, j'ai tout entendu. Les cartes, les serveurs, je vous suis.

— Alors ressaisis-toi, nom d'un chien ! Même le Dalaï-Lama n'entre pas en transe au milieu d'une conversation.

Elle se calma et reprit :

— Bon, quelle est la clientèle visée, M.L. ? Simplement les juifs ?

L'irritabilité d'Ellen et le comportement fuyant de Judy n'étonnaient pas Marylee. Le cœur gonflé d'espoir, elle ne se laissa pas impressionner par l'indulgence sceptique de ses amies et répondit :

— La cible de William, ce sont les étudiants – personne ne lui a dit qu'ils étaient souvent fauchés ! – et les juifs d'âge mûr. Dans l'entrée du restaurant, il veut installer une bibliothèque chrétienne dont les clients pourront profiter en attendant d'être assis. Pour transmettre la Bonne Nouvelle, aucune occasion ne sera perdue ! Les serveurs inciteront les gens à emporter les livres à leur table. D'après William, les juifs sont souvent intelligents et grassouillets. Il veut créer un lieu où la réflexion serait intense et l'alimentation légère. Et pour la presse, je pourrais en parler à *Zagat,* je pense.

— *Zagat* ? dit Ellen. Tu ferais mieux de contacter *Mad Magazine* ou le *National Enquirer.*

Marylee savait qu'elle aurait pu présenter le concept du restaurant d'une manière plus efficace, mais elle n'était pas mécontente d'elle-même. Ellen demanda :

— Est-il trop tard pour réserver une table pour deux personnes sous les luminaires chrétiens ? Ou près de la photo de Pat Boone ? C'est mon chanteur chrétien préféré ! Quel est le tien, Judy ?

— J'ai un faible pour Donny Osmond, répondit Judy.

— Il n'y a pas de honte à ça, dit Marylee. Il est très mignon, je trouve.

— Et William, tu le trouves mignon, lui aussi ? demanda Ellen. Tu as fait exprès de ne pas avouer que c'était un facteur crucial dans ce projet de restaurant ?

— Ne m'attaque pas sur ce terrain, s'irrita Marylee. C'est une façon de me dévaloriser et de te moquer de tout ce dont j'ai pu vous faire prendre conscience récemment !

— Bonne repartie, dit mollement Judy. Mais nous aussi on le trouve mignon, inutile de monter sur tes grands chevaux.

Marylee se ressaisit et demanda :

— Est-ce que je peux au moins compter sur vous pour la promotion ? C'est dans notre intérêt que ce restaurant marche, et ça me ferait tellement plaisir si vous m'aidiez. Même si vous ne m'aidez pas, ce n'est pas grave. En revanche, je vous en voudrais à mort si vous faites obstruction à ce projet. Que nos hommes s'y opposent, d'accord. Mais pas vous. Pas mes meilleures amies.

— Tu pourrais être élue présidente d'un groupe d'étudiants, ironisa Ellen. Si tu te présentais aux élections.

— Je me sens rajeunie et partisane, rétorqua Marylee.

— Super. Mais qui sont tes concurrentes ? Pas nous, ma belle. Nous ne l'avons jamais été.

— Quelle est la pire chose qui puisse arriver ? interrogea Judy.

— Que nos maris demandent le divorce, répondit Ellen.

— Ça ne serait pas si grave, dit Judy.

— Exactement, renchérit Marylee.

Elle se leva et les embrassa.

— Je sens l'amour de Dieu emplir ce moment. Je vous aime toutes les deux très fort.

7

24 janvier 2000

Cher père,

Cher père ou papa ? se demanda William. Il éloigna la lettre, puis la rapprocha, comme s'il scrutait une image. Écrire « père » lui déplaisait. C'était comme s'il s'adressait à Dieu. Or, son père n'était pas Dieu, tout de même. William ne se sentait plus comme un enfant sans défense. Il savait néanmoins qu'il devait écrire ce que son père voulait entendre. Il recommença sa lettre et écrivit :

Cher papa,
Comme je les aime ! Marylee, Judy et Ellen sont mes sœurs chrétiennes du Upper West Side. Bien sûr, c'est Marylee qui est la plus dévouée pour l'instant, mais bientôt les autres m'aideront également, car Marylee a une autorité naturelle sur elles. Dieu soit loué, elle entend la parole du Seigneur, et Il lui dit : « Aide Billy ! Aide Billy ! » Grâce à l'amitié de Marylee, la construction du restaurant progresse rapidement. Il n'y a aucune inquiétude à avoir à ce sujet. Mais, comme tu me l'as dit, papa : « Personne n'a jamais promis qu'il serait facile de faire la volonté du Seigneur. »

Il y a donc de bonnes et de moins bonnes nouvelles. Je commence par les moins bonnes.

Les maris des chrétiennes ont été informés de notre projet plus tôt que prévu. Si j'avais été là quand elles leur ont parlé du restaurant, j'aurais pu les rassurer, leur dire de ne pas se sentir menacés et leur exprimer mon amour. Pourtant, tout ne va pas si mal. J'avais peur que Marylee essaye de modifier notre concept. Ou que nous ne puissions pas le réaliser. Mais quelque chose s'est produit entre moi et Marylee, elle a eu un déclic et j'ai compris qu'elle allait me défendre. Je l'ai un peu influencée, comme tu me l'avais demandé, et je suis fier qu'elle soit devenue mon alliée. Grâce à ce que tu m'as appris, et grâce à Dieu. Je crois qu'elle a entendu Sa voix et c'est ce qui l'a motivée pour raisonner ses amies. Elles ne nous portent pas encore dans leur cœur, c'est certain, mais elles ne vont pas prendre un avocat, du moins je ne pense pas.

Fidèlement,
William.

8

— Sam a au moins entendu un mot sur trois, dit Ellen à Marylee, ils sont au courant.

Elles parlaient au téléphone et attendaient que Judy rentre à la maison pour se joindre à la conversation. Ellen était dans son bureau, un cube de bois au fond de la bibliothèque de l'université, qu'elle affectionnait autant que le Musée, surtout quand il n'y avait pas d'étudiants autour. Sur sa table, tels des totems en équilibre précaire, reposaient plusieurs piles de livres.

Marylee se trouvait également dans son bureau, dont la porte était ouverte. Autour d'elle, tout était soigneusement rangé, une odeur de citron planait dans l'air. Elle observait un crayon bien taillé qui semblait lui dire : « Prends-moi. Je vais écrire la suite de ta vie. Je suis un nouveau départ. »

Judy décrocha et la conférence téléphonique commença.

— J'ai la trouille, M.L., dit Ellen. Judy, tu m'entends ?

— Très bien. Moi aussi, j'ai la trouille.

— Tu es où, dans ton appart où au Musée ?

— Au Musée, avec le portable, assise sur la chaise du bureau du Président colombien.

— Elle n'a jamais été authentifiée, dit Ellen.

— Si tu le dis. Je suis en train de lire le dos de la pochette d'un disque de Janis Joplin.

— Excellente lecture, approuva Marylee. Janis était une chrétienne tourmentée qui voulait renaître par la foi.

— Cette nuit, j'ai rêvé que j'étais Jeanne d'Arc, dit Ellen. Jeanne entendait des voix. Elle était folle. Mais pas moi. J'ai seulement entendu Sam dormir à côté de moi.

— Et alors ? demanda Judy.

— Quelque chose m'a semblé différent dans sa façon de dormir. Et il a passé beaucoup de temps au Musée, dernièrement.

— Michael aussi.

— Un changement se prépare, déclara Ellen. Je le sens.

— Après vingt ans, c'est plutôt une bonne nouvelle, dit Marylee.

— Quel changement ? s'inquiéta Judy.

— Sam m'envoie le mauvais œil, murmura Ellen.

— Attends, dit Marylee, le mauvais œil est une superstition d'origine juive qui vient d'Europe de l'Est. Tu ne vas pas me dire qu'une intellectuelle comme toi croit au mauvais œil ? Et si tu y crois, comment oses-tu me traiter d'idiote parce que je crois à l'amour de Jésus ? Oublie le mauvais œil ! Prie notre Seigneur et va déjeuner. J'ai du travail.

— Ça m'étonnerait, dit Judy. Tu passes peu de temps au bureau depuis l'arrivée de William.

— Il y a travail et travail, conclut fermement Marylee.

— Ne raccroche pas, implora Ellen. Sam est furieux. J'ai essayé de lui dire que le restaurant allait en fait être un café-théâtre chrétien, mais il ne m'a pas crue. Il m'a demandé de quel côté j'étais. Je te soutiens, M.L. Tu as le droit à ce que tu appelles ta renaissance. Mais je n'ai pas l'énergie de tenir tête à Sam.

— Trouve-la, insista Marylee.

— J'ai entendu parler de deux nonnes salvadoriennes, dit Judy. Elles sont réfugiées politiques et elles veulent vendre des *burritos*. On ne pourrait pas remplacer William par les nonnes ? Pour la libération de la théologie ?

— À vos consciences d'en décider, déclara Marylee. Je ne ferai pas annuler le bail, sauf si vous y tenez. Je vous donne trente secondes.

Ellen et Marylee entendirent les craquements du disque de Janis Joplin que Judy venait de mettre… *Oh Seigneur, mes amis roulent tous en Porsche…*

— Aide-nous, M.L., jeta Ellen d'un ton résigné. Je ne sais pas comment m'y prendre avec Sam.

— Dis-lui simplement la vérité, répondit Marylee. À quoi bon cacher qui est réellement William ? Cette histoire de café-théâtre est absurde.

— Dire la vérité n'est pas une bonne idée, argua Judy. Michael fait l'autruche en ce moment, mais ça ne durera pas.

— On a déjà passé la moitié de la nuit à discuter de tout ça ! s'énerva Marylee.

— Tu crois que William va nous assigner en justice si on fait annuler le bail ? demanda Ellen.

— Dites-leur la vérité, répéta Marylee.

— Dans ce genre de situation, je suis d'accord avec Judy : il vaut mieux inventer un gros mensonge.

— Les hommes vivent dans l'immeuble, rappela Judy. Ils sont peut-être myopes, mais ils ne sont pas aveugles. Michael a déjà tout compris, mais il refuse d'admettre ce qui se passe.

— Mieux vaut mentir, insista Ellen.

— Ce qui compte, c'est la façon dont on leur explique les choses, reprit Marylee. Si on le fait avec tact, ça peut calmer le jeu, limiter les crises d'hystérie.

— Heureusement, les juifs ne sont pas portés sur la violence, dit Judy.

— Mais il faut se méfier de la colère rentrée des maigrichons à l'apparence pacifique, avertit Ellen. Si Michael se met en colère, mieux vaut faire profil bas.

Seigneur, achète-moi une Mercedes Benz, mes amis roulent tous…

— Enlève ce disque ! cria Ellen. Tu as les pires habitudes du monde.

— Écoutez, dit Marylee, on pourrait leur expliquer gentiment qu'on peut concevoir le monde autrement qu'avec un point de vue juif. Les rassurer en leur disant que la vie continue comme avant — même si la mienne va définitivement changer. Petit à petit, ils finiront par plier. Ça ne leur fera pas de mal. On leur prodiguera plus d'amour que jamais et ils embrasseront enfin cette nouvelle liberté qui permettra à leurs âmes d'accéder au paradis. Qu'en dites-vous, mes sœurs ?

— J'ai envie de hurler, dit Ellen.

— Je n'entends aucun hurlement, murmura Marylee en posant les mains sur la surface polie de son bureau. J'entends la renaissance de l'amour.

— Je n'ai rien à ajouter, dit Judy.

— Les hurlements sont silencieux, reprit Ellen. Ce sont les pires. Ceux de nos hommes…

— Tu exagères, coupa Judy. Comme toujours.

— Ils vont penser que leurs femmes les rendent complices de la diminution potentielle du peuple juif, poursuivit Ellen. C'est comme ça que Sam va voir les choses, même si je lui présente la situation avec tact. Donc, à l'instar de Karl Marx, je vote pour l'abolition de toutes les religions.

— Karl est mort, répondit Judy. C'est un photon qui voyage dans les cycles de *Samsarâ*, en ce moment. Nous, nous sommes encore vivantes. Alors, qu'est-ce qu'on fait ? Vraiment ?

— Tu t'amuses bien M.L., dit Ellen, mais ne te fourvoie pas. On joue avec le feu. On devrait peut-être payer des dommages et intérêts au missionnaire et lui demander d'aller s'installer ailleurs.

Marylee n'était pas découragée. Elle avait anticipé ces réactions. Elle avait pensé à sa vision, au fait qu'elle avait réussi à l'admettre lentement, par étapes. Dans la Bible, un cœur peut changer en une nuit, mais dans l'Upper West Side, c'était sans doute plus long. Ellen et Judy avançaient, puis faisaient marche arrière.

— Quelles sont vos préoccupations réelles? demanda Marylee. Je peux peut-être vous aider.

Judy parla la première :

— Je ne veux pas que le père de Michael soit au courant. Il en mourrait sur le coup.

Le beau-père de Judy était un rabbin de quatre-vingt dix-sept ans.

— À moins que toi ou Michael lui en parle, il n'en saura rien.

— Il peut l'apprendre par la presse juive. Il ne vit que pour les journaux juifs. Tu comprends ?

— Je gérerai cette affaire comme Colin Powell a géré la guerre du Golfe, déclara Marylee. Détends-toi. J'imposerai le silence aux médias, et les journalistes convoqués, un orthodoxe, un réformiste, un conservateur et un qui tiendra une rubrique culinaire, ne sauront que ce que je veux qu'ils sachent et quand nous serons prêts.

— Pas de Pat Boone, supplia Ellen. Quand je vois son visage luisant et son expression béate, j'ai envie de vomir.

— Entendu. Pas de Pat Boone et le black-out des médias, assura Marylee. Quoi d'autre ?

— Fais disparaître le reste, dit Judy.

Ce que la mère de Marylee appelait le Saint-Esprit, avant qu'il ne devienne pour elle un esprit comme les autres, s'insinuait dans le cœur de ses amies. L'esprit vous empoignait et il fallait se battre avec lui, comme Jacob luttant avec Dieu et les anges. Marylee l'expliqua à Judy et Ellen, mais l'esprit ne créa qu'un grand silence au bout du fil. Marylee ajusta le combiné sous son menton afin d'avoir les mains libres pour prier.

— Vous allez vous dire que je suis folle une fois que j'aurai raccroché. Mais je ne suis pas folle.

Elle soupira avec soulagement et ajouta :

— Plus les hommes seront apoplectiques, plus nous devrons rester calmes. C'est capital.

— Très bien, dit Judy.

— Vous voulez prier avec moi au téléphone ? demanda Marylee.

— Moi aussi j'ai la nausée, lâcha Judy.

— Elle médite ou elle vomit, se moqua Ellen. Quelle vie !

— Pat Boone te donne la nausée et je n'ai pas le droit d'avoir envie de vomir pour autre chose ? grogna Judy.

— Les bouddhistes ne devraient pas se livrer à ce type d'activité, répondit Ellen.

— Vous êtes adorables, dit Marylee. Nausée ou pas, je vous aime. Et je remercie Dieu de m'avoir donné des amies aussi formidables. Et d'avoir amené parmi nous la *Cafétéria chrétienne,* ou *Pain et Poissons*, peu importe le nom.

— C'est un nom horrible, dit Ellen.

— On peut le changer, répliqua Marylee. Et je vous remercie toutes les deux, mes sœurs chrétiennes.

— Ça va, ça va, dit Judy.

— Ce restaurant chrétien était peut-être *b'shert*, comme on dit en yiddish, prédestiné, avança Ellen. Mais pour l'instant, il m'a surtout l'air prédestiné à causer de gros dégâts.

— Par ailleurs, poursuivit Marylee, rester calmes et sereines quand on est sous pression et « tendre l'autre joue » de différentes manières sont des caractéristiques chrétiennes. Mais se mettre martel en tête, chercher la confrontation, exiger des excuses et se mettre en colère sont peut-être des caractéristiques juives. Nous venons de négocier avec la force des femmes chrétiennes. Cette conversation téléphonique est terminée, je pense. Félicitations.

9

27 janvier 2000

Papa,

Tu aurais dû entendre le raffut quand Ellen et Judy ont parlé à leurs maris. Tu te souviens de la description du Brownstone : chaque couple a son appartement à un étage différent. Ils vivent séparément mais, quand ils se disputent, ils retrouvent leur esprit communautaire. Ils se pourchassent dans les escaliers en hurlant et font trembler tout l'immeuble. C'est Sam et Ellen qui ont déclenché la bagarre générale. Ellen — celle qui est professeur à l'université — essayait de s'expliquer avec son mari, mais il lui criait : « Comment tu as osé ? Pourquoi tu ne nous as pas prévenus avant ? » Marylee m'avait dit que Sam se mettait facilement en colère et qu'il ne fallait pas m'inquiéter si Goliath cherchait à se battre.

Quand les hurlements ont commencé, j'ai pensé à sortir dans le couloir pour intervenir, puis je me suis souvenu de ce que tu m'as appris : ne jamais s'interposer entre un homme et une femme mariés si on n'est pas soi-même marié. Je me suis également ravisé car Sam fait plus de deux mètres. À l'intérieur du restaurant, des pensées chrétiennes me sont venues à l'esprit et j'ai réfléchi à ce que je répondrais à Sam s'il menaçait de me tuer.

Tu te souviens de Nawang, le bouddhiste dont je t'avais parlé? Il vit dans la cave, son mouton et son encens empestent, mais il est tout de même bien aimable. Il est venu me rassurer. Il m'a dit qu'Ellen et Sam se disputaient souvent, mais que Sam ne tapait jamais sa femme ni aucun autre être vivant doué de sensibilité. Néanmoins, il était possible qu'il donne un coup de poing dans mes nouveaux panneaux en plâtre. Nawang m'a proposé de s'asseoir et de méditer avec moi jusqu'à ce que le vacarme s'arrête. Il m'a dit que vivre dans l'immeuble était un bon exercice pour apprendre à devenir comme une pierre dans un torrent, solide et inébranlable sous les eaux déchaînées. Naturellement, je n'ai pas tenu à ce qu'il m'apprenne à me transformer en pierre.

Je me suis allongé sur mon lit de camp et j'ai prié. J'ai regardé par la fenêtre du fond et j'ai vu l'escalier de secours extérieur auquel est attaché un fil à linge et je me suis remémoré combien notre restaurant allait être merveilleux, que c'était Dieu qui m'avait guidé vers cet immeuble où vivaient trois femmes chrétiennes mariées à des hommes juifs, que grâce à l'aide de ces gens et du Seigneur tout commençait à merveille. Puis, deux étages plus haut, une porte a claqué, secouant tout l'immeuble. J'ai pris ma Bible et j'ai lu les versets 4-26 des Éphésiens: « Que le soleil ne se couche pas sur votre colère. » J'ai lu et relu ces lignes en essayant de transmettre ces pensées à Ellen et à Sam pendant qu'ils dévalaient les étages en criant, se pourchassant partout sauf dans l'escalier de secours.

Plus tard, j'ai également tenté d'envoyer le message par télépathie à Judy et Michael. C'est incroyable le bruit qu'un petit bibliothécaire silencieux et une forte femme bouddhiste peuvent faire. Néanmoins, leur dispute était moins violente que celle de Sam et d'Ellen. Il y avait plus de silences entre les cris et moins d'injures.

Ce matin, mes prières ont été exaucées et j'ai la joie de t'annoncer que notre projet a survécu à la tempête! Michael Klain, qui me demandait toujours si les travaux avançaient avant de se rendre à son travail, était moins aimable que d'habitude, cependant, il n'était pas hostile, ce qui est bon signe. Et Marylee et son mari sont venus me rendre visite ensemble pour la première fois pour discuter d'une stratégie commerciale. Marylee m'a donné douze pages concernant ce que nous devons faire pour que le restaurant devienne branché. C'est bien plus détaillé que ce que nous avions élaboré au départ et, donc, il va falloir changer plusieurs choses, papa.

Tout d'abord, Miches et Poissons, le nom auquel tu avais pensé, ne leur plaît pas. Il faut quelque chose de plus accrocheur, m'ont-ils dit, surtout si nos clients sont juifs. Sam a suggéré Pains et Carpes farcies, mais Marylee lui a fait les gros yeux, puis il a levé les mains comme s'il l'implorait de ne pas se fâcher !

Quoi qu'il en soit, la carpe farcie est un plat traditionnel que les juifs mangent, avec une farce qui contient d'autres créatures marines, mais pas de mollusques ni de crustacés car c'est contraire à leur loi alimentaire. La plupart des juifs n'aiment pas la carpe farcie, m'a confié Gerry. Ils la mettent à la poubelle quand les grands-mères ont le dos tourné, puis prétendent que c'est délicieux car ils veulent toujours faire plaisir à leurs grands-parents. Comme tu le vois, j'apprends beaucoup de choses secrètes sur la cuisine et la culture juives qui me seront utiles pour que le restaurant marche et pour accomplir notre mission.

Donc, nous cherchons un autre nom. Un nom dans le vent. Le restaurant attire déjà la curiosité des gens du quartier et nous devons miser là-dessus, m'a expliqué Gerry. Il a insisté sur le « nous ». Par ailleurs, ils ont rejeté notre idée d'avoir une croix formée par un couteau et une fourchette accrochée au-dessus de la porte du restaurant. Marylee m'a dit que le Seigneur sur la croix était une image qui effrayait les juifs. J'ai demandé à Gerry ce qu'il en pensait. Il a réfléchi un moment puis a déclaré : « Je n'y avais jamais songé, mais l'image d'une enseigne lumineuse représentant des couverts formant un crucifix me dérange. Désolé. Marylee a raison. Exposer des symboles à l'extérieur est une mauvaise stratégie commerciale. Vous devriez écouter ma femme, mon petit. Elle se trompe rarement. » Je n'ai pas aimé son ton condescendant, mais je lui pardonne.

J'ai rencontré un juif très religieux, récemment. Il s'appelle Isaac, comme le fils d'Abraham, et il est électricien. Marylee le connaissait et il prend trois fois rien pour refaire l'installation électrique de la cuisine. Il habite à Brooklyn, l'une des banlieues de Manhattan. Hier, je l'ai vu à l'heure où il fait sa pause pour prier. Au milieu des câbles, des fils électriques et des outils, il tenait un petit livre noir et se balançait d'avant en arrière en murmurant des mots hébreux. Il ne s'adressait à personne en particulier. À Dieu, je suppose. Sa sœur vient parfois travailler avec lui. Elle s'appelle Rena, mais elle ne prie pas. Elle est très pudique et ne me regarde presque jamais. Il paraît que les juives sont souvent obligées de se comporter de cette façon. Pendant que son frère priait, elle lisait la rubrique « sports » du Daily News (un quotidien new-yorkais), ce qui irritait beaucoup Isaac. Ils sont tous deux vêtus de noir et se couvrent la tête, par respect envers Dieu. Sous son chapeau de laine, Isaac porte une calotte qui tient sur son crâne grâce à des pinces. De longues pattes bouclées qu'il appelle peyot encadrent son visage. Selon un commandement de la Bible, les juifs n'ont pas le droit de couper les côtés de leur barbe, mais ça ne me dit rien. Tu connais le passage qui fait référence à ça ?

« Les pattes, les peyot, ont le même nom que la drogue qui pousse dans le désert, m'a dit Rena, sauf qu'on ne prononce pas le "e" ». Sa blague n'a pas amusé son frère. En fait, il n'aimait pas qu'elle me parle, car les jeunes filles juives doivent se plier à des règles strictes, comme je te le disais. Néanmoins, je sens qu'ils m'aiment bien et ils connaissent tout sur l'électricité. Il y a encore tant de choses à faire ! L'ouverture n'est prévue que dans quelques mois. Dieu soit loué !

William.

10

Pour Gerry, Sam et Michael, la partie de tennis s'annon-çait mal avant même d'avoir commencé. En essayant d'ouvrir une boîte de balles neuves, Sam se tordit un doigt. En enfilant un sweater vert à capuche, Michael esquinta la branche de ses lunettes. Il passa dix minutes à essayer d'ajuster les bandeaux qui devaient maintenir ses lunettes à double foyer.

Quand le match débuta, les balles volèrent avec force et la sueur coula, mais après un smash qui porta le score à 6/1, Michael et Sam s'arrêtèrent, écœurés. Plantés près du filet, ils fusillèrent Gerry du regard, qui scrutait sa montre.

— Un autre set, messieurs ? leur demanda-t-il calmement.

— D'accord, haleta Michael.

— On va te foutre une raclée qui va te remettre les idées en place, lâcha Sam.

Il retourna se placer et fit une double-faute au service.

— Celui qui sert en colère accumulera les doubles fautes, prophétisa Gerry. Concentrez-vous.

Michael attacha ses tennis. Lacées à la cheville, elles res-semblaient à des sandales romaines.

— J'ai une idée, dit-il. On devrait amener le petit Harp ici pour qu'il convertisse Ganesh. S'il convertissait tous les musulmans du New Jersey, il oublierait peut-être les juifs du Upper West Side.

— On va leur filer une sacrée trempe, éructa Sam en brandissant sa raquette, comme si le partenaire de Gerry eut été l'invisible William Harp. Un jeu à la volée commença. Ils se trouvaient sur leur court préféré, le huit. Malgré ses deux ampoules aveuglantes empêchant toute tentative de lob et sa surface en mauvais état, le huit présentait un avantage : il était le plus éloigné de la salle du club et leur permettait d'être à l'abri des regards désapprobateurs. Michael avait baptisé le huit, la Terre de Feu de Caracas. Sur ce promontoire isolé, les trois hommes pouvaient être maladroits et bruyants sans gêne.

— Des types comme Harp n'oublient jamais, dit Sam, en bousculant Michael pour frapper la balle envoyée par Gerry. Ils ont besoin de convertir les juifs comme ils ont besoin de respirer. Comme tu as besoin de lire. Comme la cavalerie avait besoin de mater les Indiens. Comme les atolls et les îles ont besoin d'être entourés par l'océan pour être identifiés en tant que tels. Ils te pourchassent, te charment, te corrompent et quand ils pensent qu'ils te tiennent — c'est leur récompense — ils t'ajoutent à leur liste. Pour chaque juif qu'ils amènent, ils se comptent un jour de plus au paradis.

Il regarda Gerry et cria :

— Tu entends ce que je dis ?

— Non !

— Puis ils accrochent ton scalp au-dessus de la cheminée.

— Rien que d'y penser, j'ai mal, dit Michael, en frappant l'air à côté d'une balle qui était à sa portée.

Il cria rageusement à Gerry :

— Mais bon sang, t'as mis quoi dans cette balle ?

— C'est son lob lifté Jésus-Christ, répliqua Sam. Aucun joueur juif ne peut le contrer, pas vrai Gerry ?

Sam et Michael changèrent de place sur le court pour recevoir le prochain service céleste de Gerry.

— Je ne plaisante pas, reprit Sam. Et les types comme Harp s'attaquent toujours aux juifs en premier.

De retour au filet, Sam frappa férocement la balle, mais Gerry, imperturbable, la renvoya d'un revers adroit.

— Comme au temps des croisades, dit Sam en continuant à s'acharner sur le filet et occasionnellement sur la balle, illustrant l'histoire juive à travers le tennis. Clac! Bam! Voom! Ils ont déglingué les musulmans en Terre sainte!

Sam se mit à produire de nombreux sons de bataille et Michael se demanda combien de verres de vin son ami avait bus avant de jouer.

— Et sur leur lancée, ils ont assommé les juifs et volé leurs maisons, brailla Sam tout en suivant la cadence des coups liftés de Gerry. Tu m'entends, Gerry? Ils ont continué leur chemin jusqu'à la vallée du Rhin, en France. Dans le sillage des croisés, on trouve des juifs morts ou convertis. Mais ça n'arrivera pas ici, mon vieux.

— Tu es déconcentré, lâcha Michael.

Sam se tut, fixa le lob de Gerry qui, cette fois, lui parut accessible, puis se jeta dessus et, comme un grizzly en patins à glace, il smasha.

— Pause, les gars, dit Michael.

Il alla s'asseoir près de leurs sacs et fourragea dans les poches de son short. Il sortit un carré de chocolat peu appétissant, de provenance inconnue, qu'il tendit à Sam.

Sam le renifla comme si l'aliment était infesté de microbes, puis le jeta dans une poubelle sur le court.

— Ça n'arrivera pas ici! répéta-t-il.

— On est vraiment soulagés que tu défendes le club de tennis de Caracas contre les croisés du quartier, dit Michael.

Gerry, qui s'étirait, marcha vers Sam et s'assit à ses côtés.

— Inspire profondément et arrête de te fixer là-dessus, supplia-t-il. Harp est un locataire. C'est tout. Ce n'est pas un chevalier du Temple. Et il a des droits.

— Les types qui veulent convertir les juifs n'ont pas de droits sous mon toit.

— Sous ton toit ? répéta Michael.

— Tu as mal joué parce que tu n'es pas calme, dit Gerry. J'ai médité avec le bouddhiste avant de dîner, regarde le résultat.

— Tu vas voir jusqu'où va mon calme, décréta Sam.

Devant Gerry et Michael et quatre autres joueurs dispersés sur les courts — les seules personnes à jouer encore au tennis à onze heures du soir —, Sam démontra comment il avait l'intention de se comporter avec le missionnaire William Harp. Ils l'observèrent saisir sa raquette et frapper violemment dans une balle orange. Les deux balles suivantes allèrent percuter avec fracas les conduits des climatiseurs, neuf mètres plus haut.

— Ressaisis-toi, dit Gerry. Quelques âmes égarées lui suffiront.

— Mais oui, renchérit Michael en ramassant l'une des balles.

— Marylee le soutient et vous aussi, répondit Sam.

Sans dire un mot, il se mit à donner plusieurs coups de raquette sur la bordure en plastique blanc du filet. Le raffut finit par alerter le réceptionniste du club, qui sortit pour voir ce qui se passait. Il était temps de partir.

Ils rassemblèrent leurs affaires, sortirent du court et pénétrèrent dans la salle du club. Sam fit un signe au réceptionniste, puis, d'un geste théâtral, il lui tendit un billet de vingt dollars pour se faire pardonner les violences commises sur le court.

De retour au parking, à court d'insultes pour exprimer sa frustration et sa rage, Sam grimpa sur un petit promontoire et fixa le cosmos d'un air exaspéré. Gerry s'installa au volant, à côté de Michael qui transpirait toujours, et ils écoutèrent le match de basket à la radio en attendant que Gerry les rejoigne. Un énervement croissant les gagnait. Au deuxième coup de klaxon, Gerry recula et se mit à tourner autour de Sam.

— Tu attends les croisés ? lança Michael par la fenêtre ouverte.

Il ouvrit la porte et Sam monta enfin dans la Toyota, repliant ses longues jambes sur la banquette arrière. À travers la vitre embuée, ne s'adressant ni à Gerry ni à Michael, mais apparemment à toute personne du New Jersey, de New York ou du Connecticut prête à l'écouter, il déclara :

— C'est quand même incroyable qu'en l'an 2000 on les laisse faire ça.

11

La bouche un peu sèche, Marylee attendait le retour de Gerry. Après avoir frimé auprès de ses amies, elle se sentit moins fière au moment où il ouvrit la porte. Elle était peut-être aussi timorée qu'Ellen et Judy, après tout.

Elle le laissa prendre une douche chaude, lui apporta l'épais peignoir à capuche qu'elle lui avait acheté durant leurs vacances aux Bahamas trois ans plus tôt et lui demanda s'il voulait regarder *Nightline*. Pour une fois, il était à l'heure.

Gerry aimait cette émission à cause de Ted Koppel. L'animateur lui rappelait son oncle Maxie, un bookmaker mort depuis longtemps. Gerry adorait Maxie et le considérait comme l'homme le plus sage qu'il ait connu.

Gerry et Marylee appréciaient ce moment nocturne. Détendu par le tennis et au bord de l'épuisement, Gerry sombrait rarement dans le sommeil. Ses parties de tennis tardives semblaient stimuler son désir pour Marylee. Un bon set ou un coup mémorable le mettaient dans d'excellentes dispositions pour l'amour. Et même si la partie avait été moyenne (ce qui était généralement le cas), son corps assoupli semblait rechercher le contact agréable de sa jolie femme.

Durant *Nightline*, ils se touchaient doucement, s'envoyaient les signes subtils des couples mariés depuis des lustres – oui, non, demain peut-être, tu es fatiguée, chérie, bien sûr nous pouvons attendre, tu ne sais pas ce que tu rates, est-ce qu'il reste du savon au bois de santal? Très bien, pourquoi pas?

Occasionnellement, quand ils ne parvenaient pas à se décider, ils se tournaient vers la télévision, guettant l'avis de Ted Koppel, leur conseiller. Tout dépendait d'un clin d'œil complice de Ted, d'un hochement de tête signifiant à Gerry et Marylee: « Très bien, les enfants, ça fait vingt-cinq minutes qu'on s'ennuie à mourir ensemble sur le thème des gangsters russes du Politburo, et vous avez fait l'effort de vous y intéresser. Maintenant, retirez vos pyjamas et prenez du bon temps, vous le méritez. » Marylee éteignit le poste avant la fin de l'émission. Elle se glissa sur le lit et caressa la joue de Gerry. Mais elle retira sa main avant qu'il n'ait pu la saisir.

– Hier soir, murmura-t-elle, je me suis souvenu de nous quand on marchait sur les trottoirs de Broadway, à Noël, il y a quatre ans. L'air était froid, mais encore agréable. Tu te rappelles?

– Vaguement, répondit Gerry.

Il ignorait totalement où elle voulait en venir mais il était curieux d'entendre la suite.

– On était au niveau de la 79ᵉ Rue quand j'ai remarqué que le vendeur de sapins ne mettait plus de musique de Noël pour attirer les clients, poursuivit Marylee. Il ne faisait plus tinter ses cloches, il n'apostrophait plus le chaland d'un ton hâbleur.

– Il avait peut-être une angine ou il était déprimé.

– Mais tu te souviens de ce moment?

– Oui, bien sûr, mentit Gerry.

– Ses sapins se trouvaient devant une boulangerie où on vendait des bagels et le vendeur de sapins regardait les clients entrer et sortir d'un air désespéré. Tu te rappelles?

Gerry acquiesça.

— À chaque fois que la porte s'ouvrait, dit Marylee, une odeur d'oignons, de raisin et d'ail s'échappait de la boutique et flottait dans l'air comme un nuage juif invisible au-dessus des pauvres arbres.

— Un nuage juif?

— Oui. Je m'étais tournée vers toi et je t'avais demandé pourquoi tous les gens qu'on connaissait étaient des juifs, et qui plus est, des juifs libéraux. Tu m'as entendu — je le sais —, mais tu ne m'as pas répondu. Je ne savais pas si tu pensais à quelque chose de profond ou à un bagel. Alors je t'ai demandé où étaient tous les conservateurs et tous les chrétiens qui avaient fait partie de ma vie à une époque. Et tu m'as répliqué que je leur avais échappé grâce à toi. Je t'ai demandé où étaient les gens simples, les fans de foot. Ils étaient bêtes, mais marrants! Tu te souviens de ce que tu m'as répondu?

— J'aimerais bien m'en souvenir, soupira Gerry. J'espère que c'était intelligent.

— Sur un ton plat et détaché, tu m'as dit: « On est à New York, ici. » Tu m'aurais dit « La terre tourne autour du soleil », ça m'aurait fait le même effet. Je t'ai expliqué que ces gens me manquaient, et ils me manquent toujours. Puis, je me suis penchée et j'ai appuyé sur le bouton du magnétophone du vendeur de sapins. *Good King Wenceslas*[1] a jailli du haut-parleur et le vendeur, furieux, a hurlé: « Qu'est-ce qui vous prend? » « C'est Noël », je lui ai répondu. « Mais je suis juif, il m'a répliqué, ne le dites à personne. » « Tu vois! j'ai crié pendant que tu m'éloignais du vendeur, j'ai raison! » « Tu es gentille Marylee, très gentille », tu m'as dit. Et j'ai ajouté: « Je veux chanter des cantiques de Noël. » « On va aller dans une église et tu pourras t'époumoner », tu m'as répondu. Je t'ai expliqué

---

1. Cantique chrétien.

que c'était dans la rue que je voulais chanter, avec des voisins souriants aux joues rougies. Je t'ai parlé de la neige crissant sous les pas, de la joie de se rassembler, des chorales improvisées devant la porte des maisons... Tu sais ce que tu m'as dit?

Gerry secoua la tête. Il se sentait nerveux subitement.

– Tu m'as dit : « À Manhattan, ce genre d'activités peut te créer de gros ennuis, chérie. » Tu comprends où je veux en venir? Ce sont toutes ces traditions de ma jeunesse qui me manquent.

– Je me souviens de toi quand tu étais plus jeune, répondit Gerry en étreignant Marylee, et tu me plaisais beaucoup ainsi.

Ne sachant pas quoi ajouter, il se mit à embrasser Marylee, mais très vite, elle détourna la tête.

Le silence tomba et ils finirent par s'endormir.

12

22 février 2000

Cher père,

J'espère qu'au moment où tu lis cette lettre, tu es de bonne humeur et bien installé. Comme tu me l'as appris, il faut s'exprimer sans détours, je vais donc droit au but : notre Église a besoin d'argent, et vite. Le budget actuel est insuffisant. Mon amie Marylee sait que notre restaurant a un message à transmettre, c'est un fait indéniable ! D'après elle, pour que le message soit efficace, il nous faut un messager dernier cri. Le messager doit être électronique. Elle m'a suggéré des idées auxquelles ni toi ni moi n'avions pensé : par exemple, installer un écran sur lequel seront projetés des D.V.D. et des films sur des thèmes chrétiens et de grands moments religieux. Je compte également enregistrer des sermons. Un client solitaire pourra les écouter en mangeant car toutes les tables seront munies de casques d'écoute. La Bible sera posée sur les tables, comme tu le souhaitais. Mais les cartes avec des questions bibliques seront reliées à un système électronique et c'est avec cette nouvelle technologie que nous transmettrons l'Évangile.

Marylee pense qu'avec l'écran et les autres éléments, nous bénéficierons d'une énorme publicité et que notre clientèle doublera. Car à New York, les gens ne vont pas au restaurant simplement pour manger, mais également pour regarder du sport à la télévision, ou pour se droguer à la caféine dans des bars où l'on sert différentes sortes de cafés (ce genre de lieux se répandent d'ailleurs comme une véritable épidémie, ici). Notre établissement sera spécialisé dans la Parole du Seigneur non-stop, ce sera le bar de Dieu.

Par ailleurs, papa, nous avons trouvé un nouveau nom. Le restaurant va s'appeler le Club de la Révélation ! L'idée vient de Marylee. Je prêcherai la Bible, bien sûr, mais en commençant par la fin ! La Révélation sera le plat principal. Et sur la liste des desserts figurera la Tarte au chocolat des sept péchés capitaux. J'espère que le nom du restaurant te plaît. Club de la Révélation. Ça fait vraiment branché, non ?

Merci d'envoyer la somme indiquée sur la facture ci-jointe, car l'écran et l'équipement de sonorisation coûtent cher, même si Gerry – le mari de Marylee – peut nous trouver du bon matériel à prix réduit. Toute l'installation électrique qu'Isaac et Rena ont mise en place va devoir être arrachée et remplacée par un nouveau système avec des câbles coaxiaux. J'en suis désolé, mais la nouvelle installation durera très longtemps.

À toi, en notre Seigneur,
William.

27 février 2000

Mon cher père,
Oui, j'ai bien reçu ta lettre me recommandant d'être prudent avec les dépenses. J'espère que la somme réclamée ne t'a pas trop choquée. Si nous voulons que notre mission marche, c'est le prix à payer. Cet investissement est positif pour l'avenir, j'en suis certain. Je n'ai jamais travaillé autant de ma vie que depuis le début de ce projet. Je surveille l'évolution des travaux et je prépare mes sermons nuit et jour. Je me vois déjà dans la salle du restaurant, répandant l'Évangile de table en table, citant les meilleurs passages de la Bible à des dîneurs captivés. Imagine-moi, papa, assis avec une personne dégustant notre délicat poulet frit, une personne déjà illuminée par la lumière de Dieu. Imagine le grand écran, sur lequel on me verra prêcher la parole du Seigneur vingt-quatre heures sur vingt-quatre !

William posa son stylo. Il se rendit compte qu'il exagérait : il ne travaillait pas nuit et jour. En son for intérieur, il se reprocha d'avoir recours à l'exagération. Au nom de Jésus, se dit-il avec un petit rire, essaye de modérer tes propos. N'exagère pas. Même avec ton père. Le sentiment qu'il associait à la vérité le perturba un moment, puis il s'empressa de l'oublier sachant qu'il regretterait sa lâcheté. Il poursuivit sa lettre, mais avec la ferme intention de s'en tenir aux faits.

Et nous n'avons pas oublié le menu, papa. Nous servirons de la charcuterie, comme en France, et des plats du Moyen-Orient : couscous, taboulé, caviar d'aubergine, etc. Car notre Seigneur était du Moyen-Orient, comme tu le sais. Mais depuis la Sainte Cène, les choses ont bien changé dans le domaine gastronomique ! Car beaucoup de gens ignorent quels étaient les nombreux aliments que Jésus et ses premiers fidèles ont consommé. Par exemple, quand Il arrêtait de guérir les malades et les aveugles, le temps d'une pause, Il dégustait avec plaisir un felafel *et* buvait certainement un vin de grand cru ou de l'eau gazeuse, m'a dit Gerry. Voilà comment nous est venue l'idée de servir du* spritzer[1]. *J'espère que l'idée te plaît.*

Et j'oubliais une chose : la licence pour débit de boissons alcoolisées coûte près de soixante-quinze mille dollars à New York. Ça ne te pose pas de problème ?

William savait que son père était prêt à investir une fortune dans leur mission. Il imagina son regard plein d'espoir, rivé sur les portes du paradis. Il redoutait la grimace incrédule que son père avait déjà adressée à d'autres missionnaires. Mais pas à lui. Jamais à lui. William était protégé par un accord qu'il avait conclu avec son père. Néanmoins, il savait qu'il y aurait une limite à ne pas dépasser.

Je vois déjà l'expression satisfaite de nos futurs clients attablés au restaurant, papa. J'imagine des vaisseaux de pierre vides attendant

---

1. Cocktail de vin blanc et d'eau gazeuse.

93

d'être emplis par la bonne parole, celle que tu m'as apprise à prêcher.

Les voies du Seigneur sont impénétrables et les ordinateurs, les écrans, les tables munies de casques d'écoute que ton argent permettra d'acheter font sûrement partie de Son plan. Il faut agir maintenant, père, car j'ai déjà obtenu l'amitié de nombreux juifs, tels que Gerry, et d'autres seront bientôt prêts à me suivre. Comme tu le sais, l'Enlèvement peut arriver n'importe quand « car le Seigneur lui-même, à un signal donné, à la voix d'un archange, et au son de la trompette de Dieu, descendra du ciel, et les morts en Christ ressusciteront premièrement. Ensuite, nous les vivants, qui seront restés, nous serons tous ensemble enlevés avec eux sur des nuées, à la rencontre du Seigneur dans les airs, et ainsi nous serons toujours avec le Seigneur[1]. »

Je n'ai pas oublié ce que tu m'as enseigné. N'oublie pas les quarante mille dollars représentant les frais du matériel et des travaux sur la facture ci-jointe, et pense à la licence de débit de boissons, s'il te plaît. Il n'y a pas de temps à perdre.

Je t'envoie toute mon affection depuis les tables du Club de la Révélation, le restaurant de ceux dont la vie va changer !

P.S. : Pour faciliter notre mission, j'ai commencé à prendre des cours privés d'hébreu avec Rena, la sœur de l'électricien. Durant la pause du déjeuner, elle m'enseigne la Torah une demi-heure par jour. Tant que nous étudions sérieusement, ce qui est le cas, et que je ne m'assois pas trop près de Rena, Isaac n'y voit pas d'inconvénient. Je connais déjà l'ancien alphabet hébreu d'aleph à zayin, mais je ne maîtrise pas encore la prononciation. Rena m'a dit que de grands prêtres américains comme Cotton Mather lisaient l'hébreu et l'écrivaient pour se rapprocher du cœur de Dieu. Je sais que tu es fier de moi. Et cela ne m'éloigne pas de ma mission de convertir les juifs. Remonter aux origines, c'est se rapprocher de la parole de Dieu.

P.P.S : Non, Père je ne prends pas de « peyotl ». C'était une blague.

---

1. I Thessaloniciens 4.16-17.

13

Marylee prit trois jours de congé pour se consacrer entièrement à l'aménagement du *Club de la Révélation*, qui était devenu son projet prioritaire. Elle emmena William chez différents fournisseurs, puis chez un antiquaire, et l'aida à choisir des banquettes, des accessoires et du papier peint pour le restaurant. À sa demande, Gerry contacta un ami à lui, fournisseur de pain.

Marylee s'investissait de moins en moins dans sa propre entreprise. Si elle avait décliné plusieurs propositions et renoncé à un contrat important – créer une grande boutique de cadeaux dans un hôpital pour permettre aux malades et aux mourants d'égayer leurs derniers moments en achetant des fleurs, des journaux et des jeux –, c'est que sa vie spirituelle l'absorbait tout entière, conclut-elle. Peu importait si ses finances déclinaient, Gerry la soutenait, financièrement du moins. Il n'avait même pas protesté quand elle lui avait annoncé qu'elle voulait investir dix mille dollars dans le *Club de la Révélation*. Il n'avait même pas demandé: « En échange de quoi? » « Très bien », c'est tout ce qu'il avait dit.

Marylee songeait à lui proposer d'investir son propre argent également, mais elle hésitait. Néanmoins, Sam et Ellen, Judy et Michael avaient un compte commun.

« Pourquoi gérer notre argent séparément ? » serait une bonne question à lui poser. Ce problème auquel elle n'avait jamais pensé méritait d'être soulevé.

Toutefois, elle ne voulait pas se montrer trop critique vis-à-vis de son mari. Comparé aux autres, et surtout à Sam, il était même incroyablement gentil avec William Harp. Et Gerry n'avait jamais proposé d'aider les précédents locataires. Il s'était chargé du revêtement de sol (un nouveau parquet à un prix imbattable) et il avait contacté une connaissance afin que la licence de débit de boissons soit délivrée rapidement. Gerry participait au projet et encourageait William, sans jamais répéter les blagues de Sam qui circulaient dans tout le Brownstone. Gerry ne donnait pas dans l'humour facile. Il méditait également un peu plus avec Nawang afin que le bouddhiste ne se sente pas exclu, et la méditation lui avait permis d'améliorer son revers, mais pas son coup droit. Tout se déroulait à peu près bien.

Le père de William continuait à envoyer de l'argent pour les rénovations, William payait le loyer à Judy, et l'aménagement du restaurant, revu et corrigé, progressait rapidement. Mais, malgré l'indifférence des hommes face au projet, une pointe d'inquiétude envahissait Marylee. Elle pensait que Gerry essayerai de résister. Qu'il émettrait un commentaire. Et cela ne s'était pas encore produit.

À part les trois couples, personne ne savait que l'ouverture du restaurant était imminente. Ni le voisinage ni la grande communauté juive du Upper West Side dont Marylee redoutait les pressions. Elle pensait beaucoup au père de Michael, le vieux rabbin Klain, qui vivait dans les parages, et aux promesses qu'elle avait faites à ses amies concernant la promotion du restaurant. Elle savait que la tranquillité ne pourrait durer et elle décida de s'en tenir à ce qu'elle avait réussi à accomplir jusque-là.

Sa résolution dura six heures.

3 mars 2000

Cher père,

Avant d'envoyer un complément d'argent pour notre ministère, tu aimerais avoir plus de détails sur le Club de la Révélation, *ce que je comprends tout à fait.*

Ce matin, j'ai examiné avec Marylee le dessin du concept d'un système audiovisuel comprenant deux écrans, une mini-version de l'installation de Madison Square Garden. Il sera installé au centre du restaurant afin que tout le monde puisse le voir. Sur chaque écran numérique, les textes bibliques de mon sermon seront projetés et il y aura une petite balle qui rebondira vers les mots que je prononcerai ou qui indiquera le tempo de la musique si nous chantons un hymne. C'est un concept à la fois rétro et nouveau, dit Marylee. D'après elle, avec cette idée, c'est le succès garanti. Le Club de la Révélation *ne sera pas seulement un restaurant, mais aussi un club qui bénéficiera d'une énorme publicité chrétienne. Entre les sermons, on pourra projeter d'autres choses. Un montage vidéo apocalyptique, par exemple, avec des désastres comme des ponts qui s'effondrent, des tremblements de terre, des incendies de forêts, des accidents de voiture, des explosions liées à des attentats terroristes, des disputes au sein des Nations unies pendant que la famine décime des populations, des inondations dues à la fonte des glaciers, des champs de bataille, des corps flottant sur les rivières du Rwanda et des piles de cadavres près des incinérateurs de l'Holocauste. En bref, il s'agit de montrer tous les signes annonciateurs de la fin du monde, dans l'atmosphère calme du nouveau millénaire, ce qui pourrait persuader les juifs de se convertir s'ils veulent aller au paradis avant qu'il ne soit trop tard.*

William pensait qu'il en disait trop. Mais son père exigeait de lui un rapport détaillé.

Et ce n'est pas tout. La semaine dernière, avec Marylee et Ellen, je suis allé à un marché aux puces situé sur la 27ᵉ Rue.

Nous avons trouvé une grande baignoire datant de 1900, avec des pieds de lion, parfaite pour l'immersion. Cette baignoire pourrait être entourée de figuiers, d'épis de maïs, de palmiers et de plusieurs aquariums et vivariums dans lesquels on mettrait des poissons, des iguanes, des lézards, des scorpions, ce qui rappellerait le jardin d'Éden et le désert de Judée, où notre Seigneur a erré, jeûné, investi de sa mission. Ce sera l'Alcôve de Baptême du Club de la Révélation *! J'espère que tu es fier de moi car je suis à l'origine de cette idée. Marylee trouve la baignoire très marrante. Ellen a également fait une offre de prix au vendeur car elle la voulait pour sa salle de bains mais, heureusement, j'ai eu le dessus.*

J'imagine déjà notre convive juif, si ému par son repas et par les sermons qu'il ne peut résister à l'appel de Notre Seigneur, ni quitter le Club de la Révélation *sans s'être converti. Il se dirigera vers l'Alcôve baptismale au fond du restaurant, ou un groupe de frères et de sœurs l'accueilleront, et là, dans la baignoire, l'immersion aura lieu, et je serai chargé de la cérémonie.*

Par ailleurs, père, nous pourrions peut-être offrir des cassettes vidéo de baptême aux clients qui les réclament ? Qu'en penses-tu ?

Son père adorait les vidéos et avait la manie de tout enregistrer. Cette idée lui plairait certainement.

Papa, je sais que plusieurs de mes propositions te laissent sceptique. Mais tu ne devrais pas être méfiant vis-à-vis de Marylee, ni l'accuser de « vouloir me faire dépenser une fortune ». Je t'assure qu'elle ne cherche pas à saboter notre travail. Bien au contraire. Elle a d'ailleurs investi spontanément dix mille dollars dans notre projet et ses intentions sont pures. Tout est cher à New York, c'est ça le problème !

Seul un lieu coûteux et à la mode peut attirer les juifs aisés. Je pourrais me contenter de prêcher la Bible dans la rue avec un tambourin et une grosse caisse et proposer aux gens un sandwich et un café, comme le Sergent Abernathy dans Blanches Colombes et Vilains Messieurs[1]. *Cela serait plus économique, mais voué à l'échec. Penses-tu qu'un avocat, un médecin, un agent de change et un homme d'affaires seraient séduits par une performance aussi pittoresque? Non, il faut mettre le paquet si nous voulons obtenir une bonne moisson d'âmes pour le Seigneur.*

Une bonne moisson d'âmes? D'où venait cette expression? se demanda William. À qui appartenait-elle? Il entendait tant de voix différentes qu'il ne savait plus où il en était. Comment pouvait-il en choisir une? Et quelle voix était réellement la sienne?

Rassure-toi, je prends notre mission très au sérieux, père, et j'espère que tu le sais. Si nous voulons le retour en gloire du Seigneur, il faut que les juifs se convertissent et, grâce à la puissante structure du Club de la Révélation, *nous y parviendrons. Envoie l'argent sans délai.*

Je te suis profondément reconnaissant de m'avoir mis sur la Voie. William.

---

1. Film de Joseph Mankiewicz avec Marlon Brando.

14

Dans la salle du club de tennis, Gerry avait du mal à entendre ce que Sam disait. Sa voix était couverte par le son tonitruant de la télé et il parlait en enlevant son pull. Ce qui était tout aussi bien, pensa Gerry. Il avait déjà eu droit aux vitupérations de Sam pendant tout le trajet et durant les sets qu'ils venaient de jouer.

— La performance de ce soir prouve que nous jouons de plus en plus mal depuis que nous avons loué le restaurant à ce pasteur, maugréa Sam. Par ailleurs, je ne trouve pas un rond pour mon documentaire, mon équipe se réduit, j'ai repoussé des projets. Ce Harp tient tellement à ce qu'on aille au paradis qu'en attendant, on vit en enfer. Il porte malheur.

— Ça fait des années que tu ne trouves pas d'argent pour tes projets, rétorqua Michael.

— Toi, tu ferais mieux de la boucler et de me soutenir, menaça Sam.

— Pour la énième fois, intervint Gerry, ce gosse essaye juste de monter une affaire. Ce n'est pas facile de démarrer. On ne t'a jamais aidé, à tes débuts ?

— Ta femme t'a envoûté, répliqua Sam. Elle a toujours été une sorcière potentielle, en fait. Elle a fait du vaudou chrétien pour que tu lui obéisses, j'en suis sûr.

Gerry lui répondit par un sourire. Il avala une gorgée de soda et changea la chaîne de télé : un match de tennis dans lequel un Australien mitraillait Pete Sampras, espérant qu'il dépose les armes, apparut sur l'écran. Gerry s'identifia à Sampras et se sentit moins pressé de rentrer chez lui. Il se préparait à regarder du sport à la télé pendant une heure ou deux, ce qu'il faisait parfois avec Sam et Michael. Mais Michael avait un rendez-vous matinal à la bibliothèque, le lendemain, et Sam avait promis de déposer Ellen à l'université. Ils avaient néanmoins la ferme intention de cuisiner Gerry avant de rentrer chez eux.

— Le seul film qui nous intéresse, dit Sam en éteignant la télé, c'est : *Qu'est-il arrivé à Gerry Levine ?*

— Qu'est-ce qui te prend ? demanda Gerry.

Le geste de Sam l'avait surpris et même un peu choqué.

— Tu fais tout pour aider ce type, pas vrai ? reprit Sam.

— Je t'en prie !

— Écoute, les choses sont en train de prendre une tournure sérieuse, dit Michael, et on a décidé de t'en parler. Tu ne peux pas te débiner.

Gerry leva les bras comme s'il était cerné.

— D'accord, j'avoue, dit-il. Je l'aide. Je le conseille pour le parquet. Et alors ? *Ecce homo.* Tirez, si vous voulez.

— Tu ne te contentes pas de le conseiller et de l'aider, insista Sam, tu lui donnes de l'argent pour son projet.

— Marylee lui en donne, rectifia Gerry.

— Ça revient au même.

— Non, c'est son argent.

— Et tu n'as pas mauvaise conscience ?

— Pas du tout.

Sam intervint à son tour :

— Hier, j'étais à la bibliothèque, dit-il. Un type blaguait en disant qu'il se servait de son courrier électronique pour interroger sa conscience plusieurs fois par jour. Ta conscience ne t'a rien répondu, Gerry ?

Gerry secoua la tête et tourna le dos à Sam qui se dirigeait vers le distributeur de boissons. Puis il ralluma la télé et le match de tennis apparut à l'écran. Une balle bleu-vert était frappée avec une puissance qui étonnait Gerry. Sam éteignit de nouveau la télé et se planta devant Gerry. Sur un ton belliqueux, il déclara :

— J'ai contacté six organisations. Six groupes s'occupant d'antidiffamation, d'anti-antidiffamation, et même de contre-diffamation, et sur les six, pas un de ces enfoirés n'a voulu plaider notre cause. Mon plan, c'était de rameuter une puissante institution juive pour faire fermer le restaurant de Harp à notre place. Face à nos femmes, c'était l'échappatoire rêvée.

— Qui te dit que je cherche une échappatoire ? s'énerva Gerry.

— Quoi qu'il en soit, on va être obligés de s'occuper de Harp nous-mêmes.

— Ne te décourage pas, Sam, murmura Michael d'un air absent, distrait par la douleur qui gagnait ses genoux, ses coudes, et par la terrible migraine liée à la balle que Sam lui avait envoyée dans l'oreille en servant à la fin du premier set. On ne sera jamais à cours d'organisations juives. C'est l'une des lois immuables de l'univers. Continue de chercher.

— On va faire fermer le restaurant nous-mêmes, insista Sam.

— Le restaurant n'est même pas encore ouvert, signala Gerry.

— C'est très simple, poursuivit Sam. Je vais attacher William sur un rocher de Central Park, près du Belvedere Castle, et les vautours viendront le dévorer.

— Il n'y a pas de vautours à Central Park.

— On est à New York. Ça peut s'arranger.

Gerry et Michael étaient habitués à l'humour noir de Sam, mais cette fois, il était évident qu'il était vraiment en colère.

– Ils m'ont dit que Harp avait le droit à la liberté d'expression. Et que c'était comme si on voulait fermer une pizzeria parce qu'on n'aimait pas les Italiens.

– Ils ont raison, dit Gerry.

– Mais c'est faux ! cria Sam. Ce n'est pas du tout la même chose. Harp peut servir des trucs du genre : *Gâteau du Diable*, *Rhubarbe de la Révélation*, ou *Bouillabaisse des Monstres de Mer* et d'autres plats avec des noms débiles... ce n'est pas ça le problème. Le danger, c'est que ce type fait du prosélytisme.

– Il ne force personne, souligna Gerry. Chacun peut entrer dans son restaurant, manger, écouter les sermons, payer et sortir. Si les gens n'aiment pas les plats ou ce qu'ils entendent, ils ne reviennent pas. Si ça leur plaît, ils reviennent. C'est un commerce comme un autre. Point final.

– Si un gosse juif paumé a mal vécu sa bar-mitsva et qu'il se fait récupérer par ce prédateur chrétien, je me sentirai responsable, déclara Sam. Et vous aussi. C'est comme ça que vous devriez voir les choses !

– Un prédateur ? Avec ou sans cornes ? Tu deviens paranoïaque, Sam, intervint Michael. Ne laisse pas traîner le savon, s'il te plaît.

Sam devint livide. Michael regretta ce qu'il venait de dire.

– Vous attendez, quoi ? demanda Sam en épiant la réaction de Gerry. Que ce type séduise l'une de nos femmes ?

Gerry demeura impassible.

– Je me sens responsable des agissements de ta femme, continua Sam. Et je ne comprends pas que ça te laisse indifférent.

– Au cas où tu n'aurais pas remarqué, Marylee, Ellen et Judy sont déjà chrétiennes. Elles ne sont pas les proies potentielles de Harp.

Gerry s'exprimait avec calme, patience et sur un ton conciliant.

— À mon avis, il faut laisser nos femmes tranquilles, et en particulier Marylee, poursuivit-il. Laissons faire Harp. S'il échoue, je ne veux pas que Marylee me fasse porter le chapeau. Quand Marylee Jeffers se fâche, mieux vaut être loin d'elle. Tout le monde craint ses colères. Y compris ses amies. Le restaurant est une entreprise comme une autre. Essaye de te mettre ça dans la tête.

— Si c'est une entreprise comme une autre, alors je suis Pete Sampras, dit Sam.

Michael commençait à trouver Sam vraiment ridicule. L'agacement le gagna et il éructa :

— Tu n'es pas Pete Sampras. Tu as toujours la possibilité de lui couper l'eau chaude. Prive-le de chauffage et fais-le crever de froid, tant que tu y es ! Comme ça on sera sûrs que la presse parlera du locataire brimé du *Club de la Révélation* : « Les chrétiens persécutés par des propriétaires juifs. » Ça donnerait une bonne image des juifs, non ?

— Tu es complètement à la masse, toi aussi ! cria Sam. Ton père est rabbin. S'il apprend que tu es complice dans cette affaire, il aura une crise cardiaque. Et la mère de Gerry ne s'en remettra pas non plus.

— Si tu te tais, ils n'en sauront rien, intervint Gerry. Et ne me dis pas ce qui peut tuer nos parents. Épargne-moi tes clichés et ressaisis-toi, mon vieux : on a épousé des chrétiennes.

— Je suis marié à une bouddhiste, pas à une chrétienne, rectifia fièrement Michael.

— Elle n'était pas bouddhiste quand tu l'as épousée, dit Sam. Et tes tentatives de l'intéresser à la cause juive n'ont pas eu le résultat escompté que je sache ? Tu ne l'avais pas emmenée nettoyer les latrines d'une base militaire israélienne, un été ? Si Judy a voulu aller dans un ashram, c'est peut-être à cause de toi ? À ta place, je serais moins fier.

— Ce sont les hindous qui vont dans les ashrams, répliqua Michael. Les bouddhistes vont dans les *zendos* et les monastères. Je te l'ai déjà dit cent fois. Et on n'a pas nettoyé les latrines. C'était une coopérative de poulets. Par ailleurs, je sais mieux que toi ce qui peut tuer mon père, et ce n'est pas ce restaurant. Mais je ne lui en parlerai pas.

— Exactement, pauvre crétin, parce que tu as peur! Tu n'oserais en parler à personne d'ailleurs, tu aurais trop honte!

Un silence se fit. Sam ralluma la télé puis l'éteignit. Comme un gosse, il se sentait au bord de la crise de nerfs. Il n'arrivait pas à se faire entendre et une frustration soudaine l'envahit.

— Écoute, dit-il à Gerry, toi et Marylee, vous vous êtes laissés berner par un petit malin qui se fait passer pour James Dean. Vous n'avez pas affaire à un péquenaud. C'est de la comédie. Je me suis renseigné sur Harp. Son père n'est pas un excentrique illuminé qui veut faire un petit don à Jésus. Vous pouvez le vérifier vous-mêmes sur Internet. En Virginie, c'est un magnat du pétrole. Il possède également des champs pétrolifères du côté de Tulsa. Voilà d'où vient l'argent. Et je vous assure qu'il a les moyens d'investir une fortune dans le restaurant de notre modeste immeuble. Et à quelles fins, Gerry?

Gerry ne répondit pas.

— Quel est le but de Marylee? reprit Sam.

Gerry ralluma la télé et Sam s'assit sur une table, juste devant lui, afin de lui boucher la vue. Si cela avait été quelqu'un d'autre que Sam, Gerry l'aurait frappé. Mais il resta immobile tandis que son ami l'examinait comme un spécimen rare. Puis Sam toucha la poitrine de Gerry avec son index, tel un médecin posant son stéthoscope.

— C'est un cœur juif qui bat? demanda-t-il.

— C'est le même que le tien.

— Si c'était le mien, il saignerait et il aurait une crise cardiaque. Tu es en train de nous tuer, Gerry.

— Écoutez, je soutiens Marylee dans tout ce qu'elle entreprend. Toute personne a besoin de trouver quelque chose en quoi elle croit. Et qu'est-ce que le mariage représente pour vous ? Vous ne seriez pas prêt à soutenir Judy ou Ellen ? Visiblement, ma femme prend cette affaire très au sérieux. S'il s'agissait d'une start-up, ça me gênerait moins, c'est vrai. Mais il s'agit d'un restaurant.

— Une cafétéria chrétienne, railla Sam. Le *Club de la Révélation* !

— Et alors ? Et puis pourquoi tu tiens tant à cette séparation entre *nous* et *les autres* ? J'aimerais bien croire en quelque chose comme Marylee. Je suis même un peu jaloux de sa foi. À part le tennis, on croit en quoi tous les trois ? Et en plus, on joue comme des pieds ! On travaille comme des dingues, on se retrouve au Musée pour fumer un joint et on ressasse inlassablement nos histoires de jeunesse comme si notre vie était finie. Mais on n'a que cinquante ans ! Qu'est-ce que tu nous reproches vraiment à Marylee et à moi, Sam ? Franchement, je ne saisis pas pourquoi cette affaire est devenue une question de vie ou de mort.

Sam observa Gerry un instant et déclara :

— On se marie pour le meilleur et pour le pire. Dans ton cas, c'est vraiment pour le pire. Et pire que tout, tu ne réalises même pas ce qui t'arrive.

— Tu te comportes avec moi comme si j'étais un ennemi, comme si je m'étais brusquement transformé en monstre. On a acheté un immeuble ensemble, on se connaît depuis des lustres. Et tu es prêt à oublier tout ça simplement parce que je ne partage pas ton point de vue discriminatoire sur Harp.

— Discriminatoire ?

— Tu vis dans un rêve, Sam. Dans un fantasme juif. Les yeux fermés, tu aimerais que toute cette affaire disparaisse. Mais Dieu ne s'adresse pas uniquement aux juifs. Parce que si c'était le cas, il serait vraiment mal barré.

La colère de Sam monta d'un cran. Il se tenait à quelques centimètres du visage de Gerry.

— C'est toi qui dois te réveiller, gronda-t-il.

Michael se planta entre ses deux amis, dont la carrure était bien plus imposante que la sienne.

– Si on prenait un peu de recul, dit-il, le temps de boire une bière par exemple ? Allez, une petite bière et tout va s'arranger. Si on évite de se soûler.

Mais l'intervention de Michael ne marcha pas. Avec étonnement, il vit Sam se ruer vers le distributeur de boissons. Le nez collé contre la partie de la machine destinée à recevoir les pièces, il envoya plusieurs coups de pieds dans la base du distributeur. Il tapait si fort que plusieurs canettes dégringolèrent d'un coup. Quand le vacarme cessa, Michael observa la base de l'appareil. Elle était enfoncée et un jet de soda coulait sur le tapis.

– Bravo, dit Michael. Soda pour tout le monde !

Avec une rage contenue, Sam traversa la salle comme s'il cherchait à échapper à quelque chose d'épouvantable. Puis il enjamba les marches de l'escalier quatre à quatre et s'arrêta à la salle de bains du deuxième étage. Quand Sam eut disparu, Michael se tourna vers Gerry, qui continuait de regarder le match de tennis à la télé. Bien qu'il vive avec Sam Belkin et Gerry Levine depuis des années, Michael se demanda s'il les connaissait vraiment.

15

En mars, un soleil intense illumina Broadway trois jours durant. Dans les branches surplombant les réverbères, William vit les oiseaux chanter comme s'ils découvraient leur voix pour la première fois,

Pour faire plaisir à Marylee, mais également pour être auprès d'elle, Gerry se mit à investir – à la consternation de Michael et au dédain de Sam – plus de temps et son propre argent dans le restaurant dont l'ouverture était prévue juste après Pâques.

Quand Marylee passait la soirée en compagnie de William, Gerry la rejoignait. Ce qui lui évitait d'être jaloux. Marylee débordait d'énergie, et Gerry comblait son profond besoin d'aider les autres en l'assistant. Pour le restaurant, Gerry passait une douzaine de coups de fils par semaine. Il téléphonait de partout : de sa voiture, des salons où il exposait ses produits, des bureaux de ses amis fournisseurs, qui lui apportaient volontiers un café tandis qu'il réglait les problèmes de la licence pour débit de boissons.

Le jour où elle avait rencontré Gerry, Marylee avait détecté en lui une générosité exceptionnelle. Un altruisme pur, sans limites. Avec le temps, Gerry avait réalisé qu'en manifestant son enthousiasme pour les projets des autres, il se sentait moins vide. En quoi était-ce un défaut ? Où était le mal ? Qu'avait-il à perdre en se comportant ainsi ? Si les gens l'aimaient, n'était-ce pas pour sa capacité à donner sans rien attendre en retour ? Si Marylee l'aimait depuis tant années, c'était à cause de cela. Pourquoi devrait-il changer ?

Gerry savait également qu'aider Marylee lui permettait d'éviter de se disputer avec elle. Il n'avait jamais été doué pour les affrontements. Quand elle essayait de le coincer, il se défilait en menant à bien une démarche utile pour le restaurant. C'est de cette façon que la vaisselle du restaurant fut achetée. Jusque-là, Gerry avait échappé à toute discussion sur Dieu, Jésus ou les âmes immortelles. Mais il savait que cela ne durerait pas.

Deux semaines avant l'ouverture du restaurant, ils étaient allongés sur le lit. Ils n'avaient pas fait l'amour depuis plusieurs jours. Marylee se redressa sur un coude et se tourna vers Gerry. Étendu sur le dos, les mains derrière la tête, Gerry fixait les pales immobiles du ventilateur blanc du plafond. Les pales lui faisaient penser à des rames, et il éprouva brusquement le désir d'être dans un kayak, sur la surface calme et limpide d'un lac qui ne serait jamais recouverte de parquet.

– J'ai étudié avec William, lâcha Marylee.

Gerry savait qu'elle allait le sermonner. Elle choisissait souvent le lit pour le critiquer et il aimait lui donner l'illusion qu'il n'avait pas repéré sa manie. Il s'imagina en train de ramener son kayak vers la rive du lac.

– Ensemble, on a étudié le Nouveau Testament et le Credo de Nicée. Les vrais chrétiens ont toujours une doctrine.

– Je sais. Tu m'en avais parlé. C'est bien. Je suis content que ça t'intéresse.

– J'avance et tu ne bouges pas.

– Je suis bien où je suis.

– Tu sais où tu es ?

— Au lit, avec ma jolie femme que j'adore.

— Que tu adores. C'est ça le problème.

— Comment ça ?

— Ça ne suffit pas.

— Qu'est-ce que tu en sais ? Tu n'es pas à ma place.

— Je t'en prie. Essaye de comprendre. Avant qu'on commence à travailler sur ce projet, je me sentais perdue, à la dérive, comme un bateau sans ancre. Je me sentais comme toi.

— C'est peut-être pour ça qu'on s'entend si bien.

— Je n'éprouve plus ce sentiment. Je ne me sens plus perdue.

— Moi non plus.

— Mais à mes yeux, tu es totalement paumé et qui plus est, content de l'être. C'est ça qui me perturbe. Il n'y a pas que le travail dans la vie, Gerry. Et il n'y a pas que moi.

— Je t'adore Marylee. Je suis prêt à me prosterner devant toi. Tu as de grands yeux verts qui me rappellent un lac que je suis le seul à connaître. C'est toi ma déesse. Je n'ai pas d'autres dieux.

Marylee se sentit profondément incomprise et des larmes lui montèrent aux yeux.

— Si tu ne crois qu'en moi, murmura-t-elle, alors tu ne crois en rien. Parce que je ne suis pas éternelle, mon amour. Je peux disparaître en un clin d'œil. Je peux être enlevée.

— Je ne pense pas à ce genre de choses.

— Et au paradis, et à l'autre monde, tu y penses ? Tu n'en a jamais parlé. Je ne sais même pas comment toi ou d'autres juifs le perçoivent. Aide-moi, Gerry. À quoi ressemble un paradis juif ? Il y a des arbres ? Des nuages ? Des épiceries et de la kacha ? De l'eau ? Des âmes juives gambadant dans des robes blanches ? Hanoukka ou *Pessah* ne sont pas le paradis.

— *Heaven... I'm in Heaven*, chantonna Gerry.

— C'est quoi le paradis ? insista Marylee. Un lieu chaleureux avec des tables, des chaises et des plats qui égayent le cœur ? (Gerry continua de fredonner.) Je t'en prie, réponds-moi !

— Si je pouvais t'avoir une place, je le ferais, répondit finalement Gerry. Qui revend les billets ?

— Je ne trouve pas ça drôle.

— Écoute, je ne suis pas théologien. Qu'est-ce que ce gosse te propose ? Le paradis et des cours religieux ? Si ça te plaît, tant mieux. Je peux suivre les cours avec toi, si tu veux. Mais il y a une chose dont je suis certain : tout ce que j'ai de concret dans ce monde, c'est toi. Le reste, c'est bidon.

Marylee tendit la main vers la poitrine de Gerry et caressa son torse poilu. Pensant soudain à un berger allemand ou à un cocker étendu sur le dos, elle se demanda d'où lui venait cette image. Était-ce Dieu qui pénétrait son esprit ? Que cherchait-Il à lui signifier ? Elle entortillait les poils de Gerry autour de ses doigts, les tirait, sans se rendre compte de la douleur qu'elle lui causait Ou peut-être s'en rendait-elle compte ? songea Gerry. Il voulait repousser la main de Marylee, mais il se contint et décida de résister à la souffrance. Il avait envie qu'elle se penche pour l'embrasser ou qu'elle pose son oreille contre son cœur comme elle l'avait fait durant leur nuit de noces. Elle avait murmuré : « Bonjour cœur. Bonjour poumons. Bonjour pancréas. » Et c'est ainsi qu'elle avait fait connaissance avec le corps de son mari.

— Tu m'écoutes ? demanda-t-elle. Qu'est-ce qu'il restera de nous quand nous serons morts ? Quand nous aurons la bouche pleine de terre, où iront notre amour et notre dévotion ? Quand notre chair pourrira, quand nous ne serons plus que des squelettes…

Marylee ne s'était jamais sentie aussi seule. Gerry lui saisit la main, la serra un instant, puis la repoussa, réalisant que Marylee prenait très au sérieux ses visions morbides. D'une voix lasse, elle reprit :

— Le mariage ne signifie plus rien si tu deviens un cadavre se décomposant aux côtés d'un tas d'os secs, sauf si nous nous élevons ensemble vers la vie éternelle.

— Moi aussi, j'aimerais être éternellement avec toi, ma belle.

— Tu sais de quoi je parle. Tu m'obliges toujours à me censurer, à ne pas m'exprimer comme une chrétienne, parce que ce je ressens profondément ne te semble pas acceptable.

— Pas crédible, rectifia Gerry.

Vexée, Marylee lui tourna le dos, le laissant néanmoins lui toucher le bras. Elle sentait qu'il cherchait avidement le contact de sa peau.

Gerry ne supportait pas qu'elle l'ignore. Il eût préféré qu'elle se fâche, qu'elle crie, et même qu'elle pleure, afin qu'il puisse au moins lui tendre un Kleenex ou le grand mouchoir rouge posé sur la table de nuit ou autre chose, n'importe quoi...

Mais l'indifférence affichée de Marylee le paniquait. Il imagina de nouveau le lac et le kayak. Il vit des nuages et entendit l'orage gronder. Il chercha ses rames, mais elles avaient disparu.

Ils étaient échoués côte à côte dans un profond silence. Finalement, Marylee déclara :

— Je regrette qu'on n'ait pas eu d'enfants.

— Oui, moi aussi. Parfois.

— Mais on a choisi de ne pas en avoir.

— On a essayé, on en a beaucoup parlé, dit Gerry, puis on a renoncé. Je ne sais pas si on peut appeler ça un choix. On pensait qu'on ne serait pas des parents bien, parce que notre priorité, c'était le travail. On pensait qu'on se suffirait l'un à l'autre.

— On s'est peut-être trompés.

— Je n'en sais rien, souffla-t-il.

— Même Dieu a des enfants.

— Des enfants ?

— Tu sais ce que je veux dire. Ne fais pas l'idiot.

— Il a Jésus.

— Et nous. N'ayant pas d'enfants, je considère que toi, Sam, Ellen, Michael, Judy et moi, sommes des enfants de Dieu. Et tous les enfants de Dieu peuvent accéder à la vie éternelle.

– C'est un point de vue que je respecte.

– Mais tu n'es pas d'accord ?

– Je n'ai pas dit ça.

– Non, mais tu préfères être un tas de merde qu'un enfant de Dieu !

– Je t'en prie, Marylee. Je suis ton partenaire. La vie est un voyage dans lequel nous avons besoin de réconfort et de consolation. Nous ne sommes pas des tas de merde.

– Nous le sommes, si c'est tout ce que la vie représente pour toi.

– Notre amour perdure, dit Gerry, regrettant immédiatement sa phrase.

– Tu appelles ça une consolation ?

– Je fais ce que je peux. Quitte à être perdu et désespéré, autant l'être avec toi que seul.

– Nous ne serions pas perdus si tu acceptais d'envisager l'avenir différemment. Mais peut-être est-ce trop te demander ?

– Je ne pense pas.

– Tu as déjà renoncé à tant de choses et notamment aux principes fondamentaux. Tu te réfugies dans le tennis, dans ton petit confort, dans l'humour, et tu as la tête pleine de clichés. Et puis, un jour, la mort viendra. Et tu ne proposes aucune solution face à ça. J'attends autre chose de la vie.

– Qu'est-ce que tu attends de moi ?

– Que tu étudies le christianisme. Sans les clichés et les idées préconçues. En essayant simplement d'écouter Jésus.

– J'ai moins de clichés que tu ne l'imagines.

– Oui, mais tu es tellement borné. Regarde William, il apprend l'hébreu et il étudie le judaïsme avec les électriciens. C'est un gosse, mais il est curieux des origines de Jésus. Tu n'es pas vieux et tu n'es pas encore mort. Tu peux changer. Étudie un peu. Après tout, les premiers chrétiens étaient juifs.

– Entendu. Étudier un peu n'a jamais fait de mal à personne.

— Ce qui me plaît, ce n'est pas seulement l'aspect commercial du restaurant, mais ce qu'il symbolise. C'est un nouveau départ. Tu comprends ce que je veux dire ?

— Oui, je comprends, dit rapidement Gerry. Les nouveaux départs sont formidables.

— Non, tu ne comprends pas.

— Bon, d'accord. C'est vrai. Mais je suis disposé à apprendre.

— Je ne te mordrai pas. Promis. Quoique…

Marylee se rapprocha de Gerry. Il se sentit profondément soulagé de pouvoir enfin l'enlacer en la regardant droit dans les yeux. Avant qu'ils ne s'endorment, Marylee se sentit foudroyée, comme si un éclair l'avait soudain propulsée dans le ciel.

16

L'ouverture imminente du *Club de la Révélation* ombragea la Pâque juive des trois couples. Ils parlèrent brièvement de se retrouver pour un *seder* dans le restaurant – mais Sam trouva l'idée ridicule.

Par ailleurs, Marylee avait déjà demandé à William d'ouvrir le *Club de la Révélation* le premier soir du *seder* de la Pâque juive et d'organiser une soirée gratuite pour tout le Upper West Side. D'après elle, c'était un bon moment pour l'inauguration – la plupart des établissements juifs étant fermés, ce soir-là – et l'occasion rêvée de mettre en valeur les origines communes du judaïsme et du christianisme. Marylee avait même proposé de subventionner elle-même l'événement. Mais Michael et Sam s'y étaient opposés, et leurs sarcasmes constants vis-à-vis de Gerry avaient peiné Marylee. De plus, sans qu'elle sache pourquoi, les derniers travaux du restaurant avaient brusquement ralenti et William traînait des pieds.

Les années précédentes, Sam et Ellen avaient fêté le *seder* à Queens, chez les cousins religieux de Sam. Mais Sam venait de trouver un commanditaire potentiel : une société pharmaceutique allemande qui extrayait du kava, une substance produisant les effets du Valium, d'arbustes poussant uniquement dans les atolls de Papouasie. La société avait demandé à Sam de filmer la récolte du kava, laquelle coïncidait avec les huit jours de la Pâque juive. Malgré ses vagues efforts, Sam n'avait pas réussi à convaincre les Papous de repousser le moment de la récolte pour lui permettre de célébrer la fête juive de la liberté. Il se prépara donc à prendre l'avion, heureux d'avoir trouvé près de cent mille dollars pour son budget, et encore plus heureux d'échapper au *Club de la Révélation* – le restaurant étant devenu à ses yeux un cancer religieux contre lequel il n'y avait qu'un seul remède : la chirurgie radicale. Mais Sam était le seul à voir les choses ainsi.

– Je parie qu'il va mettre des santons de Jésus sur l'*afikoman*[1], déclara-t-il à Michael. J'en suis sûr !

Puis, quand Michael lui serra la main à l'aéroport, Sam ajouta :

– Ne laisse pas ce missionnaire gâcher les plus belles fêtes que notre civilisation a créées.

– J'y veillerai, ne t'en fais pas, assura Michael.

Plus tard, Michael dit à Ellen :

– Ton mari critique, revendique, puis il file à l'autre bout du monde. Il y a quelque chose qui ne colle pas…

– Il est quand même parti avec une boîte de *matza*[2] en Nouvelle-Guinée.

– Sur tes conseils, je suppose.

À chaque Pâque juive, Michael hésitait entre rejoindre son père à la maison de retraite ou aller chez sa mère, qui vivait en Floride, non loin de la mère de Gerry. Tout dépendait de l'état de santé de ses parents à la veille des fêtes. Cette année, son père lui semblant moins en forme que sa mère, il décida de rester à New York.

Sous la pression de Marylee, Gerry resta également à New York. Il n'était pas inquiet pour sa mère : elle avait

---

1. Dessert du *seder*.
2. Pain azyme.

118

des millions d'amis en Floride et la longueur de la table du *seder* était comparable à la hauteur d'un cocotier. De plus, la sœur de Gerry serait auprès d'elle.

Gerry supplia Marylee de passer le *seder* avec Michael, Judy et Ellen dans la maison de retraite du père de Michael. Judy avait préparé le traditionnel *charoset,* un plat du *seder* à base de pommes, de raisins et de noix, et y avait ajouté les ingrédients d'une recette vieille de mille ans issue du tantrisme, agissant sur la virilité. Le plat contenait également une forte dose de vitamine E, bénéfique pour le cœur et la tension. L'ambiance de la maison de retraite serait ainsi beaucoup plus tonique, avait promis Michael.

Marylee déclina poliment la proposition. Elle annonça qu'elle ne participerait à aucun *seder*, parce que les deux premières nuits de la Pâque juive précédaient le vendredi saint.

— Je vais rester à la maison pour me préparer à contempler la résurrection de Jésus. Je vais prier. Depuis vingt ans, j'assiste à vos *seders* mais cette année, ce genre de distraction risquerait de me déconcentrer. Merci de votre invitation.

Sa déclaration laissa ses amis sans voix.

— C'est un comportement un peu infantile, dit Judy à Gerry.

— Non, c'est Marylee. Elle est comme ça, répliqua-t-il.

Mais tout le monde remarqua la déception de Gerry.

Sur un conseil de Marylee, William mit un mot sur la vitre du restaurant : BONNES FÊTES ET JOYEUSES PÂQUES. Puis il lui annonça qu'il rentrait en Virginie pour passer le week-end de Pâques avec son père, ce qui déconcerta totalement Marylee.

Gerry proposa à sa femme de l'accompagner aux offices du vendredi saint et du dimanche de Pâques, pensant qu'elle changerait peut-être d'avis à propos des *seders.* Si les autres espéraient également que le départ de William (« J'espère qu'il ne reviendra jamais », déclara Michael) convaincrait Marylee de se joindre à eux, ils la connaissaient mal. Elle dit simplement à Gerry qu'elle serait heureuse qu'il l'accompagne à l'église. Le soir du deuxième *seder*, elle les accompagna jusqu'à l'entrée de l'immeuble et les observa partir vers la maison de retraite située quelques rues plus haut.

— Vous êtes tous très élégants ! leur dit-elle.

Elle eut l'impression de les envoyer faire un long voyage et resta plantée sur le perron à les regarder s'éloigner.

Au bout de quelques mètres, ils s'arrêtèrent et revinrent vers Marylee.

— Viens avec nous, supplièrent-ils.

— Qu'est-ce que tu vas faire ? demanda Ellen. Tu vas t'asseoir toute seule dans le noir ? C'est ridicule !

— Amusez-vous bien et posez les Quatre Questions, répondit Marylee. Embrasse ton père de ma part, Michael, et ne bois pas trop.

Elle les poussa presque vers la maison de retraite.

— Je t'en prie, implora Judy. Je n'aime pas ça.

— Partez ! Ne vous en faites pas ! insista Marylee. Je m'assiérai peut-être dans le noir mais je marcherai dans la lumière !

Lorsqu'ils furent partis, Marylee pénétra dans la salle du *Club de la Révélation*. Dans la pénombre, William lui manquait, mais elle appréciait la solitude des lieux, le silence de la pièce, l'odeur de la peinture, le sentiment d'être sur le point de renaître. Marylee contempla les cartons contenant des verres et des assiettes qui avaient été livrés le jour précédent. Elle déambula parmi les tables et s'assit à celle où William s'installait souvent pour travailler et écrire à son père. Elle y trouva un exemplaire de la Bible, celui qui serait sur toutes les tables le jour de l'ouverture du restaurant. Elle entendit le pépiement des oiseaux, le crissement des pneus des voitures, le bruit de ce qu'elle imagina être des barils étincelants déposés devant des bars et des restaurants, et le brouhaha provenant de Broadway.

Marylee tourna lentement les pages de la Bible. Elle trouva le signet de William à la Révélation 14.2-3 : « Et j'entendis du ciel comme un bruit de grosses eaux, comme le bruit d'un grand tonnerre ; et la voix que j'entendis était comme celle de joueurs de harpes jouant de leurs harpes. Et ils chantaient un cantique nouveau devant le trône. »

En plaisantant, William lui avait dit que ce passage des Saintes Écritures faisait référence à son père et à lui.

Le calme et le sentiment d'être séparée des autres l'aidaient à se concentrer. Dans la pénombre faiblement éclairée par la lumière de la rue, elle feuilleta l'Évangile, lisant plusieurs versions de l'arrivée de Jésus à Jérusalem, sa querelle avec les marchands du Temple, son repas avec les apôtres, sa trahison, son arrestation, son procès, sa crucifixion et sa résurrection à Pâques. Marylee n'avait jamais réalisé combien Jésus était incompris. Comme beaucoup de gens, comme elle. Des larmes coulèrent sur ses joues.

Au moment où elle se demandait depuis combien de temps elle était assise dans le restaurant, elle entendit soudain, à l'extérieur, la voix de Gerry et celle des autres. Elle se leva rapidement et, juste avant qu'ils entrent dans l'immeuble, fonça vers son appartement.

17

L'inauguration du *Club de la Révélation* eut lieu le dernier jour d'avril. Une petite brise soufflait, l'air était doux, la circulation fluide. Il n'y avait pas eu d'inondations à New York, ni de déchets polluants menaçant le Bronx; le George Washington Bridge ne se balançait pas dangereusement au-dessus de l'Hudson River. Ne détectant aucun signe apocalyptique, Marylee se sentit rassurée en examinant la liste des réservations.

Devant l'entrée du restaurant, sous les branches d'ailantes, vêtu d'un smoking blanc (idée de Marylee) et coiffé d'une toque de chef français (son idée), n'arborant ni croix ni insigne religieux (conseil de Gerry), William Harp accueillait les premiers arrivants et les dirigeait vers le Club.

— Vous avez célébré Pâques, la Pâque et le Jour de la Terre déclara William avec une voix métallique d'évangéliste que Marylee ne lui avait jamais entendue auparavant. Aujourd'hui, pour l'inauguration du *Club de la Révélation*, vous allez célébrer quelque chose de nouveau: le Jour du Paradis. J'espère que vous trouverez la nourriture aussi céleste que notre message. Merci de vous joindre à nous.

L'inauguration avait attiré une petite foule, mais pas la grosse clientèle des restaurants juifs que William et Marylee avaient escomptée. Des connaissances de Gerry et de Marylee étaient venues, Michael avait invité deux amis bibliothécaires dont un immigré juif russe qui s'occupait de la section des livres slaves. Ellen avait fait venir une collègue qui enseignait la littérature et se documentait pour écrire un livre sur la présence des anges dans la vie de tous les jours. Elle pensait en trouver quelques-uns dans le premier restaurant chrétien du Upper West Side.

Bien sûr, les trois couples étaient présents. Ellen avait dû forcer la main à Sam. Après avoir passé vingt minutes sous la douche, Sam était arrivé délibérément en retard. Personne ne croyait qu'il était encore fatigué par son voyage en Nouvelle-Guinée et, pour la première fois, il arborait une Étoile de David en or, épinglée sur le nœud de sa cravate. L'étoile lui avait été offerte pour sa bar-mitsva. Ellen sourit à tout le monde quand il apparut. Sam semblait excédé. Dans son portefeuille, il avait conservé les numéros de téléphone d'organisations antidiffamation, anticulte, antimissionnaire, et il menaçait régulièrement de les appeler. William accueillit ses propriétaires avec une grande courtoisie, et Sam dut reconnaître que les odeurs émanant de l'immeuble étaient bien plus alléchantes qu'au temps des restaurateurs précédents.

Deux étudiants en arts plastiques et non pas en théologie avaient été recrutés pour assurer le service. Sachant que William avait besoin de quatre serveurs, Nawang, le bouddhiste de la cave, « avait eu la gentillesse », comme disait Judy, de faire appel à deux jeunes moines tibétains, lesquels venaient d'arriver à New York avec peu d'argent en poche et une connaissance très limitée de la langue anglaise. Le visage lumineux, un large sourire aux lèvres, Nawang multipliait les courbettes en accompagnant les deux moines vêtus de robes safran, et leur servit d'interprète tandis qu'ils prenaient la commande des clients.

Si avec les serveurs, le message religieux du restaurant n'était pas clair, il devint limpide quand le discours du missionnaire chrétien apparut sur l'écran :

124

— L'heure de la rédemption du peuple juif va bientôt arriver, déclara William, et au *Club de la Révélation*, nous sommes là pour les aider... pour vous aider. Les chrétiens et les juifs sont les seuls à vénérer le même Dieu. Et bien que les juifs ne croient pas que Jésus soit le messie, nous ne leur en tenons pas rigueur.

Sam envoya un coup de coude à Gerry :

— Tu as entendu ? Il ne nous en tient pas rigueur. Quelle délicatesse !

— Tais-toi, chéri, intervint Ellen. Laisse-nous écouter la suite.

— Nous vénérons tous le même Dieu, répéta William, et Dieu sait combien le peuple juif lui est cher.

William poursuivit son sermon en parlant de se préparer à la fin des temps, mais il critiqua avec véhémence les faux prophètes qui prétendent connaître la date et l'heure de la fin du monde.

— Le 31 décembre 1999, combien de voix ont clamé que le nouveau millénaire serait le début de la fin du monde ? Combien de pèlerins ont vendu leur maison, leur voiture de sport, et sont en train de dépenser leurs derniers sous dans une chambre d'hôtel à Jérusalem en regardant avec anxiété le mont des Oliviers ? Ce n'était pas très malin de leur part. Un millénaire et demi plus tôt, saint Augustin avait raison dans son sermon sur la Ville sainte : « Certains ont dit que quatre cents ans s'écouleraient, d'autres cinq cents ans, d'autres mille ans, entre l'ascension du Seigneur et Son retour. Mais sur ce sujet, le Seigneur n'a pas fixé de date précise et ordonne le silence. »

William fit une pause et les yeux des convives se rivèrent sur l'écran. « Car ce n'est pas à vous de connaître les temps ou les saisons que le Père a réservés à sa propre autorité. »

— Mais mesdames et messieurs, reprit William, et en particulier, vous qui êtes de confession juive, ce moment viendra. À présent, je ne vous cite pas la Révélation, ni Isaïe, ni les Corinthiens, mais votre propre prophète, Bobby Dylan, né Robert Zimmerman, issu d'une respectable famille juive du Minnesota: « Les hommes détruisent le monde. Je suis désolé, mais c'est la vérité. Bientôt, dans trois ou cinq ans… je ne sais pas quand… dans dix ans peut-être… je ne sais pas… une guerre, la guerre d'Armagedôn, va avoir lieu. » Bien sûr qu'il ne sait pas! Mais seulement cent quarante mille juifs pourront être mis à l'abri quand le déluge de feu commencera! Combien de juifs du Upper West Side seront élus? Combien de Broadway? Combien de West End Avenue? Combien de ceux qui vivent entre la 79e et la 96e rue? L'équivalent du nombre d'âmes résidant dans l'un des gratte-ciel surplombant l'Hudson River sera élu! Pas plus! Il y aura peu de place dans l'Arche de la Rédemption. Alors, avant l'extermination et la destruction totale, pendant qu'il est encore temps, essayez d'obtenir la grâce du Seigneur, et venez nous voir souvent au *Club de la Révélation*. Après cette soirée d'inauguration, je me tiendrai à votre disposition. Vous pourrez me consulter individuellement et m'ouvrir votre cœur. Mais avant la fin du monde, nous devons manger, bien sûr. Et, bien que le salut soit un problème sérieux, la nourriture sera légère. Alors mangez, buvez, et revenez vous convertir!

Quand la vidéo s'arrêta, quelques applaudissements hésitants retentirent, puis furent immédiatement couverts par un bruit d'assiettes cassées: l'un des Tibétains avait renversé un plateau. Sans perdre une seconde, le beau William s'empara du micro:

– C'est pour vous rappeler la vision de saint Jean dans la Révélation, quand les anges versent les sept coupes pleines de la colère de Dieu. Mais rassurez-vous, nous n'avons pas déclenché la famine, la mort et la destruction. Au pire, l'un de nos serveurs sera renvoyé.

Le repas se termina par un café et un choix de desserts: *Gâteau des Sept Anges, Salade de Fruits de l'Arbre de Vie* ou

Bananes du Refuge (flambées, bien sûr). Des images datant de la fin des années quarante, destinées à alerter la population des dangers d'une attaque nucléaire et autres désastres, étaient projetées sur l'écran. Ces images d'archives avaient été retrouvées grâce à Gerry, Sam ayant refusé de participer aux recherches.

18

En raison de l'inauguration du restaurant et de l'absence de Sam qui était parti tourner le film d'un ami dans le sud des États-Unis, plusieurs parties de tennis ne purent avoir lieu.

Le soir ou les trois hommes eurent enfin l'occasion de jouer ensemble au club de tennis de Caracas, Gerry décida d'annoncer à ses amis qu'il avait commencé à étudier le christianisme avec Marylee et William. Il savait que Sam risquait de le ridiculiser et de le traiter d'ennemi du peuple juif, mais l'idée de mentir à ses amis le gênait. Par ailleurs, depuis quelque temps, il y avait moins de tension entre les trois hommes. Cette nouvelle atmosphère était surtout liée au succès relatif du restaurant. Depuis l'ouverture du *Club de la Révélation*, Sam, Gerry et Michael s'étaient rendu compte que le monde n'avait pas été chamboulé. Pas encore, du moins. Le restaurant ne s'était pas transformé en planète Jésus et ne semblait avoir aucune influence sur les habitants du quartier.

Malgré les appels constants de Marylee, aucun journaliste de la presse juive ou gastronomique ne s'était déplacé. Seuls les moines tibétains débordaient d'enthousiasme vis-à-vis du *Club de la Révélation*. Judy avait insisté pour qu'ils soient payés douze dollars de l'heure, en plus des pourboires. En fait, personne ne s'était alarmé de l'éventuelle menace que constituait le restaurant pour le peuple juif, et le *Club de la Révélation* attirait peu de monde.

Pour consoler William, Marylee lui avait dit :

— On ne sait jamais, ça peut démarrer d'un coup.

Dans la cage d'escalier, Gerry avait entendu leur conversation et, pour la première fois, il s'était caché pour épier sa femme. Il avait vu William assis à une table, les yeux rivés sur les factures. Il l'avait entendu répondre d'une voix triste :

— C'est ce que je me dis, Marylee.

— Un restaurant, c'est comme un pinot noir, il faut le laisser respirer avant d'apprécier toute sa saveur. Avec le temps, beaucoup d'entreprises finissent par avoir du succès. Il faut tenir, William.

— Il faut tenir, avait répété le missionnaire.

Marylee ne semblait ni surprise ni déçue par la médiocre performance du restaurant. Elle était calme, amaigrie, et son côté éthéré lui donnait un certain charme, avait pensé Gerry en l'observant embrasser William sur la joue.

Tandis qu'il se rendait à Caracas, cette image ne le quittait plus. Depuis l'inauguration, Gerry avait remarqué qu'un léger désespoir semblait gagner l'évangéliste. Il appelait Marylee à n'importe quelle heure et montait même la voir dans l'appartement pour lui demander conseil sur les milliers de choses qui le tracassaient : Devait-il changer le menu ? Pourquoi le *Foie du Veau d'Or* avait-il plus de succès que les *Côtelettes d'Agneau Pascal* ? Comment garder plus d'une semaine les mêmes serveurs ? (Les moines tibétains avaient été les seuls à rester et si William tolérait leur présence, c'était uniquement pour ne pas contrarier Judy.) Comment promouvoir le restaurant avec de nouvelles soirées à thème ? (La soirée du lundi, autour d'un dialogue sur le judaïsme et le christianisme, avait été un flop complet.)

Le soir où Gerry avait épié sa femme et William, il avait remarqué qu'elle continuait à conseiller le missionnaire, mais avec moins d'énergie.

— Détendez-vous William, lui avait-elle dit. Vous êtes un évangéliste, pas un capitaliste. Le but de cette affaire n'est pas de vous enrichir. Si vous priez avec ferveur pour que les clients viennent, ils viendront.

— Vous avez bien appris mes leçons, avait plaisanté William avec amertume. Sincèrement, vous êtes satisfaite du résultat ?

— Absolument.

— Mais l'enjeu est considérable.

— Je sais, mon chou. L'avenir du monde est en jeu.

— En effet. Celui de la planète et de mon petit univers.

Marylee l'avait embrassé de nouveau, se rappela Gerry. Sur la tempe ou dans le cou ? Quoi qu'il en soit, les baisers de Marylee, chastes, religieux ou consolateurs, ne réconfortaient guère William. Le missionnaire semblait éprouver la même détresse que Gerry ressentait quand Marylee le délaissait.

En se remémorant cette scène au volant de sa Toyota, Gerry accéléra à fond. Recroquevillé à l'arrière, Michael lui demanda s'il était vraiment nécessaire de conduire aussi vite, tandis que Sam, assis à l'avant, tripotait d'un air impassible les cordes de sa raquette. Il ne leva la tête qu'au moment où Gerry fit crisser les pneus du véhicule en arrivant au club. Ils se garèrent à l'entrée du parking.

Quand Sam eut réglé les deux cents dollars qu'il devait pour les réparations du distributeur de boissons, les trois hommes se rendirent sur le court, s'échauffèrent et commencèrent à jouer.

Sam joua un simple contre Gerry, tandis que Michael digérait son dîner : des galettes au tofu, préparées par Judy, et un gros morceau de *kielbasa*[1] qu'il avait dévoré à

---

1. Saucisse fumée.

131

son insu. Sentant une douleur sous son aisselle gauche, Michael paniqua et se mit à penser à *Urgences* et aux autres séries télévisées médicales qu'il évitait de regarder. Il décida d'attendre l'arrivée de Ganesh avant de fournir le moindre effort et se contenta simplement de compter les points.

Ganesh, l'Iranien, surgit à vingt-deux heures trente. Il écouta le cœur de Michael avec le stéthoscope qu'il gardait dans son sac de raquettes (Michael lui demandait toujours de l'examiner), le rassura, puis fit équipe avec lui contre Sam et Gerry.

Soulagé de ne pas mourir immédiatement, Michael joua avec beaucoup d'énergie et le score fut souvent à égalité. Mais, à la fin du deuxième set, à cause des balles hautes de Michael et de ses fautes à la volée, Sam et Gerry gagnèrent.

Sur le chemin du retour, ils étaient épuisés. Ils songèrent que le *Club de la Révélation* n'avait pas encore affiché complet, qu'un videur chrétien B.C.B.G. n'avait pas été engagé, qu'il n'y avait eu aucune file d'attente à l'extérieur du restaurant, que les juifs du Upper West Side ne se bousculaient pas pour entrer et qu'ils pouvaient tous se sentir soulagés car aucun magazine n'avait encore parlé du restaurant.

— Je suis ravi de notre échec, déclara Sam. Je te félicite, Gerry.

— Vous savez ce que Bob Zimmerman Dylan, notre prophète, a dit ? intervint Michael : « Tout succès peut être un échec. Tout échec peut être un succès. »

— Il est trop tôt pour savoir ce qui va se passer, dit Gerry. Le restaurant est seulement ouvert depuis deux mois. Il peut marcher, qui sait ? Et même si Harp fait faillite, l'expérience aura été amusante. Tendue, mais amusante. Et ça m'a permis de me sentir plus proche de Marylee, comme je vous l'ai expliqué des milliers de fois. Je me suis même mis à étudier avec elle et le missionnaire.

— Vous étudiez quoi ? demanda Sam.

— On lit Matthieu et Marc en ce moment, et ensuite on étudiera la Révélation. Ce n'est pas inintéressant. Ce sont des paraboles simples qu'un type comme moi peut facilement comprendre. Harp nous donne des cours particuliers.

— Deux places pour l'Évangile, railla Michael. Quelle chance !

— Tous les jeudis soir, dans la cuisine, il essaye d'expliquer à un juif borné — c'est comme ça qu'il m'appelle — qu'il est important, pour Jésus, de pénétrer un cœur humain. Et si vous voulez vous joindre à nous, n'hésitez pas. Vous serez les bienvenus.

— J'en suis sûr, rétorqua Michael.

— Quand Jésus pénètre le cœur d'un juif, ça s'appelle une angine de poitrine, lâcha Sam.

— Pourquoi est-ce qu'on devrait se joindre à vous ? demanda Michael.

— « On » ? répéta Sam.

— Oui. « On », répondit Michael.

— Gare-toi, je veux descendre, ordonna Sam. Tout de suite.

Gerry l'ignora, accéléra et faillit percuter le pare-chocs arrière d'un camion. Il fit une queue-de-poisson et se rabattit à moins d'un mètre derrière un autre véhicule, comme si sa façon de conduire était une réponse à la question de Michael. Lorsqu'il vit qu'il ne risquait plus d'accident, il déclara calmement :

— Il y a dix-neuf ans, quand j'ai épousé Marylee, je lui ai demandé de suivre un cours de judaïsme. C'est elle qui me l'a rappelé l'autre soir. Je voulais qu'elle connaisse la religion juive, bien que je ne sois pas un expert en la matière. Une sorte d'instinct primaire, je suppose.

— Comme à l'instant, dit Sam d'un ton apeuré. Un instinct peut rapidement devenir un fait divers. Qu'est-ce qui t'a pris, Gerry ?

— Je pensais que c'était peut-être moi qui avais déclenché l'instinct, dit Michael. Le cours, c'était au Y[1] ?

---

1. Institution juive de New York.

— Exactement, et le professeur était un rabbin de deux mille ans.

— Le rabbin Morton Fink, coupa Michael, un ami de mon père. Il est mort.

— Qu'il repose en paix, murmura Sam.

La conduite dangereuse de Gerry et le pont monumental qui se dressait à présent devant eux, tel un pont du Temps, tempéraient sa rage. Il eut soudain l'impression qu'à travers les lumières et les nuages, de nombreuses générations, des milliers de morts, juifs en particulier, observaient son comportement vis-à-vis de Michael et Gerry.

— Quoi qu'il en soit, poursuivit Gerry, Marylee m'a dit que les compromis n'étaient pas à sens unique. J'ai donc accepté de suivre les cours. Que vouliez-vous que je lui dise ?

— « NON », répliqua Sam. C'est un petit mot très pratique. Je me demande si ta bouche a encore la force de le prononcer quand tu es face à ta femme.

— Il n'y a pas une balle de tennis que tu pourrais mordre jusqu'à ce qu'on arrive à la maison ? suggéra Michael.

Puis il se tourna vers Gerry, qui affichait une expression énigmatique et ignorait ostensiblement les propos de Sam.

— Mais Marylee n'était pas emballée par les cours de judaïsme, si ? demanda Michael. Conduis avec prudence, s'il te plaît, pendant que tu réfléchis.

— Non, répliqua Gerry.

La route illuminée lui faisait penser à un feu roulant et il plissa les yeux pour mieux voir. Il se souvint que Marylee n'avait pas aimé la façon dont le rabbin Fink avait présenté l'histoire du jardin d'Éden. Le fait qu'Ève soit perçue comme une femme malfaisante, qui avait cherché à rendre Adam complice de ses arrangements avec le serpent, l'avait choquée. Elle avait été la première personne à donner un point de vue féministe au rabbin Fink et elle lui avait également déclaré : « Si Adam et Ève étaient le premier couple

134

juif, nous n'avons pas l'intention de suivre leur exemple. Nos rapports seront basés sur la communication, le soutien et nous n'irons pas voir Dieu pour nous casser mutuellement du sucre sur le dos. » Gerry rapporta ses propos à ses amis et ajouta :

— J'étais vraiment fier d'elle. Le rabbin était un vieillard respecté avec une barbe d'un mètre de long et elle a osé le défier. La seule chose qui lui plaisait, et elle l'a dit au vieil homme, c'est le fait qu'Adam et Ève soient nus en permanence. Ce qui lui plaisait moins, c'est tous les serpents sur lesquels on pouvait marcher par mégarde.

— Il n'y avait qu'un seul serpent ! s'énerva Michael.

Il regretta immédiatement ses propos, craignant que Gerry fasse de nouveau l'imbécile au volant.

— Marylee est probablement responsable de la mort du pauvre rabbin, dit Sam. En pénétrant son cœur, elle lui a filé une angine de poitrine.

— Désolé, dit Michael. Il est mort d'un problème intestinal. Mon père a fait un discours élogieux à ses funérailles. C'était l'une des rares fois où je l'ai vu pleurer.

Sam revint à la charge :

— Ce cours de christianisme, Gerry, tu ne peux pas vivre sans ? De toute façon, le restaurant est un projet avorté, comme le *Curry de Murray*. Tire un trait dessus, mon vieux. Et si tu veux vraiment apprendre quelque chose, prends des leçons de conduite !

Michael ajouta :

— Et si tu avais reçu une bonne éducation judaïque, tu aurais expliqué à Marylee qu'Adam et Ève ne pouvaient pas être un modèle de couple juif, pour la simple raison qu'ils ne l'étaient pas.

— D'où tu sors ça ? s'écria Sam.

— Ils parlaient yiddish dans le jardin d'Éden, Sam ? Je suis navré de vous l'apprendre, mais il n'y avait pas de juifs au paradis. Dieu n'a pas inventé les juifs.

— Mais il devait y penser, répliqua Sam. Dieu aime les juifs. Ils sont Son peuple, et il n'a pas envie qu'ils deviennent *goyim*[1].

— Je t'en prie! couina Michael.

— Je t'en prie! l'imita Sam.

Gerry en avait assez de les entendre. L'envie de conduire dangereusement le tenaillait et ce qu'il se sentait capable de faire l'effrayait. Il regrettait que Marylee n'assiste pas à la conversation, car il allait sûrement se tromper en la lui rapportant. En se penchant vers Michael, il sortit de la file et braqua soudain pour éviter un poids lourd qui le doublait à droite.

— Pitié! cria Michael.

— Désolé, dit Gerry. J'ai eu un moment d'inattention… Alors, qui étaient les premiers juifs? Dites-moi.

— Abraham était le premier juif, répondit calmement Michael. Reste dans la file et je t'explique la suite, d'accord? Avant que Dieu ne conclue un accord avec lui, il s'appelait Abram, sans le *h* et il n'était pas encore juif. Le *h* était le signe de la consonne secrète de Dieu, H comme dans inHaler et exHaler l'air de la vie. Sarai est également devenue la première femme juive, lorsque Dieu a ajouté un *h* à son prénom. C'étaient eux les premiers juifs, pas Adam, ni Ève, ni même Noé.

— Ni même Noé? demanda Sam.

— Il n'y a aucune raison d'être déçu, Sam. Noé était un ivrogne bordélique que ses enfants étaient obligés de mettre au lit eux-mêmes. Abraham et Sarah étaient un couple juif modèle. Ils avaient plusieurs troupeaux de moutons, des terres, ils ont vite grimpé les échelons de l'échelle sociale en se rendant utiles aux princes. Ils étaient partis pour vivre cent vingt ans et, durant leur longue existence, Abraham n'a jamais appris à faire bouillir une gourde d'eau, et lui et Sarah s'engueulaient tout le temps. Ça vous rappelle quelque chose?

---

1. Non-juifs.

— Incroyable, murmura Sam. Et moi qui m'étais fixé sur le duo de nudistes.

Gerry ajusta son laissez-passer électronique sur le pare-brise de la Toyota et franchit le péage.

— Alors si je comprends bien, dit-il, un jour Dieu est allé faire un tour, il a rencontré Abraham et Sarah — Abram et Saraï — et les a convertis au judaïsme?

— On peut voir les choses comme ça, répondit Michael. Mais, plus exactement, il a conclu une entente avec eux.

— Je me souviens de cette histoire, dit Sam. En fait, il a conclu un contrat de natalité et leur a dit: « Si vous vous pliez à toutes les lois du présent contrat, je vous rendrai fertiles et vous serez aussi nombreux que les étoiles qui brillent dans le ciel et que les mouches qui volent de fruit en fruit. »

— Qui t'a enseigné la religion juive, Sam? demanda Michael.

— Personne.

— D'où tu sors cette histoire de mouches? Tu as lu ça au dos d'une boîte d'allumettes? Dieu n'a jamais comparé les juifs à des drosophiles, crétin.

— Ça va, ça va, j'ai compris.

— Quant à toi, Gerry, si tu avais expliqué cette histoire à Marylee il y a vingt ans, on aurait moins de problèmes aujourd'hui.

— Il n'est jamais trop tard pour apprendre, dit Gerry. Et tu sais ce que j'ai appris ce soir, grâce à tes sources? Que Dieu était un missionnaire qui cherchait à convertir les gens. La première action de Dieu, dans l'histoire du judaïsme, a été de trouver un type et de le convertir. Alors, lâche ma femme et William Harp.

Le reste du voyage se déroula en silence et, à la surprise de Gerry, il y avait une place libre juste devant le Brownstone. En sortant de la voiture, les trois hommes virent William et Marylee bavarder avec les derniers clients du restaurant.

19

4 mai 2000

Cher père,
Ton état de santé m'inquiète et j'aimerais revenir te voir. Je pour-
rais te rejoindre dès demain, mais tu m'accuserais de trouver une
excuse pour délaisser mon travail…

Il relut ce qu'il venait d'écrire, jeta la lettre, ordonna à la
voix de l'évangéliste de lui venir en aide, et s'efforça de
retranscrire ce que lui dictait la nouvelle voix.

Mes dernières lettres ont été brèves, mais le restaurant fait un
tabac et je suis débordé. Dieu soit loué. À l'aube, je vais à un
marché dans le Bronx pour acheter des légumes frais et, entre tout
ce que j'ai à gérer et mes sermons, je n'ai plus une minute à moi.
Ce qui arrive souvent à New York.
Néanmoins, je m'arrange pour continuer de prier, et ce dans
des endroits parfois insolites. L'autre jour, j'étais coincé dans les
embouteillages avec la Toyota de Gerry (il me la prête tout le
temps sauf le mardi soir) et les gens s'étaient mis à klaxonner,
certains étaient même descendus de leurs véhicules pour s'insulter.
J'ai cru que quelqu'un allait sortir un couteau ou un revolver

car cela s'est déjà produit sous mes yeux une fois. Mais ne t'inquiète pas pour moi, papa. Dans de telles circonstances, je pense au but de notre mission, je reste calme et je me répète le passage de la Bible que tu m'as appris quand j'étais enfant : « Heureux celui qui lit et ceux qui entendent les paroles de la prophétie et qui gardent les choses qui y sont écrites ! Car le temps est proche. »

En effet, le temps est proche et le restaurant, avec l'équipement audiovisuel dernier cri, marche du tonnerre ! Je suis content que tu aies lu le petit article sur l'inauguration que je t'ai envoyé. La salle était pleine à craquer ce soir-là ! Pour répondre à ta question concernant la fortune que tu as investie et le fait que l'article ne faisait que quatre lignes et ne parlait ni de moi ni du Seigneur, je tiens à te dire que les journaux new-yorkais accordent peu de place à ce genre d'événement car il se passe beaucoup de choses à New York. Ce n'est pas comme chez nous.

Mais le restaurant existe, et c'est le principal ! Par la cuisine chrétienne, le message a été transmis aux enfants d'Israël du Upper West Side. Quelle merveilleuse idée tu as eue, papa ! Et tu sais comment et pourquoi le message passe ? Parce que les juifs le mangent, ils dégustent nos mets préparés avec amour qui contiennent le message. Hier, le plat du jour était Côtes Découvertes du Lac de Feu *(Révélation 19.20). Et nous avions ajouté : « Sauce pimentée. Pour souffrir avec délices. » Mais le plat n'a pas eu beaucoup de succès. En fait, les clients juifs ont un penchant pour le poulet. Et ils savent, ou ils sauront bientôt, grâce à leurs papilles gustatives et aux aliments qui transitent dans leurs intestins, que le jour du retour du Seigneur est proche. Que Jésus est leur Sauveur et leur Rédempteur. Et qu'ils doivent se dépêcher d'accepter ce fait. (C'est un extrait d'un de mes sermons qui a été projeté sur l'écran du restaurant.)*

Alors ne t'inquiète pas. Prends soin de toi, n'oublie pas d'aller voir le médecin. Ton travail porte ses fruits au milieu des juifs les

140

plus indomptables. Nous parviendrons à les convertir, car nous leur servons des plats exquis (je suis devenu un excellent cuisinier, dit Marylee) et ils entendront la douce parole de Jésus.
  Bien fidèlement,
  William.

P.S. : Annabelle pourrait venir nous rejoindre. Elle serait très bien près de l'Alcôve baptismale. Beaucoup de New-Yorkais sont blasés, car ils ont tout vu, mais sa présence attirerait probablement une clientèle encore plus large que celle que nous avons déjà. Songes-y et je préparerai une cage.

20

Ellen récapitula ce qu'elle avait observé chez Sam : il mélangeait son café plus rapidement le matin et la sondait du regard avant qu'elle parte travailler. En manipulant brutalement son portable, il avait cassé le chiffre sept et mit son téléphone hors service.

Ellen aurait pu ignorer les détails du changement de comportement de Sam, mais ceux-ci étaient survenus juste après l'inauguration du restaurant.

Le soir de l'ouverture du *Club de la Révélation*, Sam avait passé des heures à retourner le placard de leur chambre pour trouver son épingle à cravate portant l'Étoile de David. Il l'avait finalement dénichée dans une boîte à cigares rangée dans un tiroir de leur commode. La boîte contenait également les boutons de manchettes assortis ainsi qu'un badge : JOHN F. KENNEDY PRÉSIDENT. Ellen avait réussi à le convaincre de choisir entre les boutons de manchettes et l'épingle à cravate et de ne pas porter tout ensemble. Sam avait opté pour l'épingle, laquelle n'avait pas eu l'effet désiré sur William. Quand il l'avait remarquée, le missionnaire s'était exclamé :

— C'est magnifique. J'espère que vous me la prêterez un jour.

– Si tu la veux, il faudra que tu me passes sur le corps, avait rétorqué Sam.

Mais ce n'était que le début. Sam s'était mis à apporter des plats d'un traiteur juif (ce qu'il n'avait pas fait depuis au moins dix ans), et l'estomac fragile d'Ellen devait supporter des mètres de saucisse au bœuf et au poulet, le jeudi soir, et du poulet frit le jour du shabbat, provenant d'un restaurant surnommé « Cholestérol Casher ». Il avait également été acheter de la *kacha* aux champignons au fin fond du Lower East Side. C'était le seul plat qu'Ellen avait trouvé mangeable.

Elle pensait comprendre le nouvel engouement pour la cuisine juive de Sam, et quand il lui déclara qu'il voulait accrocher des *mezuzoth*[1] sur tous les montants des portes de leur étage, elle ne fut guère étonnée.

– Très bien, dit-elle. Ça fait des années que nous ne vivons pas trop mal sans *mezuzoth*. Pourquoi en installer maintenant ?

– Tu sais, pourquoi. Je veux délimiter le territoire juif. Ça va être comme la Ligne verte[2]. Les chrétiens n'ont pas intérêt à la franchir.

– Je suis chrétienne.

– Tu es une exception, *bubele*[3].

Ellen remarqua qu'il employait de plus en plus souvent des mots et des expressions yiddish. En tant que professeur de littérature, la langue l'intéressait également. Bien que le nouveau Sam l'inquiète un peu, elle était curieuse de voir l'évolution de sa métamorphose et décida ne pas le contrarier.

– Vas-y, dit-elle, colle des *mezuzoth* partout, si tu y tiens.

Néanmoins, elle ne s'attendait pas du tout à ce que Sam ramène, le lendemain, des *mezuzoth* en céramique aussi

---

1. Boîte en métal, en bois ou en céramique, renfermant une prière inscrite sur un morceau de parchemin.
2. Délimitations cartographiques établies après la victoire d'Israël contre les États arabes dans sa guerre d'indépendance.
3. « Chérie », en yiddish.

grosses que des aubergines. Celles qu'Ellen avait déjà vues dans des boutiques judaïques étaient de la taille d'un petit doigt.

— On va se cogner la tête contre ces machins, protesta-t-elle.

Sam rétorqua qu'il les accrocherait suffisamment haut. Ellen lui demanda ce que signifiait l'inscription en hébreu sur la *mezuzah*. Sam ne le savait pas.

— Ce serait peut-être une bonne idée de le savoir, suggéra Ellen, au cas où un électricien s'entaillerait le crâne en venant relever le compteur et nous enverrait son avocat.

— Je demanderai à Michael.

Craignant que Michael le ridiculise en le traitant d'ignare, il ajouta :

— Ou tu n'as qu'à lui demander toi-même.

— J'y songerai.

Sam entreprit d'installer une *mezuzah* sur le montant de la porte de leur chambre.

— Ce que je sais, c'est qu'à l'intérieur il y a les Dix Commandements et une prière qui commence par : « Écoute, Israël ! L'Éternel, notre Dieu, est le seul Éternel. »

— Le début de la principale prière journalière juive, le *Shema*, dit Ellen.

— C'est ça. Le *Shema*. C'est moi qui ai dû t'apprendre ça.

— Ça m'étonnerait.

— Quoi qu'il en soit, ce sont les trucs auxquels il faut croire quand on est juif, s'énerva Sam en préparant les trous pour les vis.

Malgré ses mains larges, le travail manuel l'exaspérait.

— Les juifs n'ont qu'un seul Dieu, poursuivit-il, c'est ça le message. Ils n'ont pas tout un comité.

— Comme le Père, le Fils et le Saint-Esprit ? dit Ellen.

Sam l'ignora.

— La Trinité n'est pas un vilain mot, tu sais, reprit Ellen. Tu devrais peut-être suivre les cours de William avec Gerry !

— Autant me jeter du pont de Brooklyn.

— Quand tu veux, dit-elle, mais elle continua à l'aider à ramasser les vis qui tombaient au sol et à maintenir l'échelle sur laquelle il était juché.

Quand il installa la dernière *mezuzah,* Ellen fit le tour de l'appartement et déclara :

— Tu ne penses pas qu'il y en a un peu trop ? Celle qui est à l'extérieur, au-dessus de la porte d'entrée, elle est de la taille d'une boîte à chaussures !

— Et alors ?

— Tu aurais pu demander aux autres si ça ne les gênait pas.

Son tee-shirt maculé de larges tâches de sueur, Sam descendit de l'échelle et termina son travail. Il s'empara non pas d'un chiffon, mais d'un grand mouchoir propre, et astiqua soigneusement toutes les *mezuzoth* avec la satisfaction d'un propriétaire possédant de nouveaux lieux.

21

Même si, depuis plusieurs semaines, Gerry étudiait avec elle le Nouveau Testament, Marylee sentait que son mari suivait les cours simplement pour lui faire plaisir. L'esprit et le cœur de Gerry étaient ailleurs durant les leçons de William, et cela perturbait Marylee. Bien sûr, Gerry travaillait beaucoup, elle le savait. Il avait un emploi du temps chargé et effectuait de nombreux voyages pour se rendre à des salons de parqueterie. S'il était distrait pendant les cours, c'était certainement lié à la fatigue, se rassura Marylee. Toutefois, l'intérêt de Gerry pour la vie spirituelle avait peut-être des limites. Et l'idée qu'une terrible vacuité puisse continuer d'animer son mari lui était insupportable. Peut-être était-il temps de le secouer ?

Il était plus de vingt-trois heures. On entendait le son des réfrigérateurs au fond du restaurant et la lumière de la rue, filtrée par les branches d'ailantes, éclairait faiblement la salle du *Club de la Révélation*. À une table sur laquelle reposaient deux bibles, Gerry et Marylee étaient assis l'un en face de l'autre. Autour d'eux, William s'affairait. Il mettait des nappes propres, refleurissait les vases vides, nettoyait les menus en plastique. Marylee lui avait dit que ces petites choses comptaient. Il suivait tous les conseils de Marylee et de Gerry. La clientèle du restaurant se raréfiant, et son père lui demandant des comptes, il avait désespérément besoin de l'argent du couple. Il leur expliqua qu'il lui fallait injecter plus d'argent dans la publicité. Pour réussir, il voulait qu'on parle de son restaurant à la radio, à la télévision et sur Internet, ce qui était compliqué car le *Russian Tea Room*[1] et le *Club de la Révélation* se trouvaient dans le même secteur. Marylee et Gerry l'écoutèrent patiemment comme les parents qu'ils n'avaient jamais été.

— Calmez-vous, mon chéri, dit finalement Marylee. Oubliez le capitalisme et pensez au Christ. Regardez Gerry, il dort. Vous devez le réveiller.

— Oh, vous y parviendrez mieux que moi, je pense, dit William.

Si Gerry somnolait, il avait tout de même entendu sa femme appeler William « mon chéri ». Ce n'était pas la première fois, mais ces mots lui firent soudain un coup au cœur. La main de Marylee se posa sur celle de Gerry et il ouvrit les yeux. Elle s'adressait à lui à présent :

— Tu sais ce que j'ai retenu de tous les Hanoukka, les mariages juifs et les bar-mitsva auxquels nous avons assisté ?

Gerry se demanda s'il rêvait.

— Que Jéhovah, continua Marylee, le Dieu des juifs, n'a jamais aimé son peuple. Ce qui lui plaît surtout, c'est d'être invoqué durant les fêtes et de rappeler à son peuple l'Exode, les flots de la mer Rouge ouverts en deux, les galettes de pommes de terre, tout ce qu'il a divisé et tout ce qu'il a fait pour les juifs… Gerry, tu m'écoutes ?

— Oui.

— Concentre-toi, s'il te plaît. Ton Dieu a créé des lois et tu dois les observer si tu veux qu'Il t'ait à la bonne. Mais il pourrait t'aimer purement et simplement. Son amour pourrait être inconditionnel. Si tu manges une salade d'épinards aux lardons durant le shabbat, pourquoi arrête-Il de t'aimer ?

---

1. Salon de thé de luxe.

Quand tu ne nettoies pas la salle de bains, moi, je continue de t'aimer, non ? Vous n'êtes pas d'accord révérend Harp ?

— Si, répondit William, mais ne m'appelez pas révérend. En effet, ce qu'apporte le christianisme à l'équation théologique, c'est l'amour inconditionnel. C'est ce qu'a inventé cette religion, et c'est pour cette raison que le christianisme est un nouveau produit. À cause de l'amour, car Dieu a donné son unique fils pour sauver le monde.

— Je n'ai rien contre l'amour, répondit Gerry d'une voix ensommeillée.

Il aurait pu s'abstenir de parler, mais il sentait que sa femme voulait qu'il réagisse.

— Mais tu as le sentiment que ton Dieu t'aime ? insista-t-elle.

— Mon Dieu ou ton Jésus, c'est la même chose non ? répliqua Gerry.

— Si c'était le cas, nous ne serions pas en train d'en parler. Ça fait des milliers d'années que les gens se battent à cause de cette différence. Ce n'est pas du tout la même chose. Burger King et le *Club de la Révélation* ne sont pas pareils, si ? Ils ont en commun la nourriture, d'accord, mais tout de même, la différence est criante !

— Il y a des similitudes entre nos religions, Marylee. Et de toute façon, il est injuste de dire que Dieu n'aime pas les juifs. Il les a élus entre tous les peuples, pourquoi à ton avis ?

— Pour qu'ils exécutent ses ordres, pas parce qu'Il les aimait.

— Tu as tort, dit Gerry. Dans la Torah, il est écrit qu'il faut aimer son prochain comme soi-même.

William, qui les avait rejoints, croisa les mains sur la nappe de table immaculée et déclara :

— Mais Jésus va plus loin, Gerry. Il nous demande d'aimer nos prochains comme nous-mêmes, mais d'aimer également nos ennemis. Et quand nous en arrivons à ce stade, nous sommes réellement des enfants de Dieu. Ce nouvel acte d'amour apporte un plus à la Torah. Il la complète.

— C'est merveilleusement dit, renchérit Marylee.

— Lisez Jean 13.34 : « Je vous donne un commandement nouveau : aimez-vous les uns les autres. »

— Les juifs ont trop d'ennemis pour tendre l'autre joue, dit Gerry. Il n'y a qu'à regarder ce que les Romains ont fait aux juifs.

— Mais cette époque est révolue, intervint Marylee. Il n'y a plus de Romains. Qui est l'ennemi des juifs aujourd'hui ? Quelques antisémites et deux, trois allumés. Mais il existe un État juif avec des armes nucléaires. Et en Amérique, et dans le Upper West Side, les juifs règnent !

— Le temps de l'amour est arrivé, dit William.

Mais quand il essaya de regarder Gerry en lui transmettant son amour, il ne ressentit qu'un vide abyssal dans lequel il eut peur de tomber. Face à l'hostilité et à l'anxiété de Gerry, William se leva et étreignit le couple.

— Dormez bien ce soir, leur dit-il, et demeurez au cœur de l'amour de Dieu.

Au regret de Marylee, la leçon se terminait plus tôt que prévu, et elle ferma lentement la Bible puis embrassa le missionnaire.

Gerry et Marylee sortirent du restaurant par la porte qui donnait dans l'immeuble et montèrent silencieusement les escaliers. Dans sa tête, Gerry entendait en boucle le refrain de la chanson des Beatles, « *Love, love me do, you know I love you* », tandis que Marylee humait les relents de moisi qui emplissaient la cage d'escalier. Une autre odeur l'assaillit soudain. Elle se tourna vers Gerry et sur un ton sec qu'elle regretta immédiatement, lui demanda :

— Tu as marché dans une merde de chien ?

De toute évidence, la voix de Marylee s'adressait à un criminel méritant la peine de mort, pensa Gerry.

Il examina consciencieusement les semelles de ses chaussures et rétorqua :

— Je suis innocent.

Ils reprirent leur ascension et Marylee détecta des relents de foie, de lard et d'oignons frits. La pestilence provenait du plat de viande que Michael se préparait nuitamment quand Judy dormait. Aucune odeur ne pouvait la réveiller. La semaine dernière, il s'est fait cuire une *kielbasa*, chuchota Gerry.

L'odeur de viande et de friture, ajoutée aux puanteurs qu'il lui avait déjà semblé respirer, rendit Marylee nauséeuse. Toutefois, elle n'avait pas envie de vomir. C'est une nausée spirituelle qui la saisissait.

Dans la salle de bains de leur appartement, ses sens olfactifs détectèrent une odeur fécale émanant des toilettes. Cela lui fit l'effet d'une balle lui transperçant le crâne. Elle tira vigoureusement la chasse d'eau, puis recula d'un bond au moment où un jet faillit l'éclabousser.

Tandis qu'ils se déshabillaient dans la chambre, leurs odeurs corporelles s'entremêlèrent et il sembla à Marylee qu'elle les respirait pour la première fois. En prenant sa douche, elle scruta les poils pubiens sur la savonnette et dans le filtre d'évacuation. Elle se sécha avec deux serviettes : l'une enroulée autour de ses cheveux, l'autre enveloppant son corps de quinquagénaire. Elle toucha ses seins et sa cicatrice puis se dirigea vers la fenêtre de la chambre à coucher. Elle se dirigea ensuite vers la cuisine et renifla. L'odeur de la décomposition était partout, lui sembla-t-il.

Sachant qu'ils n'allaient pas faire l'amour, Gerry décida de ne pas prendre de douche. Il fit tout de même l'effort de se laver les aisselles. En se savonnant, il pensa à leur conversation sur l'amour chrétien et se demanda pourquoi cela lui évoquait des chansons d'adolescents et provoquait en lui des pulsions sexuelles. Il se toucha brièvement le sexe. Peut-être que quelque chose s'était durci en lui — mis à part son pénis —, quelque chose qui empêchait le message de Marylee de passer.

Au lit, Marylee sentit le parfum du talc de Gerry et regretta qu'il n'ait pas utilisé le déodorant qu'elle préférait. Allongée sur le lit, les narines dilatées, elle huma le talc sucré et songea à ce que William avait dit durant la leçon : « L'amour parfait bannit la peur, il n'y a pas de peur en amour. Celui qui n'aime pas ne connaît pas Dieu, car Dieu est l'amour. »

— Dieu est amour, Gerry, dit-elle soudain.

— Amour, amant, amour, répéta Gerry.

Les yeux clos, Marylee roula vers Gerry et se laissa envahir par le nuage de talc dont le parfum effaça soudain toutes les odeurs qui l'avaient troublée. Ils s'embrassèrent passionnément, puis s'endormirent comme des bienheureux.

22

— En fait, je ne sais pas qui tu es, dit Michael en sondant Marylee du regard.

Plantés sur le trottoir devant le restaurant, ils avaient rendez-vous avec William. C'était un matin cristallin, le soleil printanier éblouissait les rues de Manhattan et Marylee avait bien dormi. Ce n'était pas le cas de Michael, qui avait passé une nuit épouvantable. La vue brouillée, il avait du mal à affronter le monde derrière ses lunettes aux montures noires, et son visage ressemblait à un lit défait. Une sorte d'incontinence métaphysique l'avait tenu éveillé jusqu'à cinq heures du matin et, après avoir soulagé sa vessie, il était parvenu à dormir deux heures. À ses côtés, Marylee semblait fraîche et dispose. Elle était radieuse, mais Michael n'avait nullement l'intention de la complimenter. Il l'avait toujours trouvée très attirante et il se demanda si Gerry — lequel était parti en voyage d'affaires à Montréal — lui avait fait l'amour à l'aube. Il ne l'avait jamais vue aussi éblouissante et sereine. C'était comme si sa fièvre était tombée ou qu'une crise s'était terminée.

Ils discutaient en observant William clouer une *mezuzah* au-dessus de la porte d'entrée du *Club de la Révélation*. C'était le même modèle que celles que Sam avait installées chez lui. Quand Ellen en avait parlé à Marylee et William, le missionnaire leur avait immédiatement demandé s'il pouvait en installer une à l'extérieur du restaurant afin d'attirer plus de clients juifs. N'y voyant pas d'inconvénient, Ellen lui avait donné l'adresse de la boutique dans laquelle Sam avait acheté les *mezuzoth*. Cherchant depuis des semaines un prétexte pour reprendre contact avec Rena, William avait appelé chez elle et demandé si elle et son frère pouvaient le rejoindre à la boutique, laquelle était située dans le quartier de Brooklyn où ils vivaient. Il avait ajouté qu'il regrettait de ne plus suivre de cours d'hébreu avec elle. Rena lui avait demandé s'il voulait vraiment acheter une *mezuzah*. Quand il avait répondu affirmativement, elle avait raccroché. William s'était dit qu'elle viendrait.

Il s'était rendu en métro à Williamsburg et avait attendu nerveusement sur le trottoir en face de la boutique judaïque. Des mères et des pères de familles nombreuses, poussant leurs bébés dans des landaus, l'avaient regardé avec insistance, mais cela n'avait pas dérangé William. Curieusement, il s'était senti proche de ces gens – n'éprouvaient-ils pas, comme lui, le sentiment d'être étrangers à New York ? Il s'était mis à saluer maladroitement de la main quiconque semblait sur le point de lui dire bonjour.

Des odeurs de cornichons, de poissons, de fromages, de pains et de gâteaux émanaient des boutiques et William, en tant que restaurateur, avait eu envie d'aller goûter aux divers aliments. Mais Rena lui avait interdit de bouger. Sur des écriteaux en yiddish, il avait reconnu les caractères hébraïques qu'il avait appris. Il s'était senti comme un anthropologue découvrant des nouveaux spécimens de juifs, vêtus de longues robes noires et coiffés de chapeaux à larges bords. Rien à voir avec ceux du Upper West Side. Un instant, il s'était demandé s'il n'aurait pas dû louer un restaurant à Williamsburg.

Rena était finalement arrivée, seule. Elle lui avait dit qu'Isaac était furieux et ne voulait pas qu'elle l'aide à choisir une *mezuzah* qui servirait à convertir le peuple juif.

— Et mon père est inconsolable, avait-elle ajouté.

— Vous êtes quand même venue, avait répondu William.

Ils s'étaient regardés intensément puis elle avait dit :

— Je n'aurais pas dû.

— Je suis navré de vous avoir mise dans cette situation.

— Oui, vous pouvez l'être. Ce n'est pas bien.

Il avait eu envie de lui toucher la main, mais s'était retenu, sachant qu'un tel geste entraînerait de graves conséquences. Son simple désir était largement suffisant car Rena l'avait ressenti. Il savait qu'elle ressentait tout ce qu'il éprouvait.

— Vous avez raison, ce n'est pas bien, avait-il dit.

Puis ils étaient entrés ensemble dans la boutique judaïque. Rena l'avait aidé à choisir une *mezuzah*, un paquet de cartes portant des bénédictions hébraïques avec une notice explicative pour la translittération et même des kippas. Les achats avaient pris dix minutes. Rena semblait pressée et elle avait évité tous les regards des clients ainsi que celui du vendeur. En sortant du magasin, William avait à peine eu le temps de la féliciter pour l'installation électrique du restaurant et quand il lui avait demandé si elle pouvait continuer de lui donner des cours d'hébreu, elle lui avait simplement répondu : « Au revoir. »

William termina l'installation de la *mezuzah*, puis demanda à Michael – sachant qu'en matière de judaïsme, il était bien plus au fait que ses autres propriétaires – de prononcer la bénédiction dont Rena lui avait parlé.

— Il y aura plus de *mezuzoth* dans mon restaurant que dans une synagogue, lui déclara-t-il.

— C'est une publicité vraiment décevante, maugréa Michael.

— S'il y en a dans toutes les pièces du second étage, pourquoi n'y en aurait-il pas dans le restaurant ? intervint Marylee.

William décida de la laisser prendre sa défense.

— C'est l'exploitation des symboles d'une religion par une autre, rétorqua Michael.

— Porte plainte pour vol de marque déposée, se moqua Marylee. Assigne Dieu en justice.

— Arrête de faire la maligne. Tu es lâche et malhonnête.

Michael s'impatientait. Il était en retard. Il n'était pas pressé d'aller s'asseoir sur le tabouret de la bibliothèque, ni de tester son irascibilité face aux questions stupides du public. Ce qui l'inquiétait, c'était la réaction de sa supérieure. Superstitieuse, Phyllis Watley ne consultait pas moins de six horoscopes sur Internet chaque jour, notait toutes les absences de Michael et calculait même le temps qu'il passait aux toilettes. Il est vrai qu'uriner ne prenait pas quinze minutes, et quand il lui avait montré un livre d'anatomie en lui expliquant que son urètre était particulièrement convoluté, elle ne l'avait pas cru. Songeant que son avenir était entre les mains de Mme Watley, Michael se sentit soudain pressé d'en finir avec les *mezuzoth* de William.

— Je vous demande poliment de bien vouloir décrocher cette *mezuzah*, dit-il à William.

— Je t'en prie, rétorqua Marylee. Vis ta vie, juive ou chrétienne, mais arrête de te comporter comme un flic, tu es un vrai rabat-joie. Regarde comme elle est jolie cette *mezuzah*, je vais en acheter une douzaine pour notre appartement, le modèle réduit.

— J'ai toujours cru que tu étais une vraie « philo-sémite », dit Michael.

— Je le suis bien plus que toi ! Je suis tout de même mariée à un juif depuis vingt ans, je te signale !

— Les « philo-sémites » ne déçoivent pas les juifs en essayant de les convertir. Une *mezuzah* se place sur le montant de la porte d'une maison ou d'un établissement juif, ce qui n'est pas le cas de ce restaurant. Tu dépasses les bornes, Marylee.

— Ça ne dérange pas Gerry, en tout cas.

— Rien ne le dérange. Mais Sam la décrochera, se servira du parchemin pour constituer le *genizah*[1] et allumera un feu avec le reste.

— Je t'en prie, calme-toi.

— Nous ne serons pas les propriétaires du club des juifs pro-Jésus !

— Il ne s'agit pas du club des juifs pro-Jésus, dit Marylee, d'une voix douce et charmante, il s'agit du club de Jésus pour les juifs.

— J'aime les juifs, intervint William. Et si Jésus, qui était un grand rabbin, avait une *mezuzah* sur sa porte, j'en veux aussi une sur la mienne.

— Tout va bien, déclara Marylee, tu peux aller travailler sans souci.

— Mais j'ai besoin de la bénédiction, monsieur Klain, dit William, tendant la kippa à Michael.

Michael hésita.

— Vous m'aviez promis d'y réfléchir, insista le missionnaire.

— Je n'ai encore rien décidé, répondit Michael.

— Faites-nous cet honneur, supplia William.

Marylee enroula amicalement son bras autour de la taille de Michael et lui jeta un regard à la fois chaleureux et complice. En d'autres circonstances, il aurait pu résister à son charme, mais pas à une heure aussi matinale.

— Qu'est-ce qui nous arrive ? murmura-t-il.

Il ouvrit le couvercle de la boîte, vit l'étiquette d'une boutique de Williamsburg qu'il ne connaissait pas et regarda Marylee et William d'un air perplexe.

— Ça ne fera pas de dégâts, monsieur Klain, insista le missionnaire.

---

1. Stockage de textes mis à l'écart après avoir été jugés inadéquats pour un usage rituel.

De sa poche, William sortit l'une des cartes du paquet qu'il avait acheté avec Rena.

— N'hésitez pas à me reprendre si je me trompe, dit-il.

Laborieusement, muni de sa notice explicative de translittération, il lut la bénédiction : « *Boruch atah Adonai Elohenu Melech, haOlam, asher kidshanu b'mitzvotac, vtzivanu likboah mezuzah.* »

— Incroyable, soupira Michael. Vous avez appris ça où ?

Mais sans attendre la réponse, il rendit la kippa à William et s'éloigna vers l'arrêt de bus situé sur Broadway.

— *Amen*, dit Marylee.

Elle ordonna à William de retourner dans le restaurant et courut rejoindre Michael. Elle le saisit par l'épaule, remarqua les pellicules sur la veste de son ami et l'épousseta d'un geste affectueux.

— Ces petits rituels ne sont pas la fin du monde, lui dit-elle. Toi et Sam, vous devriez vous détendre. Michael ? Michael, tu comprends ce que je te dis ?

Qu'y avait-il à comprendre ? Il huma le parfum de Marylee, sentit monter en lui une exaspération qu'il avait du mal à contenir. Sur Broadway, il aperçut les deux bus qu'il venait de rater et eut la certitude qu'il allait une fois de plus être en retard. Phyllis le fusillerait du regard et dans ses yeux il pourrait lire : « Si vous échappez à la guillotine des retardataires, je serai ravie d'être votre Mme Lafarge[1] ». Cette image, ajoutée à celle de l'évangéliste dirigeant la cérémonie des *mezuzoth*, déclencha en lui une implosion cérébrale. Il eut soudain affreusement mal au crâne et songea à retourner se coucher.

— Laisse-moi, dit-il à Marylee.

Mais elle le désarma :

— Judy m'a demandé de te rappeler de ne pas oublier d'acheter un poisson sauvage de l'Arctique, mais je ne me souviens plus du nom.

---

1. Accusée d'avoir empoisonné son mari, elle échappa à la guillotine en 1840.

— Un omble. Un omble, répéta-t-il d'un air sombre, tel Macbeth psalmodiant une incantation. Tu ne te rachèteras pas avec ta gentillesse, Marylee. Mais je te remercie. Je n'oublierai pas l'omble de l'Arctique.

Non, ce n'était pas la fin du monde, mais il se tint immobile, les yeux surveillant tour à tour la circulation embouteillée sur Broadway et le sourire de Marylee, et il lui sembla, en effet, que le monde changeait.

— Écoute-moi bien, gronda-t-il, les gens qui aiment vraiment les juifs, les vrais « philo-sémites », ne cherchent pas à les convertir. Tu m'écoutes ?

— Je t'écoute, répondit-elle.

— Les « philo-sémites » laissent les juifs tranquilles, car s'ils les convertissaient, ils seraient les amis de qui ?

23

12 mai 2000

Cher père,

Merci pour tes nombreuses suggestions et tes encouragements. Nous essayons constamment de nouveaux plats. Ma Salade de la Bible — un mélange de dattes, de figues, d'olives, de grenades et d'autres ingrédients évoqués dans les Testaments (pas de pommes puisque Ève en aurait mangé une dans le jardin d'Éden) — n'a pas eu le succès que j'escomptais. Néanmoins, le poulet continue à ravir les papilles gustatives des juifs. (Sais-tu s'il y a une référence biblique au poulet ?) La soupe de poulet, par exemple, faisait un tabac. Mais la semaine dernière, j'ai laissé les os de la carcasse dans l'assiette, comme nous le faisons chez nous. Pendant que j'étais dans la cuisine, un client s'est étouffé avec l'un des os et est devenu tout bleu, paraît-il. L'un des serveurs bouddhistes est venu me trouver et comme il parle à peine anglais, il m'a montré le poster de la manœuvre de Heimlich qui est accroché dans le couloir allant de la cuisine à la salle du restaurant. Bien que je n'aie jamais appris à faire cette manœuvre, je me suis précipité sur le pauvre convive. Je ne sais pas si c'était un juif ou un gentil, quoi qu'il en soit, par la suite, il n'a pas porté plainte. Il avait un énorme estomac sur lequel j'ai appuyé plusieurs fois en me plaçant derrière lui. J'ai prié notre Seigneur et vérifié que quelqu'un avait appelé les pompiers. L'homme est soudain devenu tout mou et j'ai craint le pire. Mais Dieu a entendu ma prière. Les secours sont arrivés, pas les pompiers (ils sont venus plus tard), mais Judy Klain. C'est la femme de Michael et elle soutient activement les activités du Club de la Révélation. Judy est une chrétienne déchue qui s'adonne à des méditations païennes, néanmoins, elle a pris des cours de secourisme à la Croix-Rouge et elle connaissait la manœuvre. Quand elle a entendu les cris des clients, elle était en train de méditer à la cave avec Nawang.

Judy s'est ruée sur le convive et l'a ceinturé entre ses bras puissants. Elle a exercé trois fortes pressions sur son plexus solaire et a récité une prière bouddhiste. Pendant ce temps, j'ai rassemblé les trois autres clients (le restaurant était exceptionnellement vide) et je les ai invités à prier avec moi. Le visage de la victime est soudain devenu livide, mais les prières des différentes religions ont stimulé Judy. Un bréchet de poulet a finalement jailli de la bouche de l'homme, qui s'est ensuite effondré au sol.

J'ai le bréchet sous les yeux. Je l'ai enveloppé dans un tissu et je le garde car il représente un symbole de la fragilité de la vie et me rappelle que nous avons tous besoin de l'aide de Dieu, et aussi qu'il faut que je m'inscrive aux cours de la Croix-Rouge.

La victime s'en est sortie. Mais, depuis cet incident, notre soupe de poulet n'a plus très bonne réputation dans le quartier.

Récemment, j'ai pensé que nous devrions peut-être servir des mets juifs. J'imagine d'avance l'expression indignée sur ton visage mais, après tout, si nous voulons attirer des clients juifs pour les convertir, servir de la cuisine casher n'est pas forcément une mauvaise idée. J'en ai moi-même goûté à Brooklyn, en compagnie de Rena et d'Isaac, mes amis électriciens, et j'ai trouvé cela épicé et savoureux. Notre Seigneur suivait également les règles diététiques de la Loi. Être Lui signifie peut-être manger comme Lui. Quoi qu'il en soit, cela me semble une nouvelle approche intéressante.

Toutefois, pour concrétiser cette idée, nous avons besoin de nouveaux ustensiles pour la cuisine et il faudrait trouver un rabbin qui accepterait de surveiller les préparations rituelles. Ce qui peut être aussi difficile que de trouver de l'eau sur la lune.

Je t'ai expliqué en détail l'incident du bréchet de poulet afin que tu ne sois pas fâché au cas ou nous recevrions une assignation en justice et parce que le montant de l'assurance va probablement augmenter. Cette assurance nous est indispensable. J'espère que tu en as conscience.

Je voulais aussi te dire que, travailler pour Dieu, au sein du Upper West Side, m'a permis de découvrir, à mes heures perdues, divers centres de théologie. Ces théologiens se trompent, bien sûr, mais des gens de Brooklyn comme Rena et Isaac, dont le père dirige un séminaire pour des étudiants destinés à devenir de futurs rabbins, sont très pieux. Et l'Antéchrist devra affronter les fidèles de nombreuses religions le jour où il viendra.

Je fais de gros progrès en hébreu. J'étudie seul et, occasionnellement, avec les gens de Brooklyn. En pensant à moi, imagine-toi un saint Jérôme ou un saint Augustin. Te souviens-tu de ce qu'écrivaient les moines à propos de leurs désirs ? Leurs désirs humains étaient liés à leur solitude de moine. Ils se frappaient la poitrine avec des pierres acérées et jeûnaient (ils auraient eu du mal à ne pas manger s'ils avaient été restaurateurs !) et, malgré les punitions qu'ils s'infligeaient, les visions des danseuses de Rome ne les quittaient pas. Alors — et je veux que tu lises attentivement ce que je t'écris — les moines commencèrent à apprendre l'hébreu. Ce n'était pas facile. C'était nouveau et différent, mais la grammaire de l'hébreu était si compliquée et leur demandait une telle concentration que leurs désirs finirent par s'estomper. Et ils purent continuer à traduire la Bible en latin.

Ces moines m'inspirent, mon hébreu progresse, le travail continue, et le restaurant se transforme. (N'oublie pas d'envoyer l'argent pour l'assurance, papa, souviens-toi de la victime du bréchet de poulet !)

Bien affectueusement et au service de Dieu, comme toujours,

William.

P.S. : Je suis content qu'Annabelle ait accepté de nous rejoindre.

P.P.S. : Arrête de t'inquiéter du succès de notre mission, ce n'est pas bon pour ta santé. Je ne t'ai envoyé aucun document concernant les conversions, mais les juifs du Upper West Side sont vraiment rebelles. Cela dit, ils viennent écouter notre message et quand ils verront Annabelle ils seront subjugués par son pouvoir. Une marée de convertis viendra à nous.

24

Au club de tennis de Caracas, Sam arborait un vieux tee-shirt froissé portant l'inscription : PLANTEZ UN ARBRE EN ISRAËL. Il ne l'avait pas mis depuis son adolescence, époque où il était vice-président du club des jeunes de sa synagogue. Sa tenue débraillée ne semblait pas gêner l'imperturbable Ganesh, vêtu d'un polo bleu impeccablement repassé. Les deux hommes se déplaçaient rapidement sur le court, mais se retrouvèrent souvent derrière la ligne de fond, Sam et Gerry leur renvoyant toutes les balles avec une surprenante puissance. Un revers de Gerry obligea Ganesh à se baisser et la balle renvoyée par l'Iranien termina sa trajectoire dans le filet.

— Bien joué, lança Michael à Gerry.

Ils s'arrêtèrent un instant pour discuter de leurs techniques, mais ce genre d'interlude était devenu l'un des rares moments où Gerry pouvait parler avec ses amis. Depuis qu'il prenait des cours avec William, ils lui en voulaient à mort. Même Marylee se fâchait quand il ouvrait la bouche. Gerry avait donc décidé de parler le moins possible. Mais il réalisa que Sam et Michael ne comprenaient pas non plus ses silences.

De leur côté, Sam et Michael avaient décidé de déjouer le plan de Marylee. D'après Michael, elle comptait faire de son mari le premier converti du *Club de la Révélation*. Michael et Sam avaient menacé de contacter la presse juive, et même de manifester devant leur propre immeuble, mais les protestations de leurs femmes les en avaient dissuadés. « C'est vous qui vous comportez comme des salauds ! » avait crié Ellen. Essayant de raisonner leurs maris, elles avaient déclaré :

— Vous n'empêcherez pas Gerry de se convertir en le culpabilisant, ni en étalant nos problèmes dans les journaux religieux. Vous risquez même d'attirer l'attention de dingues ou de terroristes.

— Qu'est-ce qu'on peut faire alors pour l'en empêcher ? avait demandé Sam à Ellen. Tu as une solution ?

— Ton amitié peut l'influencer, avait-elle suggéré. S'il te prend comme modèle...

C'est suite à ce conseil que Sam s'était mis à acheter des *mezuzoth* et à se nourrir uniquement de plats casher. À la consternation d'Ellen, il s'était rué au Musée des années soixante, et avait extrait d'un coffre empli d'équipements militaires une veste Eisenhower empestant le camphre, des sacs à dos, des gourdes, une paire de jumelles cassée, un ancien uniforme de West Point, un manteau de l'U.S. Navy et des pantalons à pattes d'éléphant intacts. Au bord du désespoir, il était retourné dans leur appartement et avait finalement déniché, dans le dernier tiroir de leur commode, son châle de prière et ses *tefilim*[1].

— Quelle est la prière appropriée, avait-il demandé à Ellen, quand on dépoussière ses accessoires religieux ?

— Le pire, c'est que tu es capable de penser que je la connais.

---

1. Petites boîtes de cuir, contenant des versets bibliques, fixées par des lanières au front et aux bras.

Depuis ce moment, Sam s'était mis à prier quotidiennement chez eux et à aller à la synagogue. Occasionnellement, il assistait au *mynian*[1] dans la maison de retraite du père de Michael.

Michael avait lui aussi été impressionné par le christianisme naissant de Gerry. Il s'était mis à allumer les bougies du shabbat en s'assurant que Gerry soit au courant du glorieux rituel religieux qui se déroulait de nouveau sous son toit. Par ailleurs, ce commandement, ce *mitzvah*, était le préféré de Michael. Ce qu'il aimait surtout, c'était regarder Judy se plonger dans une intense concentration spirituelle, puis tendre les mains au-dessus des flammes magiques des bougies et réciter avec lui la bénédiction liée à l'étincelle de lumière de la création du monde : « Béni Sois-Tu Éternel, notre Dieu, Roi de l'Univers Qui nous a sanctifiés par Ses Commandments et nous a ordonné d'allumer les lumières du Saint Shabbat. »

— Si ma bouddhiste récite la bénédiction du shabbat, avait-il dit à Gerry, tu peux la réciter aussi. Ça te donnera une nouvelle perspective.

— Ma perspective me convient, Michael.

— Essaye, avait insisté Michael, tu verras, c'est bien mieux que ton charabia chrétien.

Puis, essayant de rattraper sa maladresse, il avait ajouté :

— Écoute, je sais que tu cherches Dieu. Mais pourquoi ne pas le chercher près de chez toi ? Allume les bougies.

— Les bougies ne m'intéressent pas, avait répondu cyniquement Gerry.

Et Michael avait attribué son cynisme à l'influence qu'exerçaient sur lui Marylee et le missionnaire. Il avait demandé à Judy d'inviter Gerry et Marylee à dîner et à participer à la cérémonie du vendredi soir.

— Tu penses vraiment que le pouvoir des bougies du shabbat et mon poulet biologique vont avoir un effet sur le judaïsme de Gerry ?

---

1. Groupe d'au moins dix personnes réunies pour prier.

— Absolument. Et n'oublie pas les champignons et le risotto aux châtaignes.

Bien que Gerry adorât manger les petits plats de Judy en compagnie du couple, il déclina l'invitation et celles qui suivirent. Il trouvait toujours une excuse, mais Michael était certain que c'était à cause de Marylee.

Michael s'était alors préparé à prendre des mesures drastiques. Il avait trouvé le numéro de téléphone de la mère de Gerry, laquelle résidait dans l'un des bungalows du Wayfarer Inn, à Dolphin Tail, en Floride. C'était un endroit agréable au bord de la mangrove, que Michael était allé visiter quand il songeait à y installer sa propre mère. Veuve, Mme Levine s'occupait d'une boutique de troc au centre des cancéreux du Wayfarer Inn, jouait aux cartes et assistait aux soirées dansantes, espérant rencontrer un nouveau compagnon. Diabétique et souffrant de troubles circulatoires, Mme Levine aurait certainement un infarctus en apprenant que son fils s'apprêtait à renoncer au judaïsme. Michael ne l'avait pas encore appelée. Le coup était si bas qu'il n'était pas sur de pouvoir l'assumer lui-même. Mais il réunissait quand même des arguments pour se justifier.

Certains soirs, au club de tennis de Caracas, l'anxiété de Michael et de Sam était si forte qu'ils avaient l'impression que tout ce qu'il leur restait de leur ancien ami Gerry, c'était son service, son jeu de fond de court, et de bons souvenirs.

Une fois, Michael avait essayé d'enseigner à Gerry la doctrine du judaïsme. Mais il n'avait guère le temps d'aller au-delà des Dix Commandements durant le premier set. Même s'il savait que son projet était risible, il voulait à tout prix se faire entendre et Sam venait d'ailleurs à sa rescousse. Sam avait demandé à Ganesh d'envoyer des balles faciles à Gerry pendant que Michael lui inculquait la Torah, afin que Gerry commence à associer la foi mosaïque avec les balles croisées de la victoire.

À la fin de la partie, Ganesh s'empressa de partir :

— J'ai un stimulateur cardiaque à installer demain matin.

Et, quelques minutes plus tard, Sam et Michael escortèrent Gerry jusqu'au bar, déterminés à lui parler avec ou sans son consentement. Michael commanda une tournée de bières, mais Gerry protesta. Il insista pour boire un soda à ses propres frais. Pressentant ce qui l'attendait, il préférait être totalement lucide. S'il avait eu le choix, il serait parti immédiatement. Il regretta que sa Toyota soit au garage. Sam les avait amenés au club avec sa voiture, ce qui obligeait Gerry à se montrer faussement sociable.

— Attends Gerry, commença Sam, j'ai vraiment aimé jouer contre toi, ce soir.

— Merci.

— On adore jouer au tennis avec toi, dit Michael, mais la vie n'est pas un jeu.

— Mon soda est délicieux, lâcha Gerry. Qui veut goûter?

— La religion n'a rien à voir avec le tennis, insista nerveusement Michael.

— Dans ce cas, dit Gerry, avec qui j'ai joué ce soir? Avec toi ou avec le rabbin de Caracas?

Gerry s'étonna lui-même de son ton sarcastique. Brusquement gêné, il rêva d'être catapulté hors du club et le plus loin possible. Il rêva d'atterrir au Musée des années soixante, sur le sac d'herbe d'Acapulco d'Ellen. Il n'avait pas fumé depuis des années, mais un bon joint ne lui aurait pas fait de mal, songea-t-il.

— Gerry, tu es avec nous? demanda Michael.

— Quoi? murmura distraitement Gerry. Oui, je suis là. Écoute, si c'est le prix à payer pour jouer au tennis en ce moment, je peux peut-être me dispenser d'y jouer. La prochaine fois que je te demande de te mettre dans le couloir quand je sers, ne me cite pas des extraits du *Guide des Égarés* de Maimonide ou les Dix Commandements. Le premier commandement du tennis c'est: sois attentif! Le reste ne m'intéresse pas. Tu comprends? J'en ai marre de l'Inquisition.

— D'accord, dit Michael. Excuse-moi. Je communierai avec les bulles de ma bière.

Réalisant que Michael capitulait alors que la conversation était à peine entamée, Sam perdit son sang froid.

— Tu sais, Gerry, dit-il, tu ne nous rends pas la vie facile.

— Il a raison, renchérit Michael.

— Qu'est-ce qu'on doit faire ? reprit Sam. Ouvrir un restaurant pour les juifs aussi paumés que toi ? Comme ça tu viendrais peut-être prier avec nous au petit déjeuner.

— D'après Ellen, rétorqua Gerry, tu pries déjà tout le temps, suffisamment pour deux, en tout cas.

— Ce que je fais chez moi ne vous regarde pas. Mais pourquoi tu ne veux pas te joindre à mes rituels ?

— C'est ça, la route que vous voulez qu'on suive ? s'énerva Gerry. C'est ça votre but ?

Michael passa le bras derrière Gerry et tira sur le tee-shirt de Sam.

— Je suis désolé, murmura Sam. Désolé… pour nous tous.

Ils cessèrent de parler et terminèrent silencieusement leurs boissons. Michael prit un air songeur. Avec sa paille, Sam poignarda les glaçons dans son verre. Gerry rompit finalement le silence :

— Dites-moi, il y a combien de clients par jour dans le restaurant ? C'est une curiosité, rien de plus.

— On ne parle pas d'affaires, répliqua Michael, mais de toi. Ce restaurant n'est pas une curiosité pour toi et c'est ça qui nous inquiète.

— Nous savons également, ajouta Sam, que vous aidez financièrement le missionnaire pour que le restaurant ne coule pas.

— On n'a plus le droit de dépenser notre argent comme on veut ? demanda Gerry.

Sam frappa le comptoir avec sa large paume. Les verres tremblèrent.

— Laisse-le crever, bon sang! Les gens du quartier ne sont pas des clients pour Harp, son restaurant ne les attire pas. Sans toi et Marylee, il resterait ouvert dix minutes, le temps de faire un croque-monsieur.

— Tu te trompes.

— J'ai raison.

Avec la voix fatiguée d'un enseignant qui s'adresse à des élèves indisciplinés, Michael déclara:

— Dis, Sam, on voulait lui parler d'autre chose, je crois…

— Je sais, répliqua Sam. Je n'arrive pas à le lui demander.

Michael regarda Gerry.

— Tu vas te convertir? Tu penses sérieusement à te convertir?

— Je n'y pense pas sérieusement, répondit Gerry, l'air absent, mais j'y pense. Penser est encore autorisé aux États-Unis?

— Si Marylee ne faisait pas pression sur toi, insista Sam, tu y penserais?

— Est-ce qu'il ferait jour si le soleil ne se levait pas?

Sa réponse, non préméditée, l'étonna lui-même.

— Où tu veux en venir?

— Tu ne serais pas un peu de mauvaise foi, par hasard? reprocha Michael.

— Vous me mettez mal à l'aise, répondit Gerry. Ce que j'essaye de vous faire comprendre me semble évident. Marylee est chrétienne. Elle l'est depuis toujours.

— Et Judy est bouddhiste. Je ne le suis pas devenu pour autant.

— Réponds-nous franchement, dit Sam. C'est à cause de nous?

— Pas du tout, les rassura Gerry.

— Alors c'est à cause de ce que tu as mangé! cria Sam. Harp a mis un truc dans ses *Hamburgers du Désert aux Sauterelles*!

Il regarda Gerry d'un air suppliant.

— Tu ne veux pas en parler à un rabbin?

— Michael en est presque un. Et, de toute façon, je ne me suis pas encore converti.

— Pas encore, dit Michael.

— Tu l'envisages, c'est tout, dit Sam.

— Oui.

— Si je ne faisais rien pour t'en empêcher, je m'en voudrais toute ma vie, reprit Sam.

— Ne t'en fais pas, dit Gerry. Je suis prêt à signer tous les documents expliquant que tu emploies les grands moyens pour t'opposer à ma conversion.

— Je n'ai pas encore tout essayé, menaça Sam.

— Ça suffit! s'écria Michael.

Sam l'exaspérait soudain encore plus que Gerry.

— Tu crois que tu es un modèle pour Gerry? Tu t'es regardé avec tes *mezuzoth* et tes plats casher? Tu es une caricature de juif superficiel!

— Allez vous faire foutre! dit Sam.

Il descendit du tabouret sur lequel il était juché, marcha vers la porte, l'ouvrit d'un geste brusque et se dirigea vers le parking. Michael et Gerry le suivirent en gardant leurs distances. Sam fit le tour de sa fourgonnette et donna un coup de pied dans un pneu. Tétanisés, Michael et Gerry se tenaient à quelques mètres de lui. Sam ouvrit la porte arrière de la fourgonnette et fit l'inventaire du matériel qui s'y trouvait: une caméra vidéo, des tripodes, des projecteurs, un carton vert empli de cassettes, et d'autres trésors très attirants pour d'éventuels voleurs. Bouche bée, comme s'ils assistaient à un vol de voiture ou à un meurtre, Gerry et Michael observèrent le véhicule surchargé s'affaisser un peu au moment où Sam s'installa au volant.

Il recula, fit ronfler le moteur et avança vers la sortie du parking. À la consternation de Gerry et Michael, qui n'imaginaient pas une seconde que leur ami puisse les abandonner, Sam franchit le ralentisseur et s'engagea sur la route qui menait au pont.

— Ça fait partie du scénario que tu as concocté avec Sam ? demanda Gerry.

— Bien sûr ! Sam s'est garé le long de la route. Il attend que tu donnes une conférence de presse pour annoncer que tu renonces à la conversion. Ensuite, je suis censé lui envoyer un signal secret avec un miroir pour qu'il revienne nous chercher.

Michael se dirigea vers le bar du club. Gerry lui emboîta le pas et dit :

— C'est de ta faute s'il est parti.

— Ah oui ?

— Tu l'as ridiculisé en lui disant qu'il était superficiel. Je sais quel effet ça fait de se sentir superficiel.

— Nous le sommes tous, de toute façon.

— Sauf Marylee, dit Gerry en s'installant de nouveau au comptoir du bar. C'est quelqu'un de profond. Tu serais impressionné si tu avais l'occasion de l'observer dans l'intimité.

— Le peu que j'ai vu me suffit, rétorqua Michael.

À présent, il ne souhaitait qu'une chose : rentrer lui. Les problèmes d'ordre religieux ou métaphysique lui semblèrent brusquement secondaires.

Quinze minutes plus tard, réalisant que Sam ne reviendrait pas les chercher, Michael inventoria son portefeuille à la recherche du numéro de portable de Judy. Il n'avait jamais réussi à l'apprendre par cœur. Il parvint à la joindre au Musée. En compagnie d'Ellen et de Nawang, Judy jouait au Monopoly « collectiviste ». Les règles du jeu avaient été modifiées : chaque joueur s'arrêtant sur une propriété ou une gare devait s'en déposséder et en échange, il recevait dix dollars de la communauté.

— On s'amuse comme des fous, déclara Judy à Michael. Je ne sais pas si on va pouvoir venir vous chercher.

— Tu sais où se trouve le club ? s'énerva Michael.

— On arrive.

Pendant qu'ils attendaient, Michael ne put se contenir :

— La conversion, c'est quand même grave, Gerry.

— Il y a plus grave que ça.

Gerry se dirigea vers la porte et ajouta :

— J'ai besoin d'air.

À l'extérieur, pour tuer le temps et oublier le ciel qui semblait lui tomber dessus, Gerry examina les BMW, les Bentley, les Volvo, les Audi et quelques modestes Subaru. Michael le rejoignit.

— Tu vas déclencher une alarme si tu t'approches trop près, lança-t-il.

— Ça serait marrant.

— Tu vas déclencher quelque chose, mon vieux, dit Michael d'un ton plein de sous-entendus.

Sentant que son ami allait le harceler de nouveau, Gerry se pencha sur une Mercedes gris métallisé et déclara :

— Il y a des gens qui attachent beaucoup d'importance à leur voiture. Je suis même surpris qu'ils ne nous fassent pas payer un supplément pour garer la vieille Toyota dans ce parking. Mais moi, les voitures, je m'en tape. Dans ma vie, ce qui compte le plus, c'est Marylee. Pré-chrétienne ou post-chrétienne, je m'en fous, du moment qu'elle reste avec moi. Et je veux la soutenir. Ce qu'elle fait en ce moment n'est pas un drame. Je devrais avoir honte ? Avoir des remords vis-à-vis du rabbin qui a dirigé la cérémonie de ma bar-mitsva ? Aller voir un psychiatre ?

— Arrête, Gerry.

— Mais si, c'est ton secteur, les psychiatres. Tu vas m'en recommander un, je suppose, non ?

— Non, dit Michael en suivant son ami vers une étonnante Hyundai garée au coin du parking.

— Tu devrais rassembler tous les pouvoirs, toutes les autorités existantes et me faire un procès.

— Gerry, je ne suis pas psychiatre et tu n'as commis aucun crime. Mais comme dit Sam, est-ce que c'est ta propre décision ?

— Je n'ai rien décidé.

— Super! Ne décide rien. Adhère au club et reste indécis toute ta vie.

— Elle n'est plus si longue, ma vie, dit Gerry en riant.

Le rire de Gerry soulagea Michael.

— Est-ce qu'on peut dire, au cas où tu déciderais de te convertir, que ta décision serait le fruit de ta propre réflexion?

— Enfin, c'est Watergate ou quoi? s'indigna Gerry. Tu es qui? Mon ami ou le sénateur Erwin[1]?

— On veut juste savoir si c'est ton cœur qui te guide. C'est une question légitime. On t'aime, Gerry. Avec Sam, on est les spécialistes de tes problèmes de cœur.

— Les spécialistes des crises cardiaques, tu veux dire.

Ils continuèrent à tourner en rond dans le parking, jetant un coup d'œil vers l'entrée afin de voir si Judy arrivait. Ils commençaient à avoir froid, mais ni l'un ni l'autre ne voulaient retourner au bar. Un silence gênant s'installa. Michael faisait de son mieux pour éviter de sortir des propos accusateurs. Néanmoins, en son for intérieur, il avait déjà prononcé le verdict: Gerry était coupable.

— Si Marylee et le missionnaire te forcent la main, n'hésite pas à me le dire. Si tu te sens seul, parle-moi.

— Je ne me sens pas seul.

La nuit était fraîche, les étoiles scintillaient et Gerry pensa reconnaître la Grande Ourse dans le ciel, au nord-est.

— Comment peux-tu savoir si une décision est vraiment la tienne? demanda-t-il. Même en étant à peu près certain qu'il s'agit de tes propres pensées, comment peux-tu être totalement sûr qu'elles n'ont pas été influencées par celles de Judy, de ton père ou par quelque chose que tu as entendu à la télé?

— Quel épistémologiste! Tu me surprends.

— Je fais ce que je peux.

---

1. Sénateur qui présidait la commission d'enquête durant l'affaire du Watergate.

— Moi, je te trouve un peu lâche, parce que ce n'est pas d'une émission de télé dont nous parlons, je ne te demande pas ton avis sur un candidat ou sur la météo. Je te parle de Dieu, du paradis et de l'enfer, de la vie et de la mort, de l'ordre et du chaos. De ton âme et de la religion. Bref, de trucs fondamentaux.

— Écoute Michael, la plupart des produits sont fabriqués avec des éléments similaires. Regarde cette Lexus, elle n'est pas si différente de cette BMW. En surface, elle l'est, la forme, les accessoires, les phares ne sont pas exactement les mêmes, mais elles sont toutes deux aussi chères, aussi rapides et ont un moteur conçu pour durer longtemps. C'est comme ça que je vois le christianisme et le judaïsme. Comme deux produits similaires. Ce n'est ni de Dieu, ni du paradis ou de l'enfer, ni du salut ou de son contraire dont nous parlons, mais d'une marque de fidélité.

— C'est bien dit, mais ça me laisse sceptique.

— De toute façon, quoi que je dise ou fasse, dès que j'essaye d'être sincère, je déçois tout le monde.

— Dis-moi quelque chose que je puisse croire, Gerry. Dis-moi que Marylee a promis de te faire trois fellations par nuit si tu te convertissais. Ça, ce serait une bonne raison de vouloir devenir chrétien.

— Mais non, on ne s'est jamais aussi bien entendus. On a un projet en commun... le restaurant, Harp et plein de choses dont on peut discuter ensemble : Dieu, la mort, la vie après la mort. De quoi tu parles avec Judy ? Quand vous êtes seuls au Musée ou quand vous mangez ensemble ?

— De toi, de Marylee et de Harp. On évoque la *Tarte de la Révélation* et le *Pain Perdu Saint Jean* et on rit tellement qu'on finit par en avoir des crampes d'estomac. On rit, Gerry et ensuite on pleure. On pleure à cause de toi.

— Très bien. Qu'est-ce que Judy pense vraiment ?

— Elle dit qu'elle aime Marylee. Qu'on n'a qu'à la laisser te torturer. Et je lui réponds qu'il faut prendre ta défense. Mais tant qu'il n'y aura pas de sang sur le tapis, elle ne me laissera pas appeler les flics. Elle ne t'a pas fait saigner, j'espère ?

— Marylee est passionnée. Ce projet de me convertir lui tient vraiment à cœur. Et c'est grisant de sentir que sa femme se passionne pour quelque chose. Ça veut dire qu'elle peut encore d'une certaine manière, éprouver de la passion pour moi, même si on n'a pas réussi à avoir d'enfants. Elle a changé, je sais, et même si je ne suis pas sûr de la comprendre, et que son comportement vous afflige tous, ça me rend heureux de la voir pleine de vie.

— Mais elle te reproche d'être ce que tu es. Elle cherche à te culpabiliser.

— Je n'ai pas honte d'être juif. Je ne le cache pas comme certains hommes d'affaires le font encore. Je m'appelle Levine, bon sang ! Mais je n'ai pas envie de l'afficher non plus. Je ne le porte pas sur le revers de ma veste. Je suis désolé, Michael. Tu as l'air profondément accablé. Écoute, la religion, c'est...

— C'est quoi ?

— Je ne sais pas. Être un homme, peut-être.

— Exactement. C'est fondamental. Donc tu veux changer de religion ? Tu veux devenir une femme ?

— Je n'ai pas la prétention de polémiquer avec toi. Tu es plus intelligent que moi. Tout ce que je sais, c'est que je peux être juif aujourd'hui, bouddhiste demain, ou hindouiste, ou chrétien, et je serai toujours le même Gerry.

— Pas pour Sam.

— Et pour toi ? Je deviendrais un traître à tes yeux ?

Finalement, à travers les arbres qui bordaient le parking, Michael reconnut la camionnette qui s'arrêta à une intersection. En tournant lentement, Judy fit un appel de phares. Bientôt, elle foncerait vers le parking. Michael et Gerry rassemblèrent leurs affaires.

— On en rediscutera, dit Michael. Promets-moi de me parler avant de sauter dans la baignoire baptismale de Harp.

— Entendu.

— Et souviens-toi d'une chose : baignoire baptismale rime avec ignorance abyssale.

— C'est noté.

— Et si tu plonges quand même, insista Michael, promets-moi de laisser ton petit doigt hors de l'eau. Garde ton petit doigt juif.

— Quand on se convertit, on doit s'immerger entièrement, protesta Gerry.

— Triche, comme Achille avec son talon. Sauve ton petit doigt de l'immersion.

La tête renversée, Gerry éclata de rire et son rire résonna dans le parking.

— Tu veux qu'une partie de mon corps échappe à l'eau du baptême ?

— Absolument.

— Et si c'est mon nez ?

— Ton nez fera l'affaire.

— Tu es incroyable. D'abord c'est la fin du monde et maintenant ça devient une blague. Lequel de nous deux est sérieux, finalement ?

La camionnette arriva, la porte s'ouvrit et ils entendirent la voix de Judy les interpeller. Mais elle n'était pas au volant. Nawang conduisait.

— C'est la première fois que je conduis ce véhicule, déclara-t-il fièrement.

— C'est pour ça que vous avez mis si longtemps pour venir, dit Michael. Vous avez médité sur le pont George-Washington ?

— Avec sérénité, acquiesça Nawang. Bien que j'aie eu du mal à passer en seconde.

Ils grimpèrent à l'arrière. Judy mit sa cassette la plus récente : des chants de moines bouddhistes exilés à Dharamsala, en Inde.

— Réfléchis bien avant de plonger, dit Michael à Gerry.

— Plonger dans quoi ? demanda Judy.

— En route, intima Gerry à Nawang. On est prêts pour l'aventure.

— Ne le fais pas, lui murmura Michael.

Puis il se pencha et passa son bras autour des larges épaules de Judy.

— Je t'expliquerai plus tard, dit-il.

25

18 mai 2000

Mon cher père et professeur,
Tu as absolument raison, je ne suis pas saint Jérôme. Je ne suis pas
fier d'avoir pensé à cette comparaison. Mais pourquoi cela t'ennuie-
t-il qu'une jeune femme m'enseigne l'hébreu ? L'alphabet hébreu
serait-il différent si un homme me l'apprenait ? Et, de toute façon,
j'étudie souvent seul puisque Isaac et le père de Rena n'aiment pas le
fait que je suive des cours avec elle.

Annabelle est bien arrivée dans sa caisse. Elle a été examinée
par un vétérinaire du quartier et je l'ai installée dans le bassin
de l'Alcôve baptismale. Elle a l'air en forme et je sens dans ses
yeux verts qu'elle me reconnaît. J'ai décidé d'intervenir avec elle
au moins une fois par soir au Club de la Révélation, *comme*
Aaron l'avait fait devant Pharaon, pour montrer le pouvoir de
la foi et briser les dernières réticences de nos clients. Par ailleurs,
ils apprécient beaucoup le houmus, *le* baba ganoush, *et la pâte*
de grenade. La Salade Spéciale du mont des Oliviers que nous
avons récemment ajoutée au menu a un incroyable succès. Mais
non, papa, jusqu'à présent aucun client ne s'est levé au milieu du
repas pour demander qu'on l'accompagne vers notre version
réduite du Jourdain.

Mais ce moment viendra, je te le garantis. Inutile de me rappeler constamment que le temps presse pour la conversion du peuple juif. Oui, cent quarante-quatre mille d'entre eux seront sauvés, cent quarante-quatre mille saints s'élèveront au-dessus des flammes de la destruction le jour du Jugement dernier. C'est un nombre important, mais vu la population juive de la métropole, du New Jersey, et du Nord-Est, cela représente une goutte d'eau dans le seau de la rédemption.

Que Dieu me vienne en aide, supplia William. Seigneur, m'entends-tu ? Je t'attends depuis si longtemps. Il s'immobilisa, espérant une réponse. Il attendit, puis reprit sa lettre.

À propos de ton voyage, tu devrais y renoncer. Ce n'est pas une bonne idée que tu viennes ici, papa, cela ne fera pas avancer les choses. Tu prêches l'Évangile avec panache, mais ta précieuse énergie s'amenuiserait à Manhattan et, à force de surveiller l'Antéchrist, tu serais épuisé. Est-ce que ta santé s'améliore ? J'ai l'impression que tu me caches la vérité à ce sujet. À travers Annabelle, tu es déjà parmi nous, papa. Grâce à la magie de ses déclarations silencieuses, nos clients comprendront la puissance et la gloire du Seigneur.

Avec toute ma gratitude pour ta patience,
Ton fils,
William.

26

Michael avait dit à Gerry que c'était la synagogue la plus excitante de Manhattan.

Toutefois, si Michael n'avait pas fortement insisté, Gerry n'aurait peut-être pas accepté d'assister aux services du shabbat de la synagogue B'nai Luria, située non loin de chez eux. Avec ses deux dômes bulbeux et son architecture maure, la synagogue était célèbre pour sa musique enivrante, son chœur de cinq cents voix, et pour la célébration du *kabbalat shabat*, le vendredi soir au coucher du soleil.

Sur l'initiative de Judy, Nawang et ses quelques étudiants entamaient une *sesshin,* un week-end de méditation à la campagne et, de toute façon, l'invitation de Michael ne la tentait nullement.

Lasse de voir Sam embrasser toutes les *mezuzoth* avant de prier devant chaque fenêtre dirigée vers l'est, Ellen ne tenait absolument pas à se joindre à la « soirée synagogue ». Bien sûr, elle avait également un nombre impressionnant de copies à corriger.

Donc, lorsque Gerry demanda à Marylee si elle souhaitait les accompagner, Michael n'osa protester, bien qu'il eût préféré être seul avec Gerry. William se joignit également à eux, expliquant qu'il devenait un excellent étudiant en judaïsme.

Quelques heures avant le coucher du soleil, Michael tenta de décourager le missionnaire, une ultime fois.

— Qui va surveiller le restaurant ? lui demanda-t-il. C'est vous le responsable.

— Oh, les Tibétains s'en sortiront très bien sans moi, monsieur Klain. Ils ont fait des progrès en anglais et il n'y a que six réservations.

— Six réservations ? C'est énorme ! Imaginez qu'une foule de clients viennent dîner ce soir, qu'est-ce qu'il va se passer ?

— Faites-moi confiance. Ça fait des semaines que je cherche l'occasion de tester mon hébreu.

À dix-huit heures trente, Michael les retrouva devant l'immeuble. Il voulait partir tôt afin d'avoir de bonnes places.

En marchant vers la synagogue, il se souvint des cours d'éducation religieuse qu'il donnait le dimanche, du temps où il était étudiant. Il accéléra le pas, se sentant soudain investi d'une exaltante mission pédagogique. S'adressant à Gerry, William et Marylee, il déclara :

— Dans cette synagogue, on découvre la qualité spirituelle du judaïsme comme nulle part ailleurs.

— Elle est comment ailleurs ? questionna Gerry.

Légèrement désemparé, Michael poursuivit sur sa lancée :

— Quand vous pénétrerez dans l'édifice, concentrez-vous simplement sur une ou deux choses, comme dit Judy. Les mélodies, par exemple, ou les éclats de la lumière éternelle.

— Depuis que j'ai vu le réparateur changer une ampoule à l'intérieur d'une synagogue, déclara Gerry, je ne suis plus vraiment impressionné par la lumière éternelle.

— C'était quand ? demanda Michael.

— Durant mon adolescence. La dernière fois que j'ai mis les pieds dans une synagogue. La lumière s'est éteinte pendant le service. Une petite lueur rouge a tremblé, puis s'est éteinte.

— Tu plaisantes ?

– Pas du tout. Ça s'est produit au moment où ils apportaient la Torah. C'était mauvais signe, mais personne n'a rien dit. Je me demande même si, à part moi, quelqu'un d'autre s'en est aperçu. En tout cas, en ce qui me concerne, j'ai vécu ça comme un incident fatal.

– Comment ça ? s'enquit Marylee avec inquiétude, tandis qu'ils s'arrêtaient à un feu rouge.

– En grillant, ce filament a chamboulé la fondation de ma foi.

– Vous voulez dire que votre propre lumière s'est éteinte en vous ? avança William.

Son ton plein d'assurance agaça Michael.

– Absolument, répliqua Gerry. Et j'en ai pris conscience bien plus tard.

– C'est juste une coïncidence malheureuse, dit Michael. Et puis, je suis sûr que tu as inventé cette histoire.

– Pourquoi ? s'étonna Gerry.

– Très bien, dit Michael. Oublie la *ner tamid*, l'éternelle lumière de quarante watts, et concentre-toi sur les caractères hébraïques…

– J'adore les caractères hébraïques, coupa William, et si Michael ne l'avait pas fusillé du regard, il se serait mis à réciter tout l'alphabet que Rena lui avait appris.

– Fabuleux, dit Michael sur un ton qui signifiait « boucle-la ». Chaque lettre représente également un chiffre, Gerry, et les rabbins se servent de la numérologie depuis des années. Durant le service, tu peux t'amuser à imaginer les lettres se décoller des pages, s'élever dans les airs, devenir des chiffres volants, puis des oiseaux noirs. Mais ne me demande pas comment ils s'évadent à travers les fenêtres fermées de la synagogue car je n'en sais rien.

– Ça me paraît un bon programme, dit Marylee.

Ils arrivèrent devant les imposantes portes en bois sculpté de la synagogue et se mêlèrent à une foule de jeunes gens d'une trentaine d'années. À l'intérieur de l'immense sanctuaire caverneux, ils trouvèrent des places près de l'orchestre. Une fois installés, ils attendirent que la cérémonie commence.

Tandis que la synagogue s'emplissait, Michael montra à Gerry le livre de prières, l'arche contenant les manuscrits de la Torah, les fac-similés des Tables sur lesquelles étaient inscrits les Dix Commandements, les deux chandeliers posés de chaque côté de l'estrade du lecteur, la *bima*, (il évita de reparler de la lumière éternelle) et les vitraux des douze fenêtres de l'édifice, chacune symbolisant l'une des douze tribus d'Israël.

— Vous êtes un lévite, confia fièrement William à Gerry.

— Il est au courant, dit Michael.

Marylee enroula son bras autour des épaules de son mari.

— Quel effet ça fait de se sentir aussi convoité, mon chéri ?

— C'est pas trop tôt ! répondit Gerry.

Une effervescence animait les lieux. Des centaines de jeunes gens bavardaient et Marylee pensa qu'ils étaient à peu près tous célibataires. La foule se rassembla autour et devant la *bima*. Il était presque dix-neuf heures. Penché sur son livre de prières, William semblait plus concentré que Gerry. Il essayait de prononcer correctement les mots hébraïques qu'il lisait et Michael l'aida à contrecœur. Comme s'il attendait qu'un interminable opéra commence, Gerry trépignait d'impatience.

— Quand est-ce que les gens vont s'asseoir ? se plaignit-il.

— À toutes les cérémonies juives auxquelles j'ai assisté, déclara Marylee, les mariages, les bar-mitsva, j'ai remarqué que ça ne commençait jamais à l'heure. Les juifs n'aiment pas la ponctualité ?

Michael regarda Marylee et William, puis déclara :

— Les juifs ne pensent pas que l'apocalypse ait lieu cette semaine ni bientôt. Quand on a tout le temps devant soi, pourquoi la ponctualité serait-elle une vertu ?

— Oh, mais la fin du monde viendra, monsieur, assura William. Elle est inévitable.

— Pas ce soir, rétorqua Michael.

— Non, dit William en surveillant la foule de visages réjouis derrière lui. Probablement pas ce soir.

— Tu as conscience de ce point de vue différent? demanda Michael à Gerry. Les chrétiens voient une fin apocalyptique d'une violence inouïe, alors que les juifs...

— Les juifs quoi? coupa Marylee.

Elle fit une courte pause, puis sans laisser répondre Michael, déclara:

— La plupart des juifs pensent que demain le monde sera à peu près le même qu'aujourd'hui.

— C'est faux, dit Michael.

— Qu'est-ce qu'ils pensent qu'il va se passer, alors? demanda William.

— Je ne suis pas un expert, répondit Michael, mais d'après les Sages et d'après mon horoscope, la bulle Internet va éclater, les côtes de la Floride vont s'enfoncer dans la mer et les Yankees vont se surpasser et gagner tous les matches de la saison.

— Ce qui est certain, affirma Marylee, c'est que les juifs prendront la fin du monde au sérieux le jour où il sera trop tard. Et tu as également raison à propos des Yankees.

Quand tout le monde fut assis, un jeune rabbin, chantre vêtu d'une longue robe bleue à franges rouges, surgit dans l'allée. Quand il monta sur la *bima*, il fit signe aux gens de se lever, tandis qu'un crescendo de voix et de musique retentit, s'élevant dans le sanctuaire.

— Quelle puissance sonore! dit William.

— Laisse-toi envahir par les mélodies, murmura Michael à Gerry. Écoute les merveilleuses chansons du shabbat.

— On les entendrait mieux si vous arrêtiez de parler, monsieur Klain, intervint William.

– Oui, oui, je vais me taire, je vais juste expliquer certaines choses à Gerry afin qu'il apprécie vraiment la célébration. Les paroles disent que le shabbat est l'arrivée de l'épouse de Dieu venue rencontrer son mari.

– C'est un mariage arrangé, dit William.

– Arrangé par qui ? demanda Marylee.

Michael ignora sa question.

– Cette première chanson s'appelle *Lecha Dodi*. Ce qui signifie : « Viens, partons ensemble, mon amour. »

– Le shabbat représente l'épouse de Dieu ? dit Marylee. La Vierge Marie, en quelque sorte ?

– Il a dit l'épouse, répondit William. Une épouse, une femme, pas une mère.

– Très juste, dit Michael, tel un professeur dont l'étudiant venait de faire une remarque qui tombait à point nommé. En fait, il y a cette grande présence divine féminine qu'ils appellent la Shekina. La Shekina n'est présente ni en l'homme ni en la femme, mais dans l'intimité de leur relation. Elle symbolise l'énergie divine de la vie. C'est assez compliqué, mais la Shekina a été marginalisée pendant des centaines d'années par les rabbins. En Israël, en Palestine, l'Empire ottoman au dix-septième siècle, il y avait plein de comètes dans le ciel et toutes sortes de feux d'artifice, les marées étaient hautes et les signes de l'arrivée du messie étaient partout. Le rabbin Isaac Luria, un mystique – ça se passait en 1666, en fait…

– 6, 6, 6, coupa William, ce sont les chiffres de l'Antéchrist.

– Oui, dit Michael. Cette année-là, ils cherchaient le Christ et, comme il était attendu, ils se préparaient également à combattre l'Antéchrist. Comme aujourd'hui, d'ailleurs. Vous êtes un expert sur ce sujet, William.

– Je le suis, monsieur Klain.

– Quoi qu'il en soit, à cette époque, Luria – la synagogue porte son nom, B'nai Luria, enfants de Luria – donne sa propre version de la Shekina, la Femme des Forces Mystiques. Il met ses idées en musique. Il enseigne, pour la première fois, à de sobres garçons religieux juifs, à danser au sommet des collines la nuit, à entrer en transe, à jeûner jusqu'à ce qu'ils aient des visions et à déchirer leurs habits pour aller se baigner nus ! Et son messianisme mystique fait soudain de nombreux adeptes. Depuis la destruction du temple, il n'y a plus de moines ou de vrais prêtres judaïques, ni même de grands prêtres, et je trouve ça vraiment regrettable. Donc, les adeptes de Luria, ces moines de la Kabbale, ces pèlerins juifs, rencontrent un énorme succès et font sensation car leur mission est de libérer l'énergie sexuelle de la grande divinité féminine juive. Ce qu'ils déclenchent devient tellement incontrôlable que les rabbins appellent les flics, font cesser les émeutes et bannissent la pauvre Shekina de la tradition judaïque. C'est plus ou moins à notre époque qu'on parle de nouveau d'elle. Par déférence vis-à-vis de Marylee, j'ai donné la version féministe du phénomène. Mais c'est assez proche de la réalité.

– Très bien, Michael, chuchota Marylee tandis que les prières continuaient, on a compris, je crois.

Mais Michael n'avait pas terminé.

– Les jeunes qui viennent ici, se retrouvent pour s'unir mystiquement d'une manière beaucoup plus sexy que ce que le christianisme propose.

– Ah oui ? dit Marylee. C'est ce qu'on verra.

Puis elle embrassa sensuellement Gerry.

Les prières, les hymnes et les lectures du service s'enchaînèrent. Gerry, dont l'éducation religieuse s'était arrêtée à la bar-mitsva, parvint tout de même à suivre et même à comprendre certains passages hébraïques. À son étonnement, une joie oubliée ressurgit en lui. Si Michael n'était plus pratiquant depuis des années, il connaissait le service par cœur grâce à l'enseignement de son père rabbin. Pour sa part, William se sentait comme un anthropologue enfin débarqué en terre juive après un long voyage, et il exultait.

Quarante minutes plus tard, le service se termina comme il avait commencé, avec un crescendo de voix chantant l'hymne *Adon Olam,* Seigneur du Monde. À travers la foule festive, le groupe de Michael se dirigea vers la sortie du sanctuaire. Tout le monde semblait sous l'influence du shabbat. Les gens acceptèrent avec enthousiasme l'exhortation du rabbin, qui leur demandait d'étreindre au moins trois personnes, inconnues ou non, avec les mots *Shabbat Shalom*, Shabbat Paix.

Quand William fut étreint par une douzaine de femmes assez attirantes, il comprit pourquoi le *Club de la Révélation* était toujours vide le vendredi soir.

Devant la synagogue, tel un flot humain déversé par une corne d'abondance, la foule se dispersait sur le trottoir. Les gens s'embrassaient, s'enlaçaient, bavardaient, comme s'ils assistaient à une gigantesque réunion familiale. Les soucis du travail, telles les mues invisibles d'un serpent, glissaient. Bien sûr, il y avait quelques hommes d'affaires qui n'étaient pas vraiment dans l'esprit du shabbat, remarqua Michael. Mais leurs conversations mercantiles furent brusquement interrompues par une marée de *horas* et d'autres danses folkloriques israélites dont Michael avait oublié le nom.

— On se croirait dans un bar de célibataires en plein air ! déclara Gerry.

Michael regarda Marylee et dit :

— Si ce genre de fête avait existé quand nous avions vingt-cinq ans, nous serions peut-être partis avec de jolies juives au lieu d'épouser des chrétiennes.

— Vous n'auriez peut-être eu aucun succès auprès d'elles, rétorqua Marylee. Ni avant, ni maintenant, d'ailleurs.

Elle s'avança dans la foule joyeuse et frénétique et les autres la suivirent. Tandis qu'elle progressait au milieu des danseurs, elle se sentit soudain profondément accablée. La tristesse l'envahit. Elle observa de jeunes couples bavarder en flirtant. Elle se demanda combien d'entre eux, après s'être rencontrés pour la première fois à l'occasion du shabbat, se marieraient, auraient des enfants, vieilliraient, mourraient ensemble et auraient leur office funéraire dans cette synagogue. Elle essaya de chasser ses idées noires. Les jeunes gens qui l'entouraient avaient à peu près l'âge des enfants qu'elle n'avait pas eus. Oppressée par ses pensées, Marylee tira soudain Gerry par le bras et l'entraîna hors de la foule.

Étonné et ravi par la joie qui régnait autour de lui, William s'attarda au milieu du rassemblement.

– Vous allez devoir vous surpasser pour convaincre cette foule, lui jeta Michael.

– Oui, mais pas ce soir, répondit William.

Puis il sidéra Michael en lui déclarant :

– Saviez-vous, monsieur Klain, que faire l'amour à sa femme le jour du shabbat, est une double *mitzvah*, un devoir fortement recommandé ?

Michael s'apprêtait à demander au missionnaire où il avait appris cela, mais ce dernier, pensant brusquement à son restaurant, s'excusa et s'en alla.

Se retrouvant seul, Michael scruta la foule à la recherche de la calvitie ronde familière de Gerry ou du béret rouge de Marylee. Quand il les aperçut, main dans la main, au loin, sur Broadway, il réalisa qu'ils l'avaient quitté sans lui dire ni *Shabbat Shalom*, ni bonsoir. Et ce n'était pas le résultat qu'il avait escompté.

27

William Harp se rendit compte qu'il avait désespérément besoin d'aide. Il voulait en parler à Marylee, mais ne savait comment s'y prendre. Une angoisse grandissante le rongeait. S'il ne parvenait pas à convertir des juifs dans les jours à venir, son père, le révérend William Harp arriverait sans prévenir au *Club de la Révélation* et gâcherait tout. Le jeune missionnaire n'avait réussi à convaincre aucun juif et son père s'impatientait. Assister au service du shabbat n'avait fait qu'accroître le désespoir de William. Quand il sortait du restaurant, c'était uniquement pour se rendre au marché du Bronx, à l'aube, ou pour régler des affaires courantes. Il n'avait trouvé que deux individus qu'il aurait éventuellement pu convertir. Mais ses chances étaient si minces qu'il n'avait pas osé en parler à son père. Le premier candidat, un clochard affamé, avait vu la *mezuzah* au-dessus de la porte du restaurant et était entré en expliquant à William, avec fierté, qu'il était le dernier juif nomade du monde. Il avait travaillé dans une raffinerie pétrolière et, quand son entreprise avait fermé, voyager était devenu son nouveau métier. Depuis, soixante ans s'étaient écoulés.

William lui avait servi des croquettes de saumon garnies de *kacha*, mais le nomade avait regardé son assiette comme si celle-ci contenait des aliments répugnants. En fait, il n'était plus habitué à manger des plats aussi élaborés et avait réclamé un sandwich au fromage et une boîte de *donuts*. William était sorti lui acheter la boîte de *donuts*, laissant l'homme seul dans le restaurant. À son retour, le nomade n'avait pas bougé. Il se tenait parfaitement immobile, comme si être assis à la table centrale du *Club de la Révélation*, sous l'écran de projection, était la chose la plus agréable au monde. Il avait mangé avec avidité, accepté deux tasses de *Cappuccino Céleste* et écouté William lui parler de Jésus. Il était revenu deux ou trois fois, puis avait disparu du quartier pour toujours.

Le deuxième candidat potentiel, un jeune homme d'une vingtaine d'années, s'était présenté au restaurant en fin d'après-midi, équipé d'une guitare, d'une poêle, d'une cymbale et de baguettes, le tout relié par des mètres de scotch entourant sa tête et ses épaules, couvrant ses jeans et ses tennis usées. Le jeune visiteur, l'Homme Scotch, comme l'appelait William, avait cru que le *Club de la Révélation* était une salle de concerts et avait demandé à passer une audition. William l'avait fait asseoir et lui avait expliqué que les groupes de musique ne se produisaient pas dans son restaurant. Toutefois, s'il avait un répertoire de chansons juives ou chrétiennes, il était prêt à l'écouter, avait-il ajouté. Incrédule, l'Homme Scotch s'était levé en déclarant :

— C'est foutu. Tout est foutu.

William avait essayé de lui parler, mais le jeune homme s'enferrait dans sa conviction et répétait :

— Tout est foutu, ce putain de monde est foutu.

Pensant qu'il ne fallait pas contredire un futur converti, William avait acquiescé, se demandant comment il pourrait intervenir. Avec empathie, il avait fini par dire au jeune homme que la solution, face à un monde constamment décevant, était peut-être Jésus.

— Jésus ? avait répondu l'Homme Scotch. Tu plaisantes ?

William comprit trop tard qu'il avait fait une erreur. Il n'aurait pas dû invoquer le Seigneur avant de savoir exactement quelle était l'origine du chagrin du jeune homme.

— Tu sais qui est encore plus foutu que moi ? avait dit le visiteur.

— Je vous en prie, ne dites pas ça, l'avait imploré William. Jésus est l'amour et Il est peut-être votre salut.

— J'ai besoin de me produire sur scène, pas d'être sauvé.

— Priez avec moi et laissez Jésus pénétrer votre esprit et votre cœur.

Avant de quitter le *Club de la Révélation*, le jeune homme avait observé William un moment, le trouvant soudain assez paumé, puis avait déclaré :

— Jésus est encore plus mal barré que moi. Salut.

Un soir, peu de temps après la sortie à la synagogue B'nai Luria, William dut interrompre son cours sur la Bible plus tôt que prévu. Assis à la table à laquelle l'Homme Scotch s'était brièvement installé, Gerry somnolait. Et ce, malgré les versets apocalyptiques qu'ils étudiaient. Le passage de Daniel lu par William faisait référence aux dernières semaines avant la fin du monde :

— « Et j'entendis l'homme vêtu de lin, qui se tenait au-dessus des eaux du fleuve ; il leva vers les cieux sa main droite et sa main gauche, et il jura par celui qui vit éternellement que ce sera dans un temps, des temps, et la moitié d'un temps, et que toutes ces choses finiront quand la force du peuple saint sera entièrement brisée. »

— Tu fais partie du peuple saint, Gerry, dit Marylee.

William remarqua les yeux fatigués de Gerry. Se sentant lui-même abattu, il chercha les mots qui pourraient leur redonner espoir et déclara :

— Vous savez, il est tout à fait possible que des gens se repentent en masse, comme les gens de Ninive en entendant Jonas, ou qu'ils se convertissent en un jour – comme dans la prophétie d'Isaïe – et, même si ça prend du temps, la maison de Dieu sera construite au sommet des montagnes, elle s'élèvera par-dessus les collines et toutes les nations y afflueront.

Malgré son flot de paroles, William sentait que son discours manquait de profondeur et de conviction. Marylee était également frustrée. Elle avait demandé à William de choisir le passage de Daniel, pensant que la complexité des calculs indiquant la fin du monde intriguerait Gerry : il avait toujours été doué en mathématiques. Mais les paupières de Gerry étaient presque fermées.

– Ce n'est pas de votre faute, dit Marylee à William. Gerry s'endort aussi au cinéma, à l'opéra et au musée. Il est capable de passer comme un somnambule devant les chefs-d'œuvre de la Renaissance. Quand on est avec quelqu'un qui s'endort partout, on n'a plus envie de l'emmener nulle part.

– Quoi qu'il en soit, répondit William, les juifs et le reste de l'humanité doivent accepter que Jésus est le messie d'Israël. Que ce fait soit accepté est notre espoir. Notre espoir, c'est vous, Gerry Levine.

Marylee couva son mari du regard.

– Ça doit être tellement agréable de se sentir aussi sollicité.

– Par quelqu'un d'autre que toi ? soupira Gerry.

Il se leva, s'étira, secoua son col roulé afin de faire tomber les restes de graines de tournesol qu'il avait mangées. Quand il se baissa pour les ramasser au sol, Marylee lui donna une petite tape.

– J'ai besoin de toi et le monde a besoin de toi, mon chéri.

– Jésus a besoin de vous, renchérit William, et moi aussi.

– Oui, oui, j'ai compris, dit Gerry. Mais ce soir, mon lit a aussi besoin de moi, et demain, Long Island aura besoin de moi et ensuite le Connecticut aura besoin de moi. Partout, les sols ont besoin de moi et m'implorent de les revêtir.

— Avant d'aller t'occuper des sols, dit Marylee, rassure-nous sur des choses fondamentales. Redis-nous pourquoi le Nouveau Testament est nouveau par rapport à l'Ancien.

Gerry décida de leur faire plaisir en leur prouvant qu'il n'avait pas dormi durant tous les cours et qu'il avait en effet appris des choses.

— Vous avez besoin de moi parce que Jésus a accompli tout ce que les prophètes avaient prédit. Il est donc temps pour les anciens d'accepter ce qui est nouveau. Comme on accepte un nouveau produit. Pas de problème. Dans les affaires, c'est pareil.

— Sauf que cette affaire est la plus importante du monde, affirma William, n'est-ce pas Gerry ?

— Je suppose.

— Ça mérite un A+, décréta Marylee. Tu peux aller te coucher, maintenant.

Sur le seuil de la porte de l'immeuble, Gerry vit Nawang qui montait rejoindre Judy pour sa séance de *zazen*. Nawang le salua en s'inclinant et Gerry courba légèrement la tête en retour. Puis il se tourna vers Marylee et William.

— Parfois, j'ai envie de m'incliner devant tout le monde, leur dit-il. La religion n'a pas d'importance. Ce sont les courbettes qui comptent.

Comme ils ne firent aucun commentaire, Gerry huma l'odeur de bois de santal que le bouddhiste à la robe orange avait laissée dans son sillage et déclara :

— Je me demande si je suis toujours aussi borné ? Je crois que oui.

— Mais Gerry, lança Marylee, ne pense pas en termes de judaïsme, de bouddhisme ou de christianisme. Pense à l'amour. À un amour qui embrasse et transcende toutes les fois. C'est ça qu'il faut choisir. Sans l'amour, est-ce que tu serais bon envers moi ? Est-ce que je resterais indulgente vis-à-vis des inconnus répugnants qui se frottent contre moi dans le métro ? Sans l'amour, est-ce qu'on enverrait de l'argent au Nicaragua, au Bengladesh ou en Bosnie ? Ou aux moines de Nawang ? Qu'est-ce qui nous empêcherait de devenir aussi froids qu'une pierre ou de nous égorger mutuellement ?

— Il y a beaucoup de gens qui s'égorgent dans le monde, répliqua Gerry avec inquiétude. Même dans cet immeuble, on n'en est pas loin.

— Et il y en aurait beaucoup plus s'il n'y avait pas Jésus, poursuivit Marylee.

Quelque chose d'étonnant, d'inattendu et de grave était en train de se produire entre eux. Depuis sa chaise, Marylee se pencha vers son mari.

— Les gens s'entre-tueraient comme des bêtes, dit-elle.

— Les bêtes ne tuent pas par conviction morale, que je sache. Elles tuent pour manger et dévorent rarement leur propre espèce.

— Nous sommes supérieurs aux bêtes et, néanmoins, il y a en nous tous une terrible puissance destructrice. Je le sais depuis que je suis enfant. Mon grand-père parlait des lynchages auxquels il avait assisté. Il en était même fier. Ce qui nous empêche de commettre des horreurs et de devenir fous, c'est Jésus. Il nous tend la main avec un amour et une compassion que les animaux n'éprouvent pas. Là ou il y a l'amour, il y a Jésus.

— *Amen*, murmura William.

Gerry dévisagea longuement Marylee et pensa à l'amour dont elle lui parlait. Bien qu'elle soit sa femme, il n'arrivait pas à la croire. C'est ce qu'il avait envie de lui dire. Il voulait lui répliquer quelque chose de profond, d'élégant, mais plus il y réfléchissait, plus il avait envie de pleurer. Finalement, les seuls mots qui sortirent de sa bouche furent :

— Je sais, je sais — et il sentit la honte le saisir.

— Non, tu ne sais pas, rétorqua Marylee.

Gerry était tellement fatigué qu'il aurait pu s'endormir sur place. Il envoya un baiser à Marylee et à Harp, puis s'avança vers la cage d'escalier. William interpréta son geste et sa fatigue comme un signe du Saint-Esprit. Mon Dieu, mon Dieu, pensa-t-il, mes cours porteraient-ils leurs fruits ?

Gerry se retourna brusquement vers eux. Il leva le bras théâtralement et, sans la moindre pointe d'ironie, il déclama à sa femme :

Hors monde et temps et leur régime,
Femme, être prude n'est point crime.
Il te plaira n'en avoir cure
Jusqu'à ce que le juif abjure.

Puis le rideau tomba sur sa prestation et il leur dit simplement : « Bonne nuit », avant de s'éloigner.

Marylee regarda ses mains posées sur la table. Ses longs ongles rouges ressortaient sur la nappe blanche. Elle ne pensa pas à des serres, mais à des outils servant à agripper et à lacérer. La sentant troublée, William posa ses mains sur celles de Marylee.

— Ne vous en faites pas, lui dit-il. Vous l'avez inspiré.

— J'en doute.

— Vous pensez qu'il va se convertir ?

— Je n'en sais rien.

— Ça le tente un petit peu, quand même ?

— Un petit peu vous suffit, William ? Pour moi, il sera bientôt trop tard.

28

24 mai 2000

Cher père,
Voici de bonnes nouvelles du front de la conversion. Grâce au cours
que je donne le jeudi soir, après la fermeture du restaurant, des can-
didats sont sur la bonne voie. Dieu soit loué. Prie pour moi, mais
depuis la maison, surtout. Tu as certainement réalisé – étant donné
que je ne t'ai pas réclamé d'argent depuis un moment – que la
situation financière du restaurant s'améliorait. Marylee et son
mari ont investi spontanément beaucoup d'argent pour faire avancer
notre mission et le travail du Seigneur dans le Upper West Side.
J'ai fait imprimer une brochure sur la fin du monde et les raisons
pour lesquelles celle-ci doit arriver, et tu trouveras également ci-
joint la description de ma prestation avec Annabelle. Notre bro-
chure a été lue par tout le quartier, ce qui est un excellent signe.
Il y a un autre signe dont j'aimerais te faire part. Es-tu
bien installé papa ? Je sais que tu as du mal à te lever en ce
moment (je m'inquiète beaucoup pour toi), mais, j'espère que le
moral est bon.
Annabelle est devenue une star dans le quartier. Elle a fait
une chose merveilleuse. Hier, après l'avoir nourrie, les serveurs ont
oublié de refermer le couvercle de son vivarium et elle s'est échappée.

Après tout, Annabelle est un serpent et, qui plus est, un serpent dans un nouvel environnement. Elle était curieuse, papa, et, se laissant guider par ses instincts, elle est allée à la cave. (Personne ne sait comment elle est parvenue à franchir toutes ces portes sans qu'on ne la remarque.) Nawang était à la campagne avec Judy et ses étudiants et Annabelle a découvert le petit mouton de Nawang. Bien sûr, elle l'a mangé. Si dévorer un mouton païen n'est pas un signe du triomphe de Notre Seigneur, papa, alors je ne sais plus comment déchiffrer les signes dont tu me parlais dans tes leçons. Le mouton n'était pas très gros, mais c'était néanmoins un énorme morceau pour Annabelle et, à l'heure où je t'écris, elle est chez le meilleur vétérinaire de New York, la capitale médicale du monde. Mais rassure-toi, Annabelle se porte bien et elle est hors de danger.

Bien sûr, quand le pacifique Nawang a appris ce qui s'était passé, malgré son week-end de méditations soporifiques, il voulait nous tuer, Annabelle et moi. Je dois dire que je le comprends car il aimait beaucoup son mouton et, d'après ce que j'ai entendu dire, c'est un animal sacré pour les bouddhistes et les gens originaires de son pays, (j'ignore comment on les appelle). Enfin, pour Annabelle, un mouton est un mouton.

Heureusement, le bouddhiste a fini par se calmer, grâce à l'aide de sa plus fidèle disciple, Judy Klain. Elle l'a consolé et lui a également signé un gros chèque, je crois. Toutefois, il y a eu un moment où il aurait pu gagner le prix du plus violent bouddhiste du monde. Mais il ne représente plus une menace, maintenant.

Donc, tout va bien. Annabelle va jouer un rôle de plus en plus important, comme tu peux le lire dans le petit article que je t'envoie (« Un serpent électrise un restaurant »). Cet incident a attiré l'attention du public, mais avec Nawang nous avons une petite amende à payer. En fait, elle n'est pas petite – l'inspection sanitaire nous réclame cinq mille dollars chacun, car les animaux vivaient dans l'immeuble illégalement, et les reptiles étant considérés comme des créatures dangereuses, on me réclame cinq mille dollars de plus, ce qui fait dix mille, au total.

Mais Gerry, Marylee et Judy se sont jugés responsables d'avoir accepté la présence des animaux dans l'immeuble sans l'accord du département sanitaire et ont réglé les amendes.

Concernant la convalescence d'Annabelle, ne t'en fais surtout pas, elle est très attachée à moi et je prendrai soin d'elle. Le vétérinaire va me la rendre dans quelques jours, et Marylee m'a trouvé un avocat afin que nous puissions la garder au Club de la Révélation. *D'après les clauses de notre chère Constitution, nous sommes libres de véhiculer des idées religieuses à travers un animal. Tout cela a créé une publicité inattendue (lis les articles ci-joints) et notre chiffre d'affaires augmente. Bien sûr, notre clientèle s'accroît et les candidats à la conversion aussi.*

Annabelle sera bientôt guérie et pourra de nouveau incarner le mystère de Dieu et son pouvoir. Ce qui nous permettra d'absorber le coût du vétérinaire et les frais juridiques.

Je pense fort à toi et je prie chaque jour pour que ta santé te permette d'assister à la gloire à venir.

Ton fils,
William, le menteur.

William raya puis noircit le mot « menteur ». Il glissa la lettre dans une enveloppe, enfila un short et une paire de tennis : Marylee lui avait conseillé de faire de la course à pied pour chasser ses idées noires. Il se rendit à Riverside Park et posta la lettre en chemin.

29

Un mercredi soir, profitant de l'absence de Gerry, Michael et Sam décidèrent de coincer Marylee devant l'immeuble. Depuis la mort du mouton, Judy et Nawang étaient encore en deuil, mais ce n'est pas de cela dont ils voulaient parler à Marylee.

Une brise légère soufflait dans la rue calme, le soir était parfait pour une embuscade. Sam et Michael avaient choisi l'heure à laquelle Marylee descendait les poubelles destinées au recyclage. Tandis qu'elle déposait des sacs contenant des récipients métalliques et des emballages en carton, ils remarquèrent le crucifix en argent qu'elle portait. À la lumière des réverbères, il étincelait à la base de son cou.

— Vous prenez l'air ? leur demanda-t-elle.

Elle comprit brusquement ce que leur regard scrutait et ajouta :

— Désolée, je ne le cacherai pas. Ce n'est pas porno et ça ne pollue pas. Contrairement au serpent, ça ne mange personne et, rassurez-vous, ça n'envoie pas de rayons maléfiques.

— En vingt-cinq ans, c'est la première fois que je te voie porter un crucifix, dit Sam.

— Tu as vu ce que tu voulais bien voir, rétorqua Marylee.

— Je n'ai jamais vu cette croix, répéta Sam d'une voix d'outre-tombe.

Marylee tendit la main vers le cou de Sam et jeta :

— Tu t'es regardé !

Sam arborait son Étoile de David en or ainsi qu'une petite *mezuzah* assortie. Marylee remarqua également un autre bijou en métal ou en os reposant sur une touffe de poils, juste sous la pomme d'Adam de Sam.

— Les dents de requin sont devenues un symbole juif ? demanda-t-elle.

— C'est une dent de baleine, chérie, rétorqua-t-il. Le seul requin parmi nous, c'est toi.

— On est sur un terrain extrêmement glissant, dit Michael, cherchant à rester le plus conciliant possible. On a besoin de ton aide.

Depuis l'incident du serpent, ils avaient eu non seulement de lourdes amendes à payer, mais l'immeuble attirait également une foule de curieux. Un mouton ? Un serpent ? Un restaurant chrétien pour les juifs ? Bientôt une équipe de télé viendrait filmer le *Club de la Révélation*, assura Sam.

— Seulement si c'est toi qui les convoques, répliqua Marylee.

— Cette histoire a commencé à cause de toi, tu dois y mettre un terme, ordonna Sam.

— Vous avez l'intention de me casser une jambe ?

Sam la toisa d'un air menaçant :

— On discute, c'est tout... Je suis désolé, j'ai une grande gueule, je suis aussi diplomate qu'une alarme de voiture mais, pour le salut de Gerry, arrête.

— Gerry est majeur et vacciné. Qu'est-ce que je dois arrêter ? Quel est mon péché ? Vouloir qu'il vive éternellement est un péché ?

— L'éternité, ce n'est pas mon secteur. Les péchés non plus. Mais vivre sur cette terre, ça me concerne. Et sur cette terre, tu le tues et tu nous tortures.

— C'est une sale accusation et un mensonge.

— On n'est ni aveugles ni débiles, poursuivit Sam. Avec le prêtre, vous êtes en train de lui faire un lavage de cerveau. Non seulement vous profitez de lui, mais vous transformez notre immeuble en cirque religieux. Qu'est-ce qui t'a pris, Marylee ? Toi qui étais une si gentille petite libérale du Sud ?

Marylee détourna les yeux. Elle ne supportait pas la condescendance de Sam. Elle recula d'un pas, comme si elle battait en retraite, puis, brusquement, elle envoya un coup de pied dans les sacs destinés au recyclage. Des boîtes de lait et de détergent se répandirent sur le trottoir et des récipients métalliques provenant du traiteur chinois scintillèrent sous la lumière des réverbères.

— Je ne suis ni une sorcière ni une tortionnaire, dit-elle.

Elle frappa de nouveau les sacs, mais les produits à recycler ne firent pas le bruit qu'elle avait espéré.

— Et j'en ai marre de votre intolérance !

— Calme-toi, dit Sam. Je suis désolé.

— Tu parles ! Qu'est-ce que vous cherchez tous les deux ? Vous avez attendu que je descende. Vous avez préparé votre numéro : il y en a un qui fait le méchant, l'autre le gentil… Mais qu'est-ce que vous voulez ? Dites-le-moi clairement au lieu de jouer à ce jeu malsain.

— Ce qui nous dérange, répondit lentement Michael, c'est que la conversion n'a pas l'air d'intéresser Gerry. Il n'a aucune pulsion religieuse. S'il nous avait dit : « J'adore Jésus ! J'ai vu la lumière ! Je veux donner mon cœur au berger de Nazareth », des propos de ce genre, alors cette conversation n'aurait pas lieu.

— Ce n'est pas une conversation, c'est un braquage.

— Marylee, insista Sam. On aime Gerry. Rends-le-nous.

— De quel genre d'amour parlez-vous ? D'un amour qui m'exclut, moi, sa femme ? D'un amour qui l'exclut de la vie éternelle ? Ça vaut quoi, votre amour tribal ?

— Je n'ai pas envie de te traiter d'antisémite, lâcha Sam, regrettant aussitôt ses paroles.

— Alors, tais-toi, espèce de monstre ! cria-t-elle.

Michael saisit le bras de Sam, le secoua, puis le toisa sévèrement, comme on regarde un gosse intenable. Il espérait que Marylee leur accorderait encore un peu de temps. Il la sentait prête à courir vers l'entrée de l'immeuble. Dans quelques secondes, Marylee disparaîtrait s'il ne trouvait pas le bon argument pour la retenir.

— C'est notre meilleur ami, dit-il.

— C'est le compagnon de ma vie, répondit Marylee. Et je veux qu'il fasse le voyage avec moi.

— Même si la destination ne le tente pas ?

— Ça, ce n'est pas certain ! Pour l'instant, il apprend. Et il a encore beaucoup à apprendre. Si vous aviez un peu plus de respect envers votre meilleur ami, vous lui accorderiez le droit de choisir sa propre voie ! Il ne fait peut-être pas de grands discours, et alors ? Qui êtes-vous pour le juger ? Vous pouvez le conseiller sur sa façon de jouer au tennis, mais de quel droit vous mêlez-vous de sa vie spirituelle ? Il pense probablement que ça ne vous regarde pas. Que c'est une affaire entre lui et sa femme. Moi, je ne tiens pas à savoir ce que vous dites à Judy et à Ellen à propos de l'enfer, du paradis et du sens de la vie. Ou peut-être que la vie ne signifie rien pour vous ? Vous avez déjà parlé à vos femmes de ce genre de choses ? Non, je retire ma question. Quoi qu'il en soit rassurez-vous : la nuit, je ne force pas Gerry à avaler des hosties, et je ne cache pas non plus des amulettes chrétiennes sous son lit.

Elle s'éloigna, mais Sam et Michael la suivirent et ils continuèrent la conversation sur les marches du Brownstone. Michael regretta de ne pas avoir anticipé les réponses de Marylee. Il se sentait vulnérable et peu préparé à défendre le judaïsme. Par ailleurs, l'attitude de Marylee le déstabilisait. Il sentait qu'elle était sincère et il la trouvait également très vivante et pleine d'énergie.

— Il ne peut pas être qu'un simple spectateur, lâcha Michael, tandis qu'il croisait le regard dur de Marylee. Enfin, qu'est-ce qui lui plaît dans le christianisme ?

— À part toi, bien sûr, ajouta Sam.

— Il y a forcément autre chose, insista Michael.

— Demandez-le-lui vous-mêmes, répliqua Marylee.

— On le lui a demandé.

— Essayez encore. Vous vous parlez, parfois, non? Au club de tennis, peut-être?

— C'est toi qui reviens toujours dans la conversation, dit Michael. Pour Gerry, le centre du christianisme, c'est toi. Ne te fais pas d'illusions. Tu es sa théologie. Son Père, son Fils et son Saint Esprit.

— Fais attention, Michael. Tu te moques trop facilement de tout.

— C'est peut-être la vie éternelle, alors, qui l'intéresse? insista Michael. L'immortalité? Je peux comprendre ça. Sur ce point, je trouve que le concept judaïque n'est pas très parlant. Mais j'ai fait des recherches.

Il sortit une feuille de papier froissée sur laquelle était inscrite une liste de livres et la tendit à Marylee. Elle examina la liste et secoua la tête.

— Il n'en a lu aucun, murmura-t-elle.

— Ce n'est peut-être pas la question d'avoir lu tel ou tel livre, intervint Sam.

— Exactement, dit Marylee. C'est la première remarque censée que tu fais. Ni les livres, ni les cours de William, ni les idées qui sont dans la grande bibliothèque de Michael ne sont nécessaires pour comprendre quelque chose qui, pour moi, est très simple: si j'aime Jésus, j'irai au paradis. Point final. Et ce n'est écrit sur la liste de personne, sauf sur celle de Dieu. Je veux que Gerry aille au paradis avec moi.

Michael savait qu'il était en train de perdre. Il dit à Marylee qu'elle lui rappelait l'époque ou il polémiquait au lycée, quand personne ne pouvait avoir le dessus, parce que le perdant, haussant les épaules, disait toujours: « De toute façon, tout est relatif. »

— Non, rétorqua Marylee, la vérité absolue existe. Je ne sais pas comment quelqu'un d'aussi intelligent que toi peut vivre sans cette certitude.

— Avec difficulté, répondit-il. Avec difficulté et de nombreux doutes. Ma seule consolation, c'est de me dire qu'au moins, je ne me fais pas d'illusions. Je suis ce que tu vois, et ce que tu vois est ce que tu as, rien de plus. J'ai le même sentiment que Gerry à ce sujet. Il ne voit pas ce qu'il peut y avoir après la mort. Il pense qu'on continue à vivre dans les pensées de nos amis, à travers les enfants…

— Il n'y a pas d'enfants dans notre vie, le coupa Marylee, au cas où tu n'aurais pas remarqué.

— Pardonne-moi, dit Michael.

— Il y a beaucoup de choses que vous n'avez pas remarquées, tous les deux. Judy s'est éloignée et elle t'a laissé loin sur la rive, Michael. Tu ne t'en aperçois même pas. Tu lui fais signe, de temps en temps, tandis que le fossé se creuse entre vous.

— Tu exagères, répondit-il.

— Vraiment?

— Elle s'assied en lotus, ce que je ne fais pas. Mais personne n'a abandonné personne.

— Gerry me suit dans mon voyage.

— Tu le forces à t'accompagner, ce qui est injuste, je trouve.

— Je le force? Tu ne vas pas recommencer à devenir insultant!

— Il a raison, approuva Sam. Gerry agit sous la contrainte.

— Je refuse de me disputer avec vous.

Marylee gravit deux marches et s'arrêta. Elle eût aimé que Gerry soit aussi cultivé que Michael — il n'avait même pas l'éducation religieuse superficielle de Sam, ni la volonté d'argumenter.

— Je ne tiens pas à poursuivre le débat, dit-elle, parce que vous avez un point de vue juif des choses, un point de vue conventionnel, rationnel, logique, ennuyeux…

Elle enjamba une autre marche.

— C'est ça, ne poursuis rien, dit Sam, et laisse Gerry Levine tranquille. D'accord ?

— Jésus est en moi, déclara Marylee, et en Lui je m'élèverai vers la vie éternelle. Ces paroles ne sont pas creuses. La vie, ce n'est pas simplement le temps qui passe. Ça ne se résume pas à grandir, travailler, pourrir et mourir. Jésus est là. C'est Lui qui donne un sens à la vie. Jésus est ma bouée de secours et celle de tous ceux qui veulent l'attraper.

— Qu'est-ce qu'a bien pu faire Harp pour que tu tiennes un discours pareil ? demanda Sam, incrédule.

La mauvaise humeur le gagna. Il n'avait obtenu que des réponses négatives à propos de nouvelles sources de financement potentiel pour son documentaire. Accablé, il n'avait plus la patience de régler une affaire qui, d'après lui, était un simple problème de trahison.

— Je pensais vraiment que tu aimais Gerry, dit-il.

— Tu me donnes envie de pleurer, murmura-t-elle.

— C'est comme si tu l'avais poignardé dans le dos…

— Fais-le taire ! hurla-t-elle à Michael. Fais-le taire !

Elle se détourna un instant, se ressaisit, puis regarda Sam.

— Écoute, des phrases comme « s'élever vers la vie éternelle » ou « l'esprit se fait chair » te semblent primitives, stupides et illogiques. Tu penses que les juifs sont trop intelligents pour croire à des niaiseries pareilles. Mais tu te trompes peut-être. Est-ce que tu acceptes le fait que tu puisses avoir tort ?

— Bien sûr. Tout le monde peut se tromper sur le paradis puisque personne n'en est revenu après l'avoir filmé.

— Exactement, répondit-elle.

Mais elle savait que la conversation en arrivait précisément là où elle ne voulait pas.

— Alors comment est-ce que les corps des morts s'élèvent ? demanda Michael. Tu peux nous expliquer ?

— Absolument. Ils n'ouvrent pas leurs tombeaux comme le montrent certaines sculptures médiévales, mais ils montent au ciel. La question n'est pas de savoir s'ils vont vers le nord, le sud, l'est ou l'ouest, je suppose ? En fait, comme nous l'a appris le célèbre savant juif Einstein, le temps et l'espace sont courbes. Nous émergeons tous dans le nouveau royaume de nos âmes. Vous pouvez appeler ça des atomes, des quarks… peu importe. C'est un nouveau paradis et un nouveau monde.

— Les gens sont de sexe masculin ou féminin au paradis ? poursuivit Michael. Est-ce qu'ils font l'amour ensemble ?

Se souvenant brusquement des œuvres de saint Augustin, *La Cité de Dieu* et *Les Confessions*, Michael reprit soudain espoir.

— Ça commence à devenir intéressant, dit Sam. Est-ce qu'il y a des seins au paradis ? Si tout est fait d'air et de nuages, de neutrinos et de brume, comment est-ce qu'il peut y avoir…

— Je t'en prie, Sam ! coupa Michael. On ne va pas tomber dans la niaiserie des cartes postales de Noël.

— On a le droit d'aimer la niaiserie des cartes postales de Noël ! s'irrita Marylee. Tu te prends pour qui ? Le rabbin commandant des sentiments ?

— Tu vois très bien ce qu'il veut dire, répliqua Sam.

Marylee braqua ses yeux sur lui :

— Qu'est-ce que répond Ellen quand un étudiant lui dit : « Vous voyez ce que je veux dire ? »

Sam haussa les épaules.

— Elle lui répond : « Non, je ne vois pas ce que vous voulez dire. Je n'en ai pas la moindre idée. Exprimez clairement votre pensée ou vous serez recalé. »

— On n'est pas là pour faire un exposé…

— Enlève ton casque, Sam ! Réveille-toi !

Marylee se tut quelques instants, puis reprit :

— Je vais vous dire ce que je pense. En ce qui concerne les seins, si j'en ai sur terre, et comme vous pouvez le constater, j'en ai, il n'y a aucune raison pour que je ne les emmène pas avec moi. Vous pouvez aussi emmener les vôtres. Vous voulez qu'on parle de soutiens-gorge, à présent ? Savoir si on en aura besoin au paradis ?

— Sérieusement, Marylee, dit Michael, ton corps, tel qu'il est ici, sera-t-il le même là-haut ?

— Les premiers martyrs étaient convaincus que Dieu, qui est tout, a le pouvoir de tout réaliser. Y compris de remettre en place les parties du corps comme les seins, les bras, les jambes et même les jolis petits pénis circoncis, quand ceux-ci avaient été arrachés par les sangliers dans l'arène. Tu étais au courant de ça, Michael ?

Marylee avait vraiment changé, réalisa Michael. Elle était devenue quelqu'un d'autre.

— Rien que d'y penser, j'ai mal, dit Sam.

— Revenons-en à la vie éternelle, supplia Michael.

— D'accord, répondit-elle. Si tu penses qu'en en parlant tu obtiendras ce dont tu as besoin.

— Ce dont j'ai besoin n'est pas le propos.

— On ne peut pas reparler des seins ? dit Sam.

Michael l'ignora et poursuivit :

— On ne cherche pas à faire de la provocation, dit-il. C'est un sujet qui nous intéresse réellement. Qu'est-ce que dit l'Église chrétienne à propos des ressuscités ? Qu'est-ce que tu as à en dire ? Quel âge a-t-on au Ciel ? Celui qu'on a quand on meurt ou celui de notre naissance ? Est-ce qu'on est des petits angelots, des petits Cupidon ?

Michael et Sam échangèrent un regard.

— Et les seins, reprit Michael, quels seront leur rôle ? Est-ce qu'ils exciteront les gens ? Est-ce qu'ils produiront du lait ? Ou est-ce qu'ils seront simplement esthétiques ?

— Je n'en sais rien. Je n'ai pas besoin de tout analyser. Ce genre de détail ne m'intéresse pas. Mais j'aimerais bien que tu me fiches la paix !

Il recula en s'excusant, mais revint à la charge avec une nouvelle question :

— Tu seras mariée au paradis ? Toi et Gerry, vous serez encore ensemble ? Parce que si tu n'en es pas sûre à cent pour cent, nous, on aimerait bien rester avec lui sur cette terre !

— *Touché*[1] ! dit Sam.

— Tais-toi. Laisse-la répondre.

Des larmes coulaient sur le visage de Marylee et elle savait que ses pleurs étaient dus au sentiment d'amitié qui liait Michael et Sam à son mari. Elle sentit qu'elle perdait toute sa repartie, et douta soudain de l'amour qu'elle éprouvait vis-à-vis de Gerry.

— C'est quoi l'amour ? murmura Michael, réalisant qu'il était inutile de continuer à argumenter avec elle.

Se montrer plus brillant que Marylee n'avait plus aucun sens, pensa-t-il. C'était comme s'il se trouvait au bout d'un long quai et qu'il essayait de se faire entendre par la passagère d'un bateau qui s'éloignait déjà vers le large. Il se demanda également si elle avait raison à propos de Judy.

— Tout ce que je peux te dire, Michael, c'est que j'ai la foi. Et je le vis comme un miracle. J'étais perdue, maintenant je le suis moins. Ce n'est pas parfait, mais c'est mieux qu'avant. Et tu sais pourquoi j'ai la foi ?

— Non, mais c'est justement ce que nous aimerions savoir.

— J'ai eu une vision.

Ils entendirent le soupir désapprobateur de Sam et l'ignorèrent.

— C'est vrai, insista-t-elle. Je ne peux pas le prouver, mais Jésus est venu me voir. Voilà pourquoi je suis croyante.

---

1. En français dans le texte.

— Tu as eu une vision? Où?

— Vous allez vous moquer de moi.

— Non, c'est promis. Raconte-nous.

Elle inspira profondément et remarqua qu'ils la dévisageaient avec attention. Elle décida de leur répondre :

— Quand j'étais à l'hôpital, après l'opération, à l'époque où j'avais un cancer du sein.

Comment avaient-ils pu insister lourdement sur ses seins? songea Michael. Comment avaient-ils pu oublier son opération?

— Je suis désolé, dit-il. Pardonne-nous.

Marylee sentit de nouveau les larmes monter et serra les dents. Elle s'était mise à nu plus qu'elle ne l'aurait souhaité, mais elle poursuivit :

— C'est à ce moment-là que Jésus est venu me voir. Je l'ai vu aussi clairement que je vous vois tous les deux. Est-ce que j'ai le droit d'avoir eu cette vision, Michael?

— Ce n'est pas à moi de juger ce qui est permis ou pas. Je suis vraiment stupide, parfois.

— Michael, tu connais des juifs auxquels Jésus a parlé récemment? Sam, tu en connais? Tu n'as pas arrêté de prier récemment. Ellen m'a dit que votre appartement ressemblait à un quartier religieux. Tu as obtenu des résultats?

— Un juif prie pour communiquer avec Dieu. Les visions ne sont pas prévues au programme. Pas vrai, Michael?

— En effet.

— Mais Dieu t'a répondu? demanda-t-elle à Sam. Ou c'est un dialogue à sens unique? Ça ne sonne pas toujours occupé au bout de la ligne?

— Ma prière, répliqua-t-il, serait certainement exaucée si tu laissais Gerry tranquille.

— D'après William, dit Marylee, la dernière fois que Dieu s'est adressé au peuple juif, la dernière fois qu'Il s'est révélé à un juif, avant l'arrivée de Jésus, c'était à Moïse sur le mont Sinaï. Et aucun juif ne l'a vu depuis. Ce qui fait quand même un sacré bout de temps. Le peuple juif n'a pas soif de le revoir? C'est ce que William m'a demandé. C'est ce que j'ai demandé à mon mari et je vous pose la même question. Quand vous aurez la réponse, vous saurez où nous trouver.

Marylee s'avança vers la porte de l'immeuble, laissant à Michael et Sam un sentiment d'échec. Michael la suivit, pensant qu'elle s'arrêterait, mais elle pénétra dans l'immeuble et il se retrouva face à la porte fermée, tel un étranger devant sa propre maison. Sam ramassa les déchets tombés des sacs dans lesquels Marylee avait donné des coups de pied. En face, assise sur le perron de l'immeuble de l'Antéchrist, une femme qui avait observé toute la scène et l'altercation menaça d'appeler la police. Sam lui répliqua de se mêler de ses oignons. Il regarda Michael, assis sur les marches, la tête entre les mains. Puis il leva les bras au ciel et comme s'il voulait déposer une plainte officielle, s'écria :

– Elle a eu une vision !

30

— Tais-toi ! dit Judy à Michael.

Éclairée par la lumière filtrant à travers un rideau de
perles, Judy était assise sur un tapis de prière bleu et la
fumée d'un bâton d'encens au bois de santal montait
devant elle. Elle avait médité près de la fenêtre, et des
bribes de la dispute avec Marylee lui étaient parvenues,
brisant le silence de son espace sacré.

À présent, celui qu'elle accusait silencieusement de gouja-
terie à l'égard de son amie feuilletait bruyamment un journal à
quelques mètres d'elle. Michael était généralement plus discret
durant ses séances de *zazen*. Cherchant à rattraper l'heure de
méditation qu'il lui avait fait perdre, elle essaya de se concentrer
en fixant la colonne de fumée devant elle. Plus pâle que
d'habitude, la fumée monta vers les pales du ventilateur qui
tournait lentement près de la fenêtre ouverte. Une forte envie
de réprimander Michael la tenaillait, mais toute querelle lui
semblait profondément futile. En de telles circonstances, il n'y
avait qu'une seule chose à faire, se dit-elle : respirer. Respirer.

Depuis que le serpent avait mangé le mouton sacré, les
tensions s'étaient accrues dans l'immeuble, et Judy ne
pouvait plus nier que ses rapports avec Michael s'étaient
également dégradés.

L'absence prolongée de Nawang – Judy pensait qu'il était parti chercher un nouveau mouton dans son île – lui était devenue intolérable, surtout durant les heures où elle avait l'habitude de méditer en sa compagnie. Sa sérénité, si durement acquise, s'effritait de jour en jour et elle refusait d'admettre que les tensions entre Marylee et Michael en étaient la cause principale. Michael s'intéressait à peine au *zazen*. Il n'avait pas la moindre idée de l'effort que demandait cette pratique, ni de la fragilité de la vie spirituelle. Si Nawang avait été là, il aurait dit à Judy que le conflit et l'adversité étaient une bonne mise à l'épreuve pour le mental. Néanmoins, c'était très difficile. Entendre les bruissements de papier que Michael continuait de produire l'empêchait de se concentrer et Judy se sentait totalement démoralisée. Pourquoi Michael ne s'en apercevait-il pas? Pourquoi n'allait-il pas ailleurs, travailler sur son livre, ou, s'il n'y parvenait pas, regarder un match à la télé?

Judy le fixa un instant sans rien dire, puis essaya de se calmer en imaginant un canyon, un grand canyon qu'elle explorait. Après un silence interminable, Michael s'approcha d'elle et dit:

– Marylee a eu une vision! Ou, du moins, ce qu'elle pense être une vision.

– Je ne peux rien y faire, Michael. Marylee s'emballe toujours pour des choses étranges. Ça fait partie de son enthousiasme et de son charme, et c'est ce qui alimente sa relation avec Gerry. Si tu continues à m'interrompre constamment quand je médite, notre relation ne va pas durer! Tu m'entends?

– Une vision n'a rien à voir avec l'enthousiasme, rétorqua Michael.

– Restons calme, s'il te plaît. Au cas où tu ne l'aurais pas remarqué, j'essaye de ne pas craquer. J'ai peur que Nawang ne revienne pas. Si ça se trouve, il ne se remettra jamais de la mort de son mouton et...

— Tu ne vas pas devenir dépendante du bouddhiste comme Marylee l'est du missionnaire.

Judy inspira profondément, tentant d'oublier la présence pesante de Michael. Malgré ses efforts, l'image du mouton dans le ventre du serpent lui revenait à l'esprit.

— Ce hideux serpent est de nouveau au restaurant, dit-elle. Si tu es inquiet et que tu ne sais pas comment canaliser ton angoisse, aide-moi à tuer le serpent de Harp !

— Avec plaisir, répondit Michael, mais Marylee en serait peinée. Par ailleurs, Nawang te rabâche sans cesse de te détacher des pensées et des choses de ce monde, je crois ? Tuer le serpent serait totalement contraire à sa doctrine.

— Laisse-moi méditer, je t'en supplie.

— Très bien, répondit Michael. Allons le tuer maintenant. Tu soulèves le couvercle et je lui tranche la tête. Où est la hache ?

Comme elle refusait de bouger, il se planta devant elle.

— Elle a eu une vision !

— Pourquoi tu insistes là-dessus ?

— Parce que les gens qui ont des visions ne sont pas normaux. Et ils font souvent ce qu'ils menacent de faire.

— Qu'est-ce qu'elle menace de faire ? Convertir Gerry ? Bien sûr qu'elle va le convertir. Qu'est-ce qui t'étonne ?

— Tu te rends compte de ce que tu viens de dire ? Personne n'a le droit de forcer quiconque à se convertir ! Ce n'est pas sa conversion. C'est celle de Gerry. Nous ne pouvons pas la laisser faire. On ne vit plus au temps de l'Inquisition. Ce n'est pas le baptême ou la mort. Gerry ne veut pas devenir chrétien. Elle le force. Tu le sais aussi bien que moi, mais tu ne décolles pas de ton coussin et tu ne lèverais même pas le petit doigt pour l'en empêcher.

— Il y d'autres priorités dans cet immeuble. Des animaux sauvages se promènent en liberté pour s'entre-dévorer. Pourquoi tu ne t'occuperais pas de ce problème ? Nous attirons des touristes débiles, le restaurant est au bord de la faillite et les contrôles sanitaires vont devenir plus fréquents. Bien sûr, à la bibliothèque, tu as tout le temps de penser à tes obsessions. Ce n'est pas toi qui te coltines les inspecteurs et qui vit dans la terreur à cause de ce reptile. Autant que Gerry devienne chrétien si ça nous permet d'éliminer ce serpent.

— Bien sûr, ce qu'elle appelle une vision peut être une hallucination.

— Michael ! Tu n'écoutes pas un mot de ce que je te dis. Je t'en supplie, assieds-toi et médite avec moi.

— Moi aussi, j'ai eu des visions.

— Enlève tes chaussures. Détache ta ceinture. Prends le *zafu* et l'autre coussin dans le placard. Compte tes inspirations.

— Tu veux que je te raconte ma vision ? Il y a un an, j'étais à la bibliothèque, dans la salle de lecture principale. Comme d'habitude, j'étais assis au bureau des informations. Et, soudain, une femme vêtue d'un costume gris est venue me voir.

— Je t'ai dit que je voulais t'entendre me raconter ta vision ?

— Ses cheveux étaient aussi gris, tirés en arrière et nattés. Elle avait entre quarante-cinq et cinquante ans et elle était très belle.

— Tu ne veux pas te taire, s'il te plaît... tu la trouvais vraiment belle ?

— Elle avait une présence qui attirait l'attention. Son parfum exquis, frais, flottait autour de nous, et tous mes sens s'étaient mis en éveil. J'imaginais le jardin d'Éden, le premier jour où ils ont tondu la pelouse.

— Je ne savais pas que tu aimais ce genre de parfum. Continue.

— J'attendais qu'elle me pose une question. Je pensais qu'elle allait me demander un truc stupide du genre : « Ma fille doit rendre un devoir sur la photosynthèse. Où puis-je trouver les dernières recherches sur la chlorophylle ? » Ou :

« Avez-vous la liste des auteurs dramatiques de Silésie au dix-huitième siècle ? » Ou : « Je cherche les publications de la Banque Import-Export... » Eh bien, pas du tout. Elle s'est contentée de me dévisager. La salle, de la taille d'un hangar, est soudain devenue aussi silencieuse qu'un palace vide dans lequel j'étais seul avec elle. J'ai remarqué qu'elle portait un badge qui disait : ALLEZ LES METS ! « Pourquoi portez-vous ce badge ? » je lui ai demandé. Elle a répondu : « Je suis celui qui est. Mon rôle est de plaider la cause des opprimés. » J'ai pensé qu'elle était dingue et ça m'a énervé. J'ai eu brusquement très envie d'uriner. Alors, sur un ton irrité, je lui ai dit : « Comment puis-je vous aider ? » Tu sais ce qu'elle m'a rétorqué ?

— Non, j'ai hâte de le savoir.

— Elle a levé la main vers moi, lentement, comme une diva et, avec une voix puissante de contralto, elle a déclaré : « Je suis l'Éternel, ton Dieu qui t'a fait sortir du pays d'Égypte. Tu n'auras pas d'autres dieux que moi. » Puis je n'ai plus rien vu d'autre qu'un espace vide. La salle a vibré légèrement et est redevenue normale. Plongée dans un catalogue, Phyllis était assise sur un tabouret à mes côtés. Quelques personnes déambulaient dans la salle. En regardant Phyllis, j'ai tout de suite compris qu'elle n'avait rien remarqué. Elle n'avait pas vu ma visiteuse, mais elle fronçait le nez, reniflant le parfum de l'inconnue qui imprégnait encore l'air, et elle m'a demandé si j'avais changé d'eau de toilette. De toute évidence, personne n'avait vu la femme. Personne, sauf moi. C'était ma vision, Judy.

— Félicitations.

— Dieu est peut-être une femme d'âge moyen fan des Mets ? Je devrais peut-être créer une religion fondée sur cette hallucination ? À moins que ça se soit vraiment produit puisque le parfum flottait toujours dans l'air ? Que signifie cette vision, Judy ? Je dois me convertir et inciter d'autres gens à se convertir aussi ?

— Je n'en sais rien.

— Je vais en parler à Gerry. Et je vais également appeler sa mère, dit Michael.

— Sûrement pas !

Il désigna le téléphone dans la pièce comme si c'était une arme secrète.

— Je vais appeler Mme Levine en Floride. Elle a le droit d'empêcher son fils de se convertir.

— Je t'en prie ! Elle est vieille est malade.

Michael s'approcha du téléphone.

— On a besoin de son aide, dit-il. Je me fiche d'être un cliché ambulant. Cette femme a le droit de savoir.

— Gerry n'est plus un gamin.

— Il ne sait plus ou il en est et il a peur. S'il se convertit, il le regrettera. Je vais appeler Mme Levine.

— Ça ne sera pas sans conséquences.

— Je l'espère bien.

— Avec moi, je veux dire. Lâche ce téléphone. Ton rôle n'est pas de balancer ton ami.

— C'est le seul moyen de le défendre contre la vision religieuse de Marylee. La mère de Gerry le fera culpabiliser à mort. Où est le numéro que j'avais mis là ?

31

— Vous savez comment vos maris se sont comportés, récemment ? demanda Marylee, appuyée contre la porte qui menait à l'antre de Nawang.

Elle entrait rarement dans la salle de méditation souterraine. Le lieu lui sembla sombre et menaçant. Elle franchit le seuil d'un pas hésitant et dans la pénombre elle aperçut Judy. Pieds nus, vêtue d'une tenue de yoga noire, Judy s'installait sur un large coussin de méditation, tel un chat se lovant à sa place habituelle.

— Entre ! lança Ellen à Marylee.

Elle était assise sur un *zafu* à côté de Judy.

— C'est glacial, ici, répondit Marylee. Je ne sens pas la lumière du Seigneur et il n'y en a quasiment pas, d'ailleurs.

— Enlève tes chaussures, assieds-toi, ordonna Ellen.

— Ça ne me dit rien, répondit Marylee en reculant vers la porte.

— Tu sentiras bientôt la présence de Nawang, dit Judy. Ensuite, tu te détendras.

— Je ne me détends pas au milieu des cafards.

Avec les mandalas qui décoraient les murs et les trois piliers recouverts de tissu brun et orange, la salle de *zendo* était pourtant très accueillante, pensa Judy. La réaction de

Marylee la décevait. Des gongs et des caisses claires étaient suspendus à une corde. Entourée de bougies, la statue d'un bouddha ventru trônait dans un coin de la pièce. Judy avait également allumé plusieurs lanternes de papier de riz pour accélérer le retour de Nawang. Les lanternes diffusaient une lumière douce et dorée. À l'étage au-dessus, les trois femmes entendaient William déplacer des tables et des chaises dans le restaurant.

Marylee se dirigea brusquement vers Ellen et lui saisit le bras.

— Je refuse de discuter ici. Viens avec moi. Toi aussi, Judy.

— Plaque-la au sol, dit Ellen à Judy.

— Enlève tes chaussures, Marylee, s'énerva Judy, tu es près de la terre, ici…

— Si je reste une seconde de plus, je vais exploser! dit Marylee.

— Tu voulais qu'on se retrouve dans un endroit qui ne soit ni juif, ni chrétien, déclara Judy. Un espace de calme et de paix pour parler des problèmes qui détruisent notre amitié. Cet endroit est parfait.

La gorge sèche, Marylee sentit son cœur s'accélérer.

— Je ne pensais pas que ce sous-sol me ferait cet effet. Vous ne voulez pas aller au Musée? Je vais monter ouvrir toutes les fenêtres. Je vous en prie. On sera mieux là-haut.

— J'ai trouvé ma posture et je la garderai, dit Judy.

Marylee ne l'entendit pas. Elle était déjà sortie de la pièce. Ellen se leva et attendit que Judy l'imite. Mais Judy ne bougea pas.

— Je ne suis pas alarmiste, dit Ellen, mais tu as bien vu dans quel état elle est.

— Je reste ici, insista Judy.

— Et elle a dit qu'elle allait ouvrir les fenêtres. Tu l'as entendue, non? Prends ton coussin et allons la rejoindre. Je ne vais pas attendre que tu te décides.

Quelques instants plus tard, quand Judy et Ellen arrivèrent, les fenêtres du Musée étaient toutes ouvertes. Le courant d'air brassait des odeurs de camphre, d'anciennes perles d'argile et d'encens. Les jambes croisées, assise sur une chaise rescapée de l'université de Columbia en 1968, Marylee lisait ostensiblement la Bible.

— Tu nous as fait peur, lui dit Ellen.

— J'ai eu une crise de claustrophobie, répondit Marylee. Je ne sais pas comment vous supportez cette cave. Ça ressemble à l'enfer. Ici, au moins, il y a de l'air et on voit le ciel.

— Le christianisme contemple le paradis, s'irrita Judy, le bouddhisme contemple la terre. C'est tout ce que j'ai à dire.

— Pourquoi tu t'énerves comme ça ? questionna Ellen.

— J'attends des excuses de Marylee.

Ellen s'assit par terre à côté de Marylee.

— Elle n'a pas l'air d'avoir envie de s'excuser, dit-elle.

— Non, rétorqua Judy et elle n'est même pas désolée.

— Je te présente mes excuses en son nom. C'est devenu l'une de mes spécialités depuis peu. M.L. veut tout régenter. Elle le sait aussi bien que nous. Et lire la Bible ne me convaincra pas du contraire.

— Tu ne nous domineras pas, Marylee, dit Judy, même si tu décides du lieu de notre réunion. Tu n'as pas les pleins pouvoirs, je ne les ai pas non plus, personne ne les a. Plus tu cherches à dominer les autres, moins tu te domines.

Judy n'avait jamais parlé ainsi à Marylee, mais la façon dont son amie avait quitté la salle de *zendo* l'avait profondément vexée.

— Et qu'est-ce qui t'a pris de réagir aussi violemment alors qu'on est là pour t'aider ?

— Du calme, dit Ellen, du calme.

Marylee ferma sa Bible et jaugea ses amies.

— Vos maris veulent me chasser, dit-elle, et vous, vous en rajoutez. Je ne suis pas une ogresse ni une sorcière. S'ils étaient chrétiens, ils me traiteraient certainement comme si j'étais l'Antéchrist.

— Je ne t'ai jamais diabolisée et tu le sais très bien! dit Judy. Ouvre les yeux, Marylee, réveille-toi!

— Oh, je suis réveillée. Et je vois clairement ce que vous pensez de moi.

Ellen et Judy échangèrent un regard.

— Je n'ai rien fait de mal, poursuivit Marylee. Je ne suis pas démoniaque. Mais ils n'auraient pas osé me traiter comme ils l'ont fait si vous ne m'aviez pas trahie.

— La trahison est un acte grave, répondit Ellen. Ce n'est pas le terme approprié et tu le sais.

— Je me sens trahie.

— C'est parce que tu es obsédée par l'histoire de Jésus et tu penses à ce que Judas l'Iscariote lui a fait, dit Judy.

Elle s'accroupit et fouilla dans un carton contenant des romans, des anthologies et des livres de bricolage.

— Regarde ces bouquins, lança-t-elle. La véritable histoire du monde n'existe pas. Elles se valent toutes et il y en a autant que de gens sur cette terre. Chaque souffle est un commencement, une continuité et une fin. Nier cette évidence, c'est se trahir soi-même.

Marylee et Ellen eurent toutes deux l'impression que Judy venait soudain de découvrir dans un vieux carton de livres la raison pour laquelle elle pratiquait le *zazen*. Judy se dirigea vers Marylee, lui prit les mains, la fit lever de sa chaise et l'étreignit.

— Puisque que nous sommes parties pour nous dire nos quatre vérités, avança Ellen, je vais vous dire ce que je pense: tu as déclaré la guerre, M.L., et tu savais qu'il y aurait des conséquences. Si tu frappes quelqu'un, il risque de te renvoyer un coup de poing. Ce sont des hommes, des hommes juifs et tu t'en prends à leur meilleur ami.

— Gerry est mon mari, au cas où vous ne l'auriez pas remarqué. Et je veux le sauver.

— Et ils essayent de le sauver de tes tentatives salvatrices, dit Ellen.

— Sauver quelqu'un du salut, c'est vouloir sa damnation, répondit Marylee, fière de sa repartie, se sentant enfin au même niveau que ses amies. Vous avez remarqué comme vos maris ont changé ? continua-t-elle. Comme ils sont agressifs à mon égard ?

— Je t'en prie, dit Ellen.

— Sam prie tout le temps et il est couvert d'Étoiles de David. Michael a brusquement décidé d'aller régulièrement à la synagogue. Vous n'êtes pas aveugles, vous voyez bien ce qui se passe. À votre avis, leur comportement est spontané ? Et de quoi m'accusent-ils ? De traîner Gerry vers Jésus. De lui faire un lavage de cerveau. D'être devenue Torquemada, le grand inquisiteur d'Espagne. Pourquoi ? Parce qu'ils sentent que la décision ne vient pas de son cœur. Parce qu'il ne leur parle pas de Jésus quand il joue au tennis. D'après eux, c'est louche et superficiel. Mais Gerry est quelqu'un de réservé. Et quand il joue au tennis, il ne pense à rien d'autre. Il lit peu. Ce n'est pas un intellectuel. Et ce en quoi il croit, il le manifeste par ses actions, pas par ses discours.

— Sam et Michael sont juifs, répondit Ellen, ils ont le droit d'être en colère.

— Mais cette éruption de judaïsme vous semble sincère ? Ce n'est pas plutôt pour contrer à tout prix mon christianisme ? Leur subit engouement religieux vient vraiment du cœur ?

— Sam est assez ridicule en ce moment, reconnut Ellen, c'est vrai.

— Exactement, dit Marylee. J'ai envie de lui demander s'il va également se mettre une Étoile de David à l'oreille pour aller avec l'épingle à cravate.

— Il ressemblerait à un pirate juif, dit Judy. Vous saviez que Jean Laffitte, le pirate de la Nouvelle-Orléans qui a aidé Andrew Jackson à battre les Anglais en 1912, était juif ? Michael me l'a appris récemment.

– Voilà où je voulais en venir, répondit Marylee.

Elle se leva brusquement et fit glisser un tableau noir se trouvant derrière un poster encadré de Che Guevara. Avec un morceau de craie orange, elle dessina un pot.

– Ceci représente la nouvelle religion de Gerry, expliqua-t-elle.

Elle fit deux traits sous le pot et ajouta :

– Voilà où se trouvent Sam et Michael, avec leur héritage judaïque que nul n'a le droit de remettre en question, et ils resteront peut-être toujours à cet endroit. Mais Gerry, avec un peu d'aide, peut aller droit au paradis.

Et elle traça une longue flèche vers le haut du tableau.

– Merci pour la leçon, dit Ellen.

– Jusqu'où Gerry voyagera ? reprit Marylee. Je n'en sais rien. Mais il a le droit d'avoir une religion. Si, la foi de Gerry est encore superficielle, celle de vos maris l'est aussi. Ils la sortent brusquement du placard de leurs ancêtres, la brandissent avec nostalgie et la rangeront quand ils auront accompli leur mission. C'est un peu facile, non ? Je ne tiens pas à me battre avec eux. Je les aime bien. Tout ce que je demande, spirituellement parlant, c'est que vous autorisiez mon mari à être aussi superficiel que les vôtres.

– Tu nous en demandes beaucoup, dit Ellen.

– Michael a appelé la mère de Gerry ? demanda Judy.

Elle prit le bâton de craie des mains de Marylee et dessina un point d'interrogation sur le tableau. Sans attendre la réponse, elle déclara :

– Je suis désolée.

– Des adultes qui mouchardent à leur maman, soupira Marylee. Je dois rire ou pleurer ? Gerry est resté une demi-heure au téléphone avec sa mère, puis elle a demandé à me parler. Mais malgré ce qu'elle m'a dit, je l'aime toujours.

– Tu aimes tout le monde de toute façon, non ? lui lança Judy.

Ignorant sa question, Marylee cita les propos de la mère de Gerry :

— « Au nom de mon défunt mari », m'a-t-elle dit.

— Ça, ça fait mal, dit Judy. Michael n'aurait jamais dû...

— Attends, coupa Marylee. Elle m'a expliqué que son mari cesserait de m'aimer si Gerry devenait chrétien à cause de moi. Puis elle a ajouté : « Ma chérie, je vais vous avouer une chose. Secrètement, j'ai toujours espéré que vous envisageriez de vous convertir au judaïsme. Que la femme de mon fils devienne une charmante épouse juive, c'était mon rêve. Surtout si vous aviez eu des enfants, pour leur salut. Et qu'est-ce que j'apprends ? Que pour vous faire plaisir, il veut se convertir au christianisme... je me sens oppressée, mon petit. » Oppressée ? j'ai dit. Et c'est à ce moment-là que Gerry a repris le téléphone. Il savait bien qu'elle me tourmentait. « Tu te sens oppressée où, maman ? » il lui a demandé. « Partout, mon fils », elle lui a répondu. « Depuis ma tête juive jusqu'à mes orteils juifs. Je suis en train d'éclater. » C'est Gerry qui m'a rapporté la conversation. Quand il a raccroché, on a bu plusieurs verres ensemble.

— Un ami m'a appelée l'autre jour, dit Ellen. Il paraît que Sam a interrompu un tournage pour aller prier à la synagogue en plein après-midi.

— C'était la première fois qu'il faisait ça, je suppose ? demanda Marylee.

- Aller prier durant son travail n'est pas dans ses habitudes.

Marylee retourna s'asseoir et reprit délicatement sa Bible. Les trois femmes se regardèrent en silence un long moment.

— Écoutez, dit Marylee, je ne cherche pas à avoir raison à tout prix. Mais les âmes de vos maris m'inquiètent. Ils me tourmentent parce que leurs propres âmes sont tourmentées. À mon avis, ils n'ont pas trouvé la lumière. Ellen, est-ce que quelque chose a changé en Sam depuis qu'il s'est mis à prier ?

— Je n'ai pas exploré l'intérieur de son corps récemment. Ni son âme.

— Tu n'es pas curieuse ?

— Oui et non. Quand j'y pense — et je n'ai pas que ça à faire —, je suis sûre que son âme est un panorama terrifiant, un paysage ravagé, tout droit sorti d'un studio de production. J'imagine un grand mur d'écrans vidéo et aucune télécommande, aucun bouton pour contrôler les appareils. Et il n'y a qu'un écran sur lequel est diffusée la cassette vidéo de l'âme authentique de Sam. Toutes les autres sont de fausses versions. Comment reconnaître la vraie ?

— Très imaginatif, rétorqua Marylee. Mais tu ne réponds pas à ma question.

— Je sais. Quoi qu'il en soit, même si Sam te tourmente, il n'aimerait pas que tu tombes malade.

— Je n'en suis pas sûre.

— Michael a changé, intervint Judy. Il a un ulcère. Il a remplacé le vin par de la magnésie hydratée. Et il mélange ce breuvage avec de l'eau gazeuse qu'on ne trouve qu'à Brooklyn, et dont les pouvoirs magiques sont certifiés par un groupe secret de rabbins. Je n'ai pas réussi à le faire méditer avec moi, mais il est en quête de vie spirituelle. Tu as eu une certaine influence sur lui, je crois.

— Je n'en ai pourtant pas l'impression.

— Il a eu une hallucination au travail. Dieu lui est apparu et il a essayé de la draguer.

— De la draguer ?

— Exactement. C'était une femme. À la bibliothèque.

— Il plaisantait.

Judy regarda Marylee droit dans les yeux.

— Non, je ne pense pas. Et c'était une fan des Mets.

— Oh, dit Ellen, ce n'est pas un drame !

Marylee s'approcha de la fenêtre. Ellen se mit à fouiller dans un carton du Musée et Judy demeura immobile. Un silence tendu s'installa. Ellen le rompit la première :

— Nous avions trois maris juifs. Ni parfaits, ni riches, ni très beaux, mais drôles et faciles à vivre. Ils nous rejoignaient souvent au Musée pour lire Dylan Thomas ou fumer un petit joint. La vie n'était pas si mal avec eux. Vraiment. Si je devais les noter, je leur donnerais six sur dix.

— Cinq, dit Judy.

— Cinq et demi, ajouta Marylee.

— En tout cas, reprit Ellen, ils étaient plutôt bien, surtout après vingt ans de mariage. Mais quelque chose a changé, j'en suis consciente. Gerry suit une formation pour se convertir, Sam manifeste son judaïsme avec une telle ostentation qu'il dessert presque sa religion, et Michael…

— Michael suit une formation mystique, coupa Judy.

— J'allais dire qu'il était obnubilé par le diagnostic de son gastro-entérologue, reprit Ellen.

— Et il n'y a qu'un seul remède, déclara Marylee, c'est Jésus.

— Tu es trop intelligente pour sortir un argument aussi simpliste, protesta Ellen.

— Le judaïsme est exactement comme cet endroit, insista Marylee. Un grand grenier moisi, des millions de livres à lire, c'est lourd et compliqué.

— Mais nous, on aime les musées, protesta Judy.

— Pour moi, dit Ellen, le judaïsme ressemble plutôt à Manhattan : une tension et une lutte constantes, jamais une place pour se garer.

— Alors que Jésus, poursuivit Marylee, ressemble au dimanche soir d'un week-end à la campagne, quand tu dois rentrer, mais que tu n'en as pas envie parce que tout est beau, tranquille, loin du chaos, simple en somme. C'est ce que j'ai expliqué à Gerry. Avec le christianisme, ces moments sont préservés pour toujours. Tu n'as pas besoin de rentrer. Tu restes à la campagne, dans un nid d'amour éternel, et tu n'as même pas besoin de travailler, ni de passer des examens pour obtenir cette paix. Tu n'as pas besoin d'être mise à l'épreuve toutes les secondes par les amis de ton mari, parce que cette sérénité t'est offerte. Offerte parce que Jésus est mort pour toi, et ça, mes chères, ça s'appelle la grâce.

— Écoute, M.L., dit Ellen, pour certaines personnes, Jésus est loin d'être une belle journée à la campagne. Il serait plutôt un après-midi pollué et bruyant dans un camping pour caravanes où tout tombe en ruine. Où le propriétaire n'a pas les moyens de réparer les dégâts et cherche désespérément quelqu'un qui prenne en charge tous ses problèmes. Il est prêt à faire n'importe quoi, même à ne plus penser par lui-même, pour qu'on s'occupe de lui. Ton petit discours est bien joli, mais il ne me convainc pas.

— C'est le genre de discours que tu tiens à Gerry ? demanda Judy.

— Je lui parle très gentiment, répondit Marylee.

— Si c'est le genre de choses que tu lui dis, alors tu fais vraiment pression sur lui.

— Je partage simplement mes sentiments avec lui. Je ne vois pas où est le mal. Je ne suis pas une inquisitrice. Gerry choisit sa voie de son propre gré. Comment pourrait-il en être autrement ?

— La liberté, ce n'est pas d'être obligé de choisir entre le judaïsme et le christianisme, s'énerva Ellen. Par ailleurs, tu ne serais pas légèrement de mauvaise foi ? Gerry sait que tu vas le plaquer s'il refuse de te suivre. Au fond, c'est avec ça que tu le tiens, non ? Et à mon avis, qu'il se convertisse ou pas, tu vas le quitter ! C'est bien pour cette raison que je n'essaye pas de calmer Sam ! Parce que tu es prête à quitter Gerry.

Elle descendit du matelas à eau, avança sur le plancher couvert d'objets divers, de tissus indiens, de vieux coussins portant des slogans politiques ou pro-cannabis, et s'arrêta. Du doigt, elle pointa le sol, désignant le restaurant de Harp, quatre étages plus bas.

— Et ensuite tu rejoindras ce prédicateur sur sa chaire, déclara-t-elle. C'est ça, la vérité, non ?

— Pas du tout.

— Tu crois qu'on est aveugles ? On a bien vu comment tu regardais ce garçon. On te l'a dit des milliers de fois. Ne nous prends pas pour des idiotes. Tu passes tout ton temps avec lui.

— Avec lui et Gerry.

— Nous aussi on aime Gerry, poursuivit Ellen. Si tu le quittes pour Jésus, pour William, ou pour je ne sais qui, qu'est-ce qu'il lui restera ? Il aura perdu sa femme et il se retrouvera avec son nouveau dieu chrétien qu'il connaîtra à peine, malgré ton aide. Et c'est peut-être pour ça qu'il devrait au moins garder ses amis qu'il perdra probablement, ou prendra le risque de perdre, s'il laisse tomber ce qu'il connaît bien, aussi superficiel que cela soit. Je ne sais pas ce qu'en pense Judy, mais franchement ça ne me gêne pas que Sam et Michael s'en prennent à toi. Parce que tu le mérites. Je comprends aussi que tu cherches à te défendre.

Marylee était totalement sonnée. Néanmoins, étrangement, la franchise d'Ellen lui redonnait des forces.

Judy écouta un moment le son produit par ses propres expirations nasales, puis demanda à Marylee :

— Tu aimes Gerry ? Tu es sûre de l'aimer encore ?

— Oui.

— Alors ça me suffit.

— N'oublie pas une chose, dit Ellen tandis qu'elle se déplaçait pour refermer les cinq fenêtres du Musée. N'oublie pas que Gerry n'a jamais eu un Dieu en qui il croyait et n'en aura peut-être jamais. Mais il avait une femme. Une femme formidable. Une vraie compagne. Il ferait n'importe quoi pour toi, sans réfléchir, sans même essayer de se préserver. Qu'il change de religion, je m'en fiche, mais s'il se convertit et qu'il te perd, je ne t'adresserai plus jamais la parole.

32

1er juin 2000

Cher père,

Soyons clairs : je ne t'ai jamais promis des milliers de convertis. Dans notre accord, la qualité prévalait sur la quantité. Sans vouloir te manquer de respect, pourquoi insistes-tu autant sur le nombre ? La mission était de m'installer dans le Upper West Side et d'employer un moyen unique, d'ordre culinaire, pour convertir quelques juifs de grande valeur. C'est le projet expérimental du Seigneur et il fonctionne bien. Mais il n'a jamais été question de rassembler une foule aussi grande que celle de Madison Square Garden devant l'Alcôve baptismale. Comment peux-tu espérer cela ? Es-tu sûr que tu vas bien ? Ta dernière lettre m'inquiète et je me demande si je ne devrais pas venir te voir afin de vérifier les doses de médicaments que tu prends. Néanmoins, cela risquerait de ralentir mon travail, ici.

S'il te plaît, papa, ne te fâche pas. Ne débranche pas la prise du Club de la Révélation. *Préférer la qualité à la quantité a toujours été notre dicton. Et tu sais fort bien dans quel quartier nous avons choisi d'opérer. Aucun juif du Upper West Side ne s'est converti au christianisme depuis seize ans. Crois-tu vraiment que je puisse accomplir des miracles en six mois ?*

Oui, je me souviens parfaitement de ce que tu m'as dit avant mon départ. Qu'une grande chose allait se réaliser à travers moi. Qu'à travers moi et notre ministère, Jésus pénétrerait ce quartier. Qu'il fallait d'abord fissurer le Upper West Side pour qu'il y ait un nouveau paradis et une nouvelle terre. Qu'il n'y aurait ni grâce, ni enlèvement, ni ascension vers le royaume des anges si une poignée de juifs insoumis ne consentaient à accepter le Seigneur. Nous avions bien dit une poignée.

Pour reprendre le chapitre quatorze de la Révélation : « Je regardai, et voici, l'agneau se tenait sur la montagne de Sion, et avec lui cent quarante-quatre mille personnes, qui avaient Son nom et le nom de Son Père écrit sur leurs fronts… Ils avaient été rachetés de la terre. »

D'accord. Mais les cent quarante-quatre mille ne représentent pas une poignée. C'est le nombre total de juifs qui survivront à la guerre de l'Armagedôn, précisément parce qu'ils auront reconnu en Jésus leur messie, mais ils ne seront pas tous du Upper West Side. Je ne peux tout de même pas être responsable de la conversion de cent quarante-quatre mille personnes ! Que font les autres missionnaires ?

Ce que nous avions convenu au départ, avant mon arrivée à Manhattan, c'était que je convertirais au moins trois juifs inflexibles et rebelles. Le malentendu vient du fait que je t'ai dit que cela équivaudrait à en convertir cent quarante-quatre mille, puisque les juifs en question seraient si difficiles à convaincre. Et toi, tu as oublié le chiffre trois, tu te souviens des cent quarante-quatre mille.

Si tu tiens tant à ce qu'on discute de chiffres, je peux t'expliquer autre chose. J'ai choisi le nombre trois car c'est celui de La Trinité. Il est magique. Si les trois convertis sont des médecins, des avocats ou des hommes d'affaires importants, d'autres juifs les prendront comme modèles. La conversion d'un seul juif suffirait, pourvu que celui-ci appartienne à un rang social élevé, car il entraînerait des centaines, des milliers d'autres conversions.

Toi, tu avais exigé sept, car ce chiffre a un pouvoir encore plus magique, vu qu'il représente le septième jour, le shabbat, le jour saint de la semaine juive, puis, finalement tu t'es ravisé. Tu m'as dit que je n'aurais pas assez de temps, et que trois te convenait. C'est donc l'accord que nous avions passé et c'est ce contrat que je suis en train d'honorer.

William s'arrêta d'écrire. Sa main se crispait sur son stylo et il respirait rapidement. Il examina les traces d'encre bleue sur ses doigts. Elles lui évoquèrent des éclairs. Il se leva, contempla son lit défait. Son livret d'hébreu et sa Bible s'affaissaient contre un oreiller. Il les remit d'aplomb. Il eut soudain envie d'appeler Rena, mais le père de l'électricienne leur avait interdit de se parler. William était prêt à s'agenouiller pour demander à Jésus où son âme le guidait. Il devait d'abord terminer sa lettre.

Arrêtons de nous disputer à ce sujet, papa. Je te le demande comme Abraham l'a demandé à Jéhovah devant les villes de Sodome et Gomorrhe. Par ailleurs, si tu continues à me contrarier, Annabelle va le sentir et elle risque de devenir hostile. Elle est très ombrageuse depuis qu'elle a mangé le mouton du bouddhiste.

Pour réussir, j'ai besoin de ton inconditionnel soutien. Écris, téléphone, envoie un fax, mais surtout, ne viens pas. Si tu arrivais ici à l'improviste, mon autorité serait décrédibilisée et tu gâcherais tout ce que j'ai entrepris avec mes candidats à la conversion. Je voulais te faire la surprise, mais puisque tu tiens absolument à ce que je te révèle leur identité, la voici : le premier candidat est un éminent homme d'affaires du Upper West Side, un géant de l'import-export entre l'Asie et les États-Unis, qui vend des matériaux pour les sols. Le deuxième candidat est l'un des plus célèbres réalisateurs de documentaires, mondialement connu, il travaille actuellement sur les plus petites nations du monde. Et je suis en train de négocier avec une troisième personne, un auteur qui écrit un ouvrage complexe sur des thèmes juifs. Il fait également partie de l'équipe d'une bibliothèque et est très respecté par ses collègues.

Ce dernier individu est certainement le plus difficile à convaincre. Il s'est intéressé au travail des missionnaires qui nous ont précédés et sait que nombre d'entre eux ont renoncé à convertir les juifs du Upper West Side. Il est très érudit en théologie. Il pense que tous les chrétiens pourraient devenir juifs puisque les juifs ont une relation particulière avec Dieu, fondée sur une entente qui existait des milliers d'années avant la naissance de Jésus-Christ. J'ai eu des conversations passionnantes avec cet homme. Et, comme tu peux le constater, je lutte avec ardeur pour le Seigneur.

Néanmoins, il y a un obstacle de taille : le père de cet écrivain est un rabbin âgé qui vit dans une maison de retraite non loin du restaurant. Au fait, « rabbin » signifie « mon professeur » en hébreu. J'imagine déjà l'impact que la conversion de son fils va avoir sur les cœurs du Upper West Side. Le fils d'un rabbin !

Préférer la qualité à la quantité doit rester notre dicton, papa. Alors ne t'inquiète pas et cesse de me harceler. Je prierai pour toi pendant que tu seras aux mains des médecins, et je convaincrai ces trois juifs de croire en Jésus le plus vite possible. Les choses peuvent changer rapidement car les voies du Seigneur sont impénétrables.

Affectueusement,

Billy et une Annabelle en excellente santé.

33

Michael fonça sur la ligne de fond pour récupérer la balle de Sam, qui portait une paire de Keds élimées, plates et étroites, ralentissant ses déplacements sur le court. Est-il possible, se demanda Michael, que le tennis soit la seule chose qu'ils aient en commun ? Sans cette activité, se parleraient-ils ? Jouer des doubles efficaces demandait un minimum de communication, cela dit. Comme crier : « Change de place ! Couvre le couloir, crétin ! » ou : « Excuse-moi, mes neurones sont en train de griller, quel est le score ? » Mais ce soir, ils n'échangeaient quasiment pas un mot.

Suivant les conseils de Judy, Michael adoptait une approche bouddhiste du tennis : avant de frapper la balle, il fallait ne penser à rien. L'action et la pensée ne devaient faire qu'un. « Ne pense pas à frapper la balle », lui avait également expliqué Judy, « pense qu'elle se libère de ta raquette ». Durant quelques sets, il avait réussi à garder une concentration exceptionnelle. Il retourna soudain une puissante volée de Gerry, renvoyant la balle à un millimètre au-dessus du filet. Gerry ne fit aucun effort pour essayer de la rattraper. Il se contenta de la regarder et déclara : « Bel effet lifté. » Puis il se plaça pour le service suivant.

Malgré leur absence de communication, Michael et Sam se défendaient admirablement contre Gerry et Ganesh. Encore vêtu de sa blouse bleue de chirurgien, l'Iranien n'avait pas eu le temps de se changer en sortant de la salle d'opération. Il avait eu une longue journée, deux pontages à faire, et son jeu sur le court s'en ressentait.

Après avoir gagné deux sets, Michael et Sam exultaient. Michael pardonna même à Sam de les avoir abandonnés sur le parking quelques semaines auparavant. Si depuis cet incident, la relation des deux hommes s'était altérée, ils jouaient néanmoins bien mieux ensemble, et peut-être était-ce dû au fait qu'ils ne prenaient plus leur amitié pour acquise.

Durant le troisième set, menant une bataille serrée au filet, Sam et Michael jouèrent presque comme des professionnels. Bien sûr, la conversion imminente de Gerry – la date du baptême avait été arrêtée – stimulait leur désir de gagner. Finalement, d'un ton victorieux, Sam cria :

– Trois pour les juifs, zéro pour le chrétien et le musulman!

Tandis qu'on échangeait des poignées de main, Ganesh demanda :

– Qui est le chrétien? Tu es sérieux, Sam, ou c'est une blague?

– Non, répliqua Sam. Il y a un chrétien parmi nous. Ton partenaire.

Gerry, qui leur tournait le dos, haussa les épaules. Sentant une certaine tension, Ganesh déclara prudemment :

– Fascinant.

Il se fût volontiers éclipsé, mais Sam jeta :

– La cérémonie du baptême a lieu dans quelques semaines. Tu veux peut-être une invitation? Une fête pareille, ça ne se rate pas.

– Dans le pays où j'ai grandi, quand on blague sur la religion ou qu'on la critique, on finit souvent mort.

Gerry se retourna et lança :

– Tout ira bien.

— Tu es en route pour une nouvelle aventure, dans ce cas, dit Ganesh, tendant la main pour serrer celle de Gerry.

— Une nouvelle aventure, exactement.

— C'est drôle, déclara Ganesh, si on m'avait demandé lequel d'entre vous risquait de changer de religion, j'aurais désigné Michael. C'est lui qui me semble être — comment dirais-je — le plus en quête de spiritualité.

— Heureusement que tu n'as pas parié d'argent, plaisanta Michael.

— Je respecte ta décision, dit Ganesh à Gerry. Mais changer de religion entraîne souvent plus de conséquences que changer de femme.

— Qu'est-ce que tu en sais ? questionna Sam.

— J'ai fait les deux expériences. Mais je ne vous donnerai pas de détails. Nous luttons tous dans l'obscurité pour trouver la lumière. C'est une image de Zarathoustra, le père de ma foi actuelle.

— Tu n'est pas musulman ?

— Non. Je suis zoroastrien.

— Incroyable ! dit Sam. Ça fait des années qu'on te prenait pour quelqu'un d'autre.

— C'est sans importance, répondit Ganesh.

Il pointa du doigt la salle du club de tennis, proche de leur court, et désigna les téléviseurs qui diffusaient un match de base-ball.

— Ces joueurs de base-ball font le signe de croix quand ils gagnent et les footballeurs remercient Jésus-Christ quand leur équipe remporte la coupe. C'est inconvenant, je trouve. C'est notre talent qui nous permet de gagner, pas notre foi. Nous continuerons, j'espère, à nous considérer comme les fidèles d'une foi que nous savons authentique : celle qui adore le petit dieu rond et vert Wilson[1]. Béni soit Wilson ! Gerry, je te souhaite bonne chance.

---

1. Marque de fabricant.

Gerry proposa à Sam et Michael d'aller manger un hamburger dans un restaurant situé sur Broadway, et les trois hommes quittèrent le club de tennis de Caracas sans même s'être douchés. Ils rentrèrent à New York sous la pluie, songeant au tact de Ganesh et surveillant l'état précaire des essuie-glaces. Ils mangèrent en vitesse car Gerry avait ensuite prévu de les emmener ailleurs, à quelques rues du restaurant. Aux alentours de minuit, le trio se retrouva sous un ginkgo, devant une vieille bâtisse en pierre pourvue de deux volées de marches descendant vers une entrée protégée par une porte en fer forgé. L'endroit, sombre et inquiétant, semblait abandonné. Une légère odeur d'ammoniaque ou de détergent émanait du bâtiment.

— C'est le *mikveh*[1], annonça Gerry. À l'intérieur, il y a une Alcôve baptismale judaïque. Et j'ai même fait des recherches : ça existait avant le christianisme. Si je vous ai amenés ici, c'est pour que vous soyez moins angoissés à propos du baptême. En fait, c'est comme de se laver les mains en récitant une bénédiction. Sauf que c'est tout le corps qui est lavé. Pas mal, non ? En plus, c'est dans notre quartier.

— *Oy vey*[2], soupira Michael.

Sam se tourna vers Gerry :

— Tu dois être le seul juif du Upper West Side qui tienne un calendrier des menstrues féminines. Tu es vraiment taré. Tu viens souvent ici ?

— Gerry, dit Michael — il essaya d'adopter la diplomatie de Ganesh mais n'y parvint pas — sans vouloir te choquer, se laver les mains et réciter la *brocha* avant de déjeuner sont des rituels qui n'ont rien à voir avec le baptême. Cet endroit est un lieu traditionnel réservé aux juives pratiquantes, pas à un homme d'affaires marié à une femme qui veut le faire changer de religion. Tu réalises la gravité de ce que tu vas faire ? Ce n'est pas une blague !

---

1. Bain rituel en hébreu.
2. Expression yiddish exprimant le dégoût, la douleur ou la surprise.

— Il n'y a pas de drame, rétorqua Gerry. Venez, on va jeter un coup d'œil.

Ils descendirent les marches à contrecœur et s'approchèrent des fenêtres à meneaux. Ils aperçurent une espèce de banc et un vestiaire éclairés par la lumière sinistre d'une ampoule électrique.

— Si cet endroit te plaît tant, s'énerva Sam, tu n'as qu'à annuler la cérémonie dans la baignoire du missionnaire et te faire baptiser ici !

Son allure était débraillée, ses cheveux ébouriffés, ses vêtements imbibés de sueur et la mauvaise humeur le gagnait.

— Comme ça, tu pourrais être un juif qui revient au judaïsme, poursuivit-il, comment tu appelais ça, déjà, Michael ?

— A *ba-al teshuva*, un juif repentant.

— Mais j'ai déjà décidé de me faire baptiser au *Club de la Révélation*, protesta Gerry. Le baptême est un ancien rituel juif, de toute façon, alors calmez-vous.

— Écoute, gronda Michael. Tu ne vas pas prendre un bain moussant. Tu sais ce que Marylee et Harp exigent de toi ? Que tu abandonnes tous tes liens au judaïsme pendant qu'ils t'immergeront. Tu devras réciter le Credo de Nicée. Les articles de ta foi chrétienne.

— Je sais.

— Tu vas être obligé de dire que tu crois au Saint-Père et que Jésus-Christ est le fils de Dieu.

— Je le dirai.

— Mais tu croiras en ce que tu dis ? demanda Sam, adossé contre la porte en fer. Même si tu baignes dans le christianisme, cette religion n'aura aucun sens pour toi !

— Enfin, dit Gerry, ce sont des mots pour moi, rien que des mots. Durant deux mille ans, les chrétiens ont accusé les juifs d'être responsables de la mort de Jésus. Puis un matin, ils se sont réveillés et ont changé d'avis. Ils ont décrété que c'étaient les Romains, les coupables. Et ils ont modifié les textes. Pendant mille ans, les catholiques n'ont pas pu manger de viande le vendredi et, aujourd'hui, tu ne vas pas en enfer si tu enfreins cette règle. Pourquoi ? Parce qu'ils ont changé les mots. À chaque loi, à chaque contrat, on peut ajouter un amendement.

— Alors tu n'y crois pas, gronda Sam. Tu joues le jeu pour Marylee et Harp !

— Ne me fais pas dire ce que je n'ai pas dit, répondit Gerry. Je me contente d'être accommodant. Point final. Je n'ai peut-être pas un esprit très religieux, mais au moins il reste ouvert. Dans mon crâne, il y a assez de place pour Jésus et pour tous les trucs liés au judaïsme.

— Les juifs n'ont qu'un Dieu, dit Sam. Notre Dieu est le seul Éternel.

— Qui te dit que la Trinité ne forme pas une unité ? Trois en un, la magie des chiffres. Franchement, Marylee a raison à propos du Dieu juif dans la Genèse. Il passe son temps à surveiller tout le monde et à punir. Un peu comme toi, Sam, ou comme Ellen quand elle a passé une mauvaise journée avec de nouveaux étudiants. Les choses sont plus complexes que tu ne le crois.

— Tu peux être à la fois chrétien et juif ? demanda Michael avec inquiétude. C'est la première fois que j'entends ça.

— Et je te prie de ne pas mêler Ellen à cette affaire, lança Sam.

— Moi, je te prie de ne plus harceler Marylee. Elle ne devrait pas se sentir persécutée sous son propre toit.

— Calmez-vous, intervint Michael. Ne gâchons pas cette charmante soirée au *mikveh*. Gerry, il y a une chose que tu n'as pas saisie à propos du baptême. Intérieurement, un changement doit s'opérer en toi, tu es censé renaître avec ta nouvelle foi.

— Il n'y croit pas ! dit Sam en se dirigeant vers les marches qui menaient au trottoir. Et, pourtant, il va quand même se convertir. Laisse tomber, rentrons à la maison.

— Attends, insista Michael.

Pour une fois, il ne se sentait ni triste ni déstabilisé, et lui restait encore une certaine vitalité spirituelle. Il partageait la colère de Sam et l'enthousiasme de Gerry commençait à s'amenuiser.

— Tu as lu *L'Étoile de la Rédemption* de Franz Rosenzweig ? demanda-t-il à Gerry.

— Non, mais je sais que toi, tu l'as lu.

— Pourquoi tu ne lis pas ? Les juifs lisent.

— Si c'est ça qui les définit, je n'en suis peut-être pas un. Je préfère les magazines aux bouquins. Tout le monde n'est pas comme toi, Michael. Et je connais l'histoire de Franz Rosenzweig. Je ne suis pas un penseur, je n'en serai jamais un. Je vends du matériel pour les sols. Je suis le grand philosophe du linoléum.

— Si tu te convertis, ce sera une perte terrible pour moi, insista Michael.

— Ça ne changera rien en moi, je te dis. Ce sera comme changer le numéro d'une voiture immatriculée à New York pour le New Jersey, c'est tout.

— Tu n'es pas un véhicule, tu es un être humain. Et si tu te fais baptiser, tu descendras d'un cran intellectuellement. C'est Jackie Mason[1] qui plongera et c'est Pat Robertson[2] qui émergera.

— Par ailleurs, dit Sam, il y a une sacrée différence entre New York et le New Jersey.

— Qu'est-ce que ça change pour une voiture ? rétorqua Gerry. Le kilométrage est le même. Le moteur n'est pas différent. La voiture continue de rouler avec une nouvelle plaque. C'est comme ça que je vois les choses.

Michael soupira :

— Tu as parlé à ta mère ?

— Oui, je te remercie, mon vieux. Je ne t'en tiens pas

---

1. Comique juif.
2. Évangéliste conservateur.

rancœur. C'était plus fort que toi, je suppose. Je lui ai parlé. Elle comprend.

— C'est ça, dit Sam. Alors si elle comprend, je suis Golda Meir.

— Je l'ai dit à mon père, annonça Michael. Je suis allé le voir quand j'ai su que tu avais fixé la date de la cérémonie et j'ai pleuré. Je lui ai expliqué que je m'en voulais de ne pas avoir réussi à te faire changer d'avis.

— Tu pensais peut-être qu'il pourrait réussir là ou tu as échoué ?

— Peut-être. Il t'a toujours trouvé sympathique, mais en vérité, il était à moitié endormi quand je lui en ai parlé. J'avais besoin de m'épancher et, au moins, je ne l'ai pas tourmenté. J'ai l'impression d'être un juif raté. Si j'étais doué, j'aurais réussi à te convaincre que ton acte n'est pas un simple changement de nom ou de matricule, tu te fourvoies toi-même avec ce genre d'argument. C'est ta mémoire que tu effaces — non, pas ta mémoire, mais ce qui te lie à tous les juifs, à nous et à ceux qui ont été massacrés, brûlés, garrottés, fusillés, gazés… à cause de leur numéro de matricule. Je suis désolé pour toi.

Michael posa le sac contenant sa raquette et essaya d'étreindre Gerry. Gerry se détourna légèrement et Michael n'étreignit que la moitié de son ami. Néanmoins, il se sentait mieux. Les mots s'étaient rassemblés comme des soldats au fond de sa gorge et étaient enfin sortis. Auraient-ils un impact sur Gerry ?

— Tu as oublié écartelés et noyés, ajouta Sam.

— Je serai toujours lié à tout ça, répondit Gerry.

— Comme un chrétien, un bon chrétien peut y être lié, murmura Michael. Quel gâchis.

— Rentrons, dit Sam, cette conversation est sans issue.

— Une seconde, intervint Michael. Gerry, c'est à cause de la vision de Marylee que tu as cédé ? C'est avec ça qu'elle te tient ?

— Quelle vision ?

— Tu n'es pas au courant ? Elle a vu Jésus quand on lui a enlevé un sein. C'est depuis son opération qu'elle a changé. C'est ce qu'elle m'a raconté. Elle ne t'en a jamais parlé ?

Gerry le regarda sans répondre.

— Je croyais que vous communiquiez, insista Michael.

Le regard absent, inconsolable, Gerry continua de se taire. Michael allait faire un geste vers lui quand des lumières bleues et rouges l'aveuglèrent. Des portes claquèrent et deux hommes armés se ruèrent vers eux.

— Police ! Mains en l'air ! Plus haut ! Bougez pas !

— Ne tirez pas ! supplia Michael.

— Gardez les mains en l'air, ordonna l'un des hommes. Qu'est-ce que ces types foutent ici ? Merde, ils ont des flingues !

— Non, non, non, bredouilla Sam, ce sont des raquettes de tennis.

— Posez les armes ! Posez-les ou on tire !

— Ce sont des raquettes ! cria Sam. Wilson, Prince, Head.

— Avancez ! Avancez ! cria l'un des policiers.

— Sergent, c'est bourré de matériel de tennis, dit son auxiliaire.

Les deux policiers bousculèrent Gerry, Sam et Michael jusqu'en haut des marches. La lumière des réverbères révéla l'allure dépenaillée des trois hommes.

— Vous êtes qui ? gronda un policier. Qu'est-ce que vous êtes faites là ?

— Ne tirez pas, bégaya Michael, je vous en supplie, ne tirez pas. On voulait juste voir le *mikveh*.

Une femme résidant dans l'immeuble adjacent au *mikveh* avait porté plainte pour tapage nocturne, et la version de la visite touristique laissa les policiers sceptiques. Hirsutes, couverts de sueur, vêtus de bermudas pas très orthodoxes, Gerry, Sam et Michael avaient surtout l'air d'avoir participé à une émeute.

— Vos papiers ! ordonna l'un des hommes. Vous avez bu ?

D'un air penaud, ils répondirent qu'ils jouaient au tennis tous les mardis soir dans le New Jersey, qu'ils laissaient toujours leurs portefeuilles dans leurs vêtements de travail, chez eux, et qu'ils partaient simplement avec la clé de la voiture et un peu d'argent.

— Ce soir, vous vous êtes rendus en voiture dans le New Jersey ? demanda le sergent.

— Oui, dit Gerry. Comme chaque mardi. Vous pouvez appeler le club pour vérifier. C'est le club de tennis de Caracas.

— Vraiment ? Caracas ? Comme la capitale de la drogue du Venezuela ? Chaque mardi, vous allez là-bas et depuis combien d'années exactement ?

— Dix ou douze, répondit Sam.

— Et qui conduit ?

— La plupart du temps, c'est Gerry, dit Michael. Mais il est arrivé à Sam ou à moi de prendre le volant.

— Bien, dit le sergent, avec un sourire triomphant sur le visage. Conduite sans permis, ni carte d'identité, durant douze ans. Bravo !

— Oh non, gémit Gerry.

— C'est en plus de la tentative de violation de propriété, reprit le sergent. Vous êtes contents de la soirée ?

— On va voir si Jésus peut t'aider, maintenant, souffla Sam à Gerry.

— On les embarque, dit le sergent à son collègue.

Les deux policiers leur passèrent les menottes. Le plus petit se mit sur la pointe des pieds et murmura à l'oreille de Sam :

— Un mot de plus sur notre Seigneur Jésus et je me chargerai personnellement de te botter les fesses jusqu'à Brooklyn.

Ils montèrent tous dans la voiture de patrouille qui les déposa au commissariat de la 100e Rue.

Aucun d'entre eux n'étant parvenu à contacter sa femme par téléphone, on les fit descendre au sous-sol et ils se retrouvèrent enfermés dans une cellule éclairée par une ampoule électrique. La peinture s'écaillait aux murs. Dans un coin, ils remarquèrent un trou qui servait d'urinoir et, contre les barreaux, un banc assez grand pour trois personnes.

— On a été arrêtés ? demanda Gerry.

— Pas encore, répondit Michael. Avant, ils vont prendre nos empreintes et nous photographier.

Michael était le seul des trois à avoir déjà été arrêté : il avait pris d'assaut un immeuble de l'université de Columbia durant la guerre du Vietnam.

— Ils s'ennuient et on a une tête qui ne leur revient pas, ajouta-t-il. J'ai envie de vomir.

— Retiens-toi, protesta Sam. Si tu dégueules je vais demander à changer de cellule.

Gerry s'allongea sur le banc et plaça ses mains de façon à protéger son front. Ils entendirent des éclats de rires provenant d'un téléviseur ou d'un poste de radio. Un cri de douleur retentit. Ils se demandèrent si c'était le hurlement d'un prisonnier d'une cellule voisine ou la télé.

— Où sont nos femmes ? râla Sam. Quand on a besoin d'elles, elles sortent, quand on veut qu'elles sortent, elles restent à la maison !

Il avait laissé un message à Ellen sur le répondeur et il essaya de se rappeler ce qu'elle lui avait dit dans la matinée. Puis brusquement, il s'en souvint.

— Elle est partie boire un verre avec ses étudiants, dit-il. Elle va sûrement rentrer très tard. Où est Judy ?

— Je ne sais pas, répondit Michael. Elle devait aller dans un restaurant tibétain après la cérémonie funéraire du mouton.

— Quel restaurant ?

— C'est sur Lexington, c'est tout ce que je sais.

— Tu ne peux pas appeler le bouddhiste ?

— S'il est rentré, il est avec Judy, pas dans la cave. Et il n'a pas le téléphone de toute façon.

— En l'an 2000 et au cœur de Manhattan, il n'a pas le téléphone ? Je rêve.

— Vous vous souvenez du numéro de votre avocat ? demanda Gerry.

— Pas moi, répondit Sam, poussant les jambes de Gerry pour s'asseoir. C'est à cause de ta conversion qu'on va passer la nuit à divertir des flics au lieu d'être tranquillement à la maison. Je t'avais bien dit que ça ne pourrait nous attirer que des problèmes. Où est Marylee, Gerry ? En train d'étudier avec son missionnaire ?

Il braqua son regard sur Gerry et cria :

— Tu vas te bouger, oui ? Qu'est-ce que tu attends pour interrompre les séminaires de Jésus ? Tu veux croupir ici toute la nuit ! Appelle le restaurant, bon sang !

Une heure plus tard, dans le couloir aseptisé, vêtue d'une chemise violette, de jeans et de hauts talons, la sémillante Marylee marchait gaiement vers eux. Sam, Michael et Gerry se plaquèrent contre les barreaux froids et huileux de leur cellule, la chair de leur ventre formant des bourrelets entre les barres métalliques. Ils virent qu'elle n'était pas seule. Dans une veste de pêcheur beige, munie de larges poches, William Harp se tenait derrière elle. Le petit policier qui avait menacé Sam à propos de Jésus était également avec eux et, de toute évidence, lui et Harp s'étaient déjà trouvé un point commun religieux. Quand le flic s'éloigna, Sam cria :

— Hé ! Vous n'allez pas nous laisser sortir ?

— Si, si, répondit Marylee, un sourire aimable aux lèvres. Il va vous relâcher. Mais plus tard.

— Marylee, supplia Gerry, on est à bout, qu'est-ce qui se passe ?

— William aimerait vous parler, répondit-elle calmement, et s'il ne le fait pas maintenant, vous ne lui donnerez jamais l'occasion de l'écouter, je suppose ?

— Pas à cette heure-ci, implora Michael, ce n'est vraiment pas le moment.

— Messieurs, dit William, je ne veux pas que vous le preniez mal.

— Je ne vois comment on pourrait bien le prendre, rétorqua Michael.

William se tourna vers Marylee, comme s'il attendait qu'elle lui donne la permission de continuer. Elle hocha la tête et il se sentit vaguement rassuré.

— Du fond de mon cœur, commença-t-il d'une voix hésitante, je vous remercie de tout ce que vous avez fait pour moi et pour le restaurant. Mais il y a un problème. Ou plutôt, j'ai un problème.

— Va voir un psychiatre, rugit Sam, et laisse-nous sortir d'ici!

— Vous êtes en train de profiter d'une audience captive! l'accusa Michael.

— Il est venu vous demander modestement quelque chose, répondit Marylee. Ayez la décence de l'écouter.

— On va avoir droit à un sermon sur Jésus-Christ! gronda Sam. C'est un cauchemar! Appelez ACLU[1]. On va porter plainte pour mauvais traitements.

— J'en ai pour cinq minutes, promit William. Je vais tout vous expliquer rapidement.

— Pitié, gémit Michael.

— Nous avons l'autorisation du policier, dit Marylee. Il m'a dit qu'il avait déjà vu des hommes aussi perdus que vous découvrir Jésus dans cette cellule et tourner une page dans leur cœur.

— Moi, j'appelle ça une opération à cœur ouvert, dit Sam. Laisse nos organes tranquilles, Marylee.

— Je ressens une certaine compassion vis-à-vis de toi, répondit-elle.

---

1. American Civil Liberties Union. ONG défendant les droits civils.

— Je ne vais pas vous parler de Jésus, messieurs, dit William. Tout d'abord, j'aimerais vous faire part de mon immense gratitude, je vous remercie humblement de m'avoir permis de créer le *Club de la Révélation*, et sachez que j'apprécie et que je respecte profondément le judaïsme et...

— Écris-nous une carte postale, le coupa Sam, et laisse-nous sortir.

— Allez-y, William, le somma Marylee, posant sa main sur le bras du missionnaire. Dites-leur ce que vous voulez.

— Très bien, dit-il. Gerry, je sais que dans votre cœur vous avez déjà accepté la félicité et la quiétude du Christ, mais vous, Sam et Michael, pourriez-vous envisager de vous faire baptiser dans mon restaurant ?

Michael recula lentement. Les mains de Sam se crispèrent autour des barreaux et ses jointures blanchirent. Gerry n'arrivait pas à croire ce qu'il entendait.

— Ce n'est pas ce que vous imaginez, reprit William. Je vous en prie, écoutez-moi.

— Va te faire foutre ! cria Sam.

— Un petit effort, le menaça Marylee, ou le policier qui a été charmant avec le Révérend Harp, risque de jeter la clé.

Les yeux de Marylee étaient trop brillants et elle parlait trop vite, pensa Gerry.

— En fait, supplia William, j'ai... j'ai vraiment besoin de votre aide. Je respecte les juifs, bien plus qu'avant. Je suis des cours avec des gens de Brooklyn, j'ai lu...

Il s'interrompit, regarda Marylee, se ressaisit et poursuivit :

— Sam, vous me faites penser à l'apôtre Paul. Avant de devenir Paul il était Saul de Tarsus, un juif ortho-doxe, comme les électriciens, comme Isaac et Rena, et il était en route pour Damas pour aller prêcher contre les chrétiens. Vous vous souvenez de ce qui lui est arrivé en chemin ?

— Un de ses pneus a crevé.

Sam se mit à crier pour attirer l'attention des gardiens.

— Boucle-la, dit Michael. Tais-toi.

Pris de vertiges, Michael avait besoin de silence. Il pensait à Judy, il aurait voulu qu'elle soit là pour le serrer dans ses larges bras de bouddhiste.

— Continuez, ordonna Marylee, mais allez droit au but.

— En chemin, Paul a eu une vision. Il a vu Jésus.

— Non, dit Marylee, pas une vision, une apparition. Jésus était réellement devant lui !

Gerry n'avait jamais vu Marylee aussi nerveuse, il ne l'avait jamais entendue parler avec un ton aussi tranchant.

— Cette expérience l'impressionna, poursuivit William, et il comprit que Jésus était notre Seigneur et c'est ce qui le poussa à se convertir. Il changea également de prénom et passa de Saul à Paul.

— Parce que ça rimait ? demanda Sam.

— Parce que sa conversion représentait un nouveau départ, répondit Marylee.

— Gardiens ! hurla Sam.

Son cri, l'expression incrédule sur le visage de Michael et l'air accablé de Gerry qui se tenait dans un coin de la cellule — ils s'étaient éloignés de lui comme s'il avait la lèpre — firent craquer William.

— Oh Seigneur ! gémit-il, Oh, mon Seigneur Jésus ! Aide-moi !

Il s'agenouilla au sol, leva les mains vers le plafond et cria :

— Oh, Seigneur, je ne suis rien ! Moins que rien !

Il se mit à sangloter. Marylee s'agenouilla près de lui, le prit dans ses bras et lui frotta la tête. Elle le prend pour son fils, songea Gerry, son petit garçon.

De sa poche, William sortit le foulard rouge que Marylee lui avait offert et l'appliqua sur son visage. Elle lui releva la tête, lui sécha les yeux avec le foulard et il finit par se calmer. Gerry réalisa que le foulard lui appartenait. Toujours agenouillé, William regarda les prisonniers :

— Je suis un raté. Malgré votre gentillesse et vos efforts. Malgré les *mezuzoth*, Sam, le restaurant et moi sommes un échec.

— C'est vrai, approuva Sam. C'est la première chose censée que tu dis.

— Je n'ai pas le feu sacré pour être prédicateur comme mon père ou mon grand-père le furent. C'est évident et ça me désespère ! Certaines familles de Virginie – Marylee le sait aussi – ont des lignées de généraux. Dans ma famille, ce sont des lignées de missionnaires. Il y a longtemps, sous une tente où se tenait une assemblée chrétienne, mon père a vu un mendiant, un Hébreu nommé Rosen, s'agenouiller et accepter le Seigneur Jésus. À l'époque, dans le Sud, qu'un juif accepte que le Seigneur soit son messie était un événement. Mon père avait neuf ans, il tenait la main de mon grand-père, et c'est mon arrière-grand-père qui prêchait sous la tente. Depuis ce jour, mon père s'est mis en tête de convertir les gens, et surtout les juifs, pour favoriser l'avènement d'une nouvelle terre et d'un nouveau paradis. Il a toujours attendu que je prenne la relève. Mais je l'ai beaucoup déçu. Il m'a envoyé un an en Arménie pour convertir les musulmans, et j'ai échoué. J'ai ensuite passé un an à frapper aux portes en Roumanie, de nouveau sans succès. À mon retour, l'attitude de mon père avait changé. « Tu n'as pas la vocation », a-t-il constaté. Il était plus calme et j'ai cru qu'il s'était fait une raison. Comme je me trompais ! « Essaye encore une dernière fois, fils » m'a-t-il dit. « Fais-le pour moi avant que je m'en aille. » Je lui ai demandé où il comptait aller. « Rejoindre le Seigneur », m'a-t-il répondu. Il avait un cancer du pancréas et il savait qu'il était condamné. Il m'a demandé d'aller à New York en m'expliquant que je rencontrerais beaucoup de juifs. Il avait une idée en tête et il était prêt à me financer pour la mettre en œuvre. Et, comme j'avais déjà échoué avec les catholiques et autres gentils, pourquoi ne pas essayer de convertir les juifs à notre Église ? insistait-il. C'est ce qui m'a amené parmi vous.

— Tu en tiens un ! cria Sam avec amertume. Tu as réussi. Tu as Gerry Levine, un lévite, c'est un beau morceau pour le Christ. Alors où est le problème ? Arrête de gémir et laisse-nous sortir.

— Dans le contrat que j'ai passé avec mon père, je devais convertir au minimum trois juifs. Il m'a promis de m'aider à monter une affaire – et j'ai toujours rêvé d'avoir un restaurant –, si cette affaire était l'instrument du Seigneur. Avec ce compromis, nous avons ouvert le *Club de la Révélation*. J'ai de nouveau échoué. Parce que Gerry ne suffit pas. D'après les calculs de mon père, un juif insoumis de New York équivaut à quarante-huit mille juifs dociles et il en faut donc trois pour arriver au total des cent quarante-quatre mille juifs à convertir.

— Michael, dit Marylee, en tant que fils de rabbin, tu équivaudrais à soixante-douze mille juifs.

— Pour l'amour du ciel ! gémit Sam.

— Et plus votre foi juive est forte, poursuivit Harp, pensant à la nouvelle ferveur religieuse de Sam, plus votre conversion a de valeur. Convertir trois juifs du Upper West Side a beaucoup plus d'impact que d'en convertir trois cents de l'Oklahoma. Nous avons étudié tout ça. Mon père a payé des analystes et la conversion des juifs de votre quartier a une cote bien plus élevée que celle des juifs d'Israël ! Je ne plaisante pas. Voilà pourquoi j'étais emballé par notre rencontre quand je suis arrivé à New York. Et, malgré le fait que vos femmes soient chrétiennes, je n'ai pas réussi à vous convaincre...

William sentit les larmes monter, mais reprit contenance.

— Au début, je pensais réussir à convertir des douzaines de juifs, puis j'ai vite compris que ce n'était pas réaliste. Mais, d'après papa, à la Bourse de la conversion, vous êtes la valeur la plus prometteuse. Alors quand vous vous convertirez...

— Jamais ! cria Michael. Tu dépasses les bornes, Marylee !

– Je vous en supplie, reprit William, j'ai désespérément besoin de vous. Mon père va venir voir la cérémonie des baptêmes au restaurant. J'ai essayé de l'en dissuader, mais je suis à cours d'excuses et je ne peux plus le faire attendre. Je lui ai promis de vous convertir tous les trois. Même s'il peut à peine marcher, il veut voir le *Club de la Révélation* et assister à votre conversion avant de mourir. Même si c'est le dernier voyage de sa vie, il veut assister à mon succès. J'ai fait cette promesse à un homme mourant, aidez-moi à l'honorer.

– T'es complètement dingue! hurla Sam. Tu lui as dit que tu avais trois candidats?

– Oui, monsieur.

– C'est incroyable, dit Michael.

Sam se mit à arpenter la cellule, comme un gros chien coincé dans la cage étroite de son chenil.

– J'ai une proposition à vous faire, reprit le missionnaire. Après le repas, le sermon et la cérémonie, je m'en irai. Je renoncerai au restaurant. Je raccompagnerai mon père en Virginie. Quand il m'aura vu convertir trois juifs coriaces de New York, il mourra en paix. Je ne l'aurai pas déçu une fois encore et le *Club de la Révélation* sera de l'histoire ancienne. Vous êtes partants?

Personne ne répondit. Marylee s'approcha de la cellule, glissa ses mains à travers les barreaux, incitant Gerry à se rapprocher d'elle.

– Toi, bien sûr, tu as entendu le Saint-Esprit, lui dit Marylee. Tu es différent. Tu l'as toujours été.

Avec sa main gauche, elle lui caressa le visage et la tête. C'est comme si elle était seule avec moi, pensa Gerry. Il se sentait bien dans les mains de Marylee, quoi qu'il eût préféré qu'il n'y ait pas de barreaux entre eux. Elle lui fit mal en s'agrippant à son visage, mais il se rapprocha pour l'embrasser.

Sam tira Gerry à lui et hurla de nouveau :

– Gardiens!

34

Il était presque quatre heures du matin lorsqu'ils regagnèrent enfin leur domicile. Une odeur d'encens mêlée au parfum citronné du nettoyant de la cage d'escalier signalait l'éventuel retour de Nawang. Les trois prisonniers et Marylee montèrent vers leurs appartements, William disparut dans sa chambre.

Le jour suivant, personne n'alla travailler.

Il faisait suffisamment chaud pour déjeuner dans le jardin situé derrière le Brownstone, mais aucun des hommes n'était réveillé quand Judy s'avança dans l'herbe, vêtue d'un sweat-shirt et d'un pantalon verts neufs. Elle transportait prudemment un pot de café chaud, du lait, du sucre et le *New York Times*. Quelques minutes plus tard, Ellen apporta un sac en plastique de *ruglach*[1] et quatre tasses contenant des petites cuillères dans sa main gauche. Installées autour de la vieille table en fer du jardin, elles entamèrent leur petit déjeuner en silence. Judy parcourait le journal quand Marylee surgit :

— Je suis désolée de ne pas vous avoir laissé un mot pour vous dire où on était. Vous savez ce qui s'est passé, je suppose ?

---

1. Pâtisserie à la cannelle fourrée aux noix et aux raisins secs.

— Oui, répondit Judy, je suis en train de le lire dans la rubrique des faits divers.

— Je regrette d'avoir raté ça, dit Ellen. J'aurais tellement voulu voir Sam derrière les barreaux. Mais, vu la situation, il va sûrement commettre un crime contre William Harp et là, je ne serai pas en reste.

Judy dévisagea Marylee :

— Tu as l'air fatiguée, remarqua-t-elle.

— Vous êtes toujours mes amies ?

— Assieds-toi M.L., ordonna Ellen.

— Tu as fait sortir nos maris de prison, dit Judy, félicitations.

— Vous avez entendu toute l'histoire ? La proposition de William ?

— C'est la requête la plus extraordinaire que j'aie entendue, déclara Ellen.

— Je savais que ça se préparait, reconnut Marylee.

— Tu ne nous as rien dit, dit Judy avec reproche.

— William n'avait pas l'air de vous intéresser. Je savais qu'il perdait confiance en lui, qu'il perdait sa foi. Et qu'il allait leur faire le grand jeu. S'ils n'avaient pas été arrêtés pour avoir troublé la tranquillité du *mikveh*, William ne serait pas intervenu. Mais quand j'ai entendu qu'ils étaient tous au commissariat... la tentation a été trop forte.

Ellen secoua sa tasse, observant les reflets du café.

— Écoute, dit-elle, la crédibilité de Harp, en tant qu'homme de Dieu, est plutôt douteuse, maintenant, non ?

Elle se pencha vers Marylee et lui frotta gentiment l'épaule.

— Je ne sais pas pourquoi il ne dit pas la vérité à son père, poursuivit-elle. Parce que rien ne pourra convaincre Sam de se faire baptiser. Pas même un oscar.

— Et la fermeture du restaurant ?

— Elle est imminente de toute façon, répondit Ellen. Tu refuses de l'admettre, c'est tout.

— Oh, je sais parfaitement que William fait faillite.

— Quant à moi, intervint Judy, voilà ce que j'ai remarqué : j'ai un mari qui croit que Dieu est une femme d'âge moyen, fan des Mets, qui fréquente la bibliothèque où il travaille. Il n'est pas impossible qu'il participe à une cérémonie de baptême. Par ailleurs, je n'ai jamais autant apprécié la paix et l'harmonie que me procure Bouddha.

— Nawang est rentré ? s'informa Marylee. On respire sa présence dans tout l'immeuble.

— C'est moi qui ai allumé l'encens, répondit Judy. Après avoir appelé le club de tennis, la police de Caracas, et la police de la route, j'ai su qu'il n'y avait pas eu d'accident grave, mais j'étais quand même morte d'inquiétude. Je ne savais plus qui appeler ni que faire, alors j'ai allumé des bâtons d'encens.

— Empuantir l'immeuble a apaisé ton angoisse, j'espère ? demanda Ellen.

— En fait, j'ai imaginé le corps ensanglanté de Michael sur le pont George-Washington et je me suis préparée au pire. J'ai appliqué une méthode de méditation tibétaine et j'ai essayé de visualiser le corps déchiqueté de Michael. De la tête aux pieds, j'ai imaginé chaque parcelle de chair, chaque os, chaque organe…

— Ça va, ça va, on voit le tableau, coupa Ellen.

— Vous trouvez peut-être ça morbide, mais je me suis sentie mieux.

— Nous en sommes ravies pour toi, rétorqua Ellen.

Après une courte pause, Judy déclara fièrement :

— Nawang a appelé. Il est toujours à la recherche d'un mouton dans sa contrée natale.

— Quelle est sa contrée natale ? demanda Ellen.

— Pour des raisons de sécurité, il n'a pas voulu me le dire. Mais, comme c'est une petite île, il m'a dit qu'il en profitait pour chercher un financement possible pour le documentaire de Sam.

— C'est gentil, dit Marylee.

— Il attend également que je lui dise que le serpent n'est plus là. Je crois qu'il ne reviendra pas avec un nouveau mouton tant que ce reptile sera parmi nous. Personnellement, je suis prête à tout pour me débarrasser de cette hydre monstrueuse, même à pousser Michael dans la baignoire de Harp. Si ça permet au père de William de mourir en paix, et à ce restaurant de disparaître avec son serpent chrétien dévoreur de moutons, de la même façon que *Le Curry de Murray*, tant mieux. Qu'ils aillent rejoindre *satori*, cycle éternel de création et de destruction.

Marylee écoutait ses amies avec une tristesse grandissante. Elle n'avait plus l'impression de vivre parmi elles.

— J'ai besoin de poursuivre mon propre chemin, déclara-t-elle. Je savais que la foi de William s'était altérée, qu'il pourrait être un guide spirituel, mais seulement jusqu'à un certain point. Son esprit s'est égaré. Son père va venir nous rendre visite. C'est un désastre. Néanmoins, je pense que tout ce qui se passe fait partie du grand projet de Jésus. Et Son projet n'est pas altéré. Que vous le vouliez ou non, nous en faisons tous partie, et j'ose espérer que vous le réaliserez un jour.

— Même si je refuse d'y participer ? questionna Ellen.

— Alors, ton refus fera également partie du projet du Seigneur. Personne n'y échappe.

— C'est une perspective rassurante ou angoissante, répondit Ellen. Tout dépend de la façon dont on se sent en se levant le matin. Mais, dis-moi, d'après toi, Gerry va réellement se convertir ?

— Je l'espère, dit Marylee. Soir et matin, je prie pour qu'il ne change pas d'avis. Je veux mener une vie sainte avec Gerry Levine. Mais nos guides et nos partenaires ne peuvent pas nous accompagner plus loin. Quelle est la seule vérité que rien ne peut obscurcir, Judy ?

— Méditer, il n'y a que ça de vrai.

— Ellen, est-ce que tu as enseigné à tes étudiants la plus importante leçon du monde ?

— Articuler un raisonnement ?

— Que nous sommes seuls, profondément et terriblement seuls. Nous sommes enfermés à l'intérieur de nos
corps et de nos esprits. Comment puis-je être sûre que vous
n'êtes pas un rêve destiné à me consoler ? Que je n'ai pas
inventé deux amies merveilleuses, ce jardin, cette table et
ces chaises solides pour me réconforter dans un rêve interminable ?

— Je t'en prie, dit Judy. Pince-toi. Pince-moi. Nous sommes bien vivantes et nous avons les pieds sur terre, nous ne
sommes pas une illusion.

— Nous sommes condamnés au vide et à une vie dépour-
vue de sens, sauf si nous nous rendons à Jésus. Une fois que
nous aurons accompli cet acte, le fruit de l'esprit sera l'a-
mour, l'amour éternel.

Marylee se leva. Judy inspira profondément, saisit la
main de Marylee et la fit se rasseoir. Marylee se tint droit
sur sa chaise, mais ses amies sentirent que quelque chose en
elle s'était ébranlé. Qu'elle n'était plus qu'une poupée de
papier, à la merci du moindre souffle.

— Nom de Dieu, murmura Ellen. Approche-toi Marylee.
Viens dans mes bras.

35

Deux semaines plus tard, le restaurant vivotait encore. Il attirait six à sept clients à l'heure du déjeuner, souvent des touristes curieux, allemands pour la plupart (William se demandait pourquoi), qui, visitant le Upper West Side, étaient probablement attirés et surpris par l'enseigne du *Club de la Révélation* : un couteau et une fourchette formant un crucifix (Marylee avait finalement trouvé l'idée bonne). Le soir, la clientèle doublait, et bien que William ait réduit les prix, un maximum de quinze personnes occupaient les tables du restaurant. Le chiffre d'affaires déclinant forte-ment, William avait été obligé de renvoyer le chef. Dans la cuisine où il avait transféré Annabelle, il préparait seul les repas. À la chaleur du four et des plaques chauffantes, le reptile semblait s'épanouir.

William n'était pas mauvais cuisinier, mais son désespoir affectait ses nouvelles créations culinaires. La *Soupe des Sept Phoques* fut un échec immédiat. La *Tarte du Charpentier*, une variante de la *Tarte du Berger*, eut un effet psychologique négatif sur les clients. « Au lieu de penser au métier de Joseph, ils imaginent les clous », lui avait rapporté un représentant de commerce du Nouveau-Mexique en vacances à New York. Les *Ailes de Poulet*, accompagnées d'une *Sauce*

Piquante Armagedôn, avaient un certain succès, mais le gâteau aux carottes, que William avait baptisé *Les Dix Commandements*, sur un conseil de Rena, servi avec le *Vivaneau de la Mer Rouge*, n'avait pas séduit les appétits. D'après Marylee, il fallait miser sur la signature gastronomique de William pour solliciter l'attention du public, mais cette dernière tentative semblait également vouée à l'échec.

Puis, un lave-vaisselle et un congélateur se mirent à tomber mystérieusement en panne régulièrement, et Rena, l'électricienne, passait tous les deux jours au restaurant pour effectuer des réparations temporaires. William en profitait pour lui parler un peu en hébreu. Tandis qu'elle s'affairait sur le congélateur, elle s'arrêtait souvent pour observer le beau visage de William dont les yeux semblaient brûler de désir. Le missionnaire troublait Rena et elle se demandait souvent ce que l'avenir leur réservait.

William fut également contraint de réduire le personnel. Alors que la date du baptême de Gerry approchait, il ne restait plus qu'un seul serveur : un moine bouddhiste, étudiant de Nawang, moins préoccupé par son travail que par le retour de son maître. Lequel manquait aussi terriblement à Judy. En de rares occasions, quand la clientèle affluait au *Club de la Révélation*, le moine était aidé par l'Homme Scotch, le jeune musicien que William avait essayé de convertir. L'Homme Scotch s'était entièrement rasé le crâne et la barbe, ne portait plus ni piercing ni boucles d'oreilles et avait dissimulé ses tatouages. Il était revenu voir William avec un papier expliquant qu'il était inscrit à un programme pour les toxicomanes et lui avait demandé un emploi. Profondément ému par le retour du jeune homme, le missionnaire l'avait engagé. Vêtus d'un pantalon noir et d'une chemise blanche, le moine tibétain et le drogué en voie de guérison ressemblaient à des jumeaux. Les vidéos sur l'apocalypse et la fin du monde avaient été remplacées par les nouvelles de C.N.N., mais les images projetées sur l'écran n'étaient guère différentes.

Pleins d'optimisme, Michael et Sam continuaient de penser que l'absurde requête de William allait dissuader Gerry de se convertir. Un mardi soir, quelques semaines après ce que Sam appelait « le sermon de la prison », la Toyota réparée de Gerry s'arrêta devant le Brownstone. Le révérend Harp était assis à l'avant. Pensant que Gerry l'avait sans doute accompagné dans un magasin et le ramenait au restaurant, Michael et Sam attendirent que le missionnaire descende. Quand ils virent la raquette de William, une Hammer en graphite 6.1, son tee-shirt blanc proclamant LA NOURRITURE C'EST L'AMOUR, son short et ses tennis, ils comprirent qu'il serait le quatrième joueur de leur double.

Sans voix, Michael se glissa à l'arrière, suivi de Sam qui se recroquevilla dans un espace trop étroit pour sa stature de géant. Puis, Gerry mit le cap sur Caracas.

Essayant de renouer le dialogue avec le missionnaire, d'une voix tendue, Michael lança :

— Vous avez eu raison de vous asseoir à l'avant. Dans le cercueil roulant de Gerry, vous accéderez à la vie éternelle plus rapidement.

— Mon cercueil roulant m'a coûté six cents dollars en réparations, déclara Gerry.

— Ton tas de ferraille n'en vaut que deux cents, dit Sam. Par ailleurs, la lumière rouge clignote toujours.

Gerry tourna et s'engagea sur le pont, constatant que son véhicule était indéniablement plus stable et plus rapide qu'auparavant.

— C'est un mystère qui a laissé le mécano perplexe, répondit-il fièrement. Il n'a pas réussi à résoudre ce problème. Il m'a prescrit deux aspirines pour la voiture et m'a dit de ne pas me préoccuper de la lumière rouge.

— Je peux arranger ça, dit William.

Il se pencha vers la boîte de vitesses, avança le bras sous le tableau de bord et s'excusa d'être obligé de passer la main entre les jambes de Gerry. Puis, au bout d'un moment, il cria :

— Eurêka ! C'est un fusible qui était déconnecté, juste là.

— Whoa ! s'exclama Gerry. Ça ne clignote plus.

— C'est un miracle de la mécanique, dit Michael. Dieu soit béni.

— *Amen*, grommela Sam en regardant par la fenêtre.

— En Virginie, dit William, on désosse et on répare surtout des voitures américaines, mais on s'y connaît aussi en japonaises. Les gens oublient toujours de vérifier les fusibles.

— Décidément, dit Sam, tu sais prêcher, cuisiner, tourmenter les innocents emprisonnés, réparer les voitures en une minute, détruire la vie des autres, tu as d'autres talents à ton actif ?

— Il paraît qu'il joue très bien au tennis, répondit Gerry.

— On va voir ça, dit Sam. On va voir ça.

Quand Sam distingua mieux Harp, sous les néons du court de Caracas, il se dit qu'il devrait lui proposer un simple messieurs, et que le vainqueur gagnerait l'âme immortelle de Gerry. Les jambes du missionnaire étaient minces, mais ses mollets musclés. Tandis qu'il s'échauffait, la balle semblait bondir de sa raquette avec une exubérance qui déprimait Michael. William se déplaçait également très rapidement. Finalement, Sam déclara :

— Si tu n'avais pas vingt ans de moins que nous, je te défierais. Au meilleur des trois sets. Le gagnant obtiendrait tous les droits du produit Gerry Levine.

William ne releva pas.

— Qu'est-ce qui vous donne l'impression que Gerry soit à vendre ? demanda-t-il.

— Si on jouait ? intervint Michael. Mettons les âmes de côté pour le Jugement dernier.

Le front ceint par deux bandeaux en éponge servant à absorber sa sueur et à maintenir la paire de lunettes aux verres rayés qu'il portait pour jouer au tennis, Michael se sentait d'attaque. Quand ils se réunirent au filet pour choisir deux équipes, il proposa :

— Je prends Sam comme partenaire. Les juifs contre les chrétiens, qu'en dites vous ?

— Encore ? soupira Gerry.

— Joue, répondit Michael. Contente-toi de jouer.

Le match débuta. Sam et Michael marquèrent les deux premiers points grâce au service au ras du filet de Sam.

— Pourquoi tu as amené Harp ? demanda Sam à Gerry, se positionnant pour servir. Qu'est-ce qui se passe ?

— Tu ne peux pas attendre qu'on termine la partie ? murmura Michael à Sam.

— Non, je ne peux pas.

Sam baissa le bras et se planta sur la ligne de fond.

— On ne s'entend pas vraiment comme des larrons en foire tous les quatre, dit-il avec insistance.

— On pourrait, pourtant, répondit William.

— Tu veux toujours nous convertir ?

William ne répondit pas.

— Dans ce cas, tu vas en avoir pour ton argent, ajouta Sam.

— Assez de bavardage. Servez, dit William.

Sam envoya la balle dans le filet à deux reprises. C'était la première fois de sa vie qu'il perdait le premier jeu uniquement à cause de doubles fautes. Les services puissants de William étaient aussi rapides que ceux de Sam quand il était au meilleur de sa forme. Accablés par la performance du missionnaire, Michael et Sam jouèrent avec une mauvaise humeur croissante. Ils gagnèrent péniblement deux jeux. Quand ils perdirent le dernier set, Sam s'assura que le court était désert, puis jeta sa raquette en l'air, l'envoyant percuter le conduit du climatiseur.

— Ace, gémit Michael. Un ace à deux cent soixante-quinze dollars.

Les quatre joueurs s'approchèrent du filet et se serrèrent la main. C'était la première fois que Sam Belkin serrait celle de William Harp. Ils regagnèrent la salle du club et s'arrêtèrent un instant devant un téléviseur. Sur l'écran, des policiers israéliens évacuaient un groupe religieux rassemblé devant le mont du Temple. Le groupe, venu de Denver, attendait depuis Noël 2000 le second retour du Seigneur et, malgré le rendez-vous raté, ils espéraient encore voir arriver le Sauveur et refusaient de bouger.

— Je veux pas rentrer chez moi ! criait un homme avec une tignasse de cheveux blancs. Jésus est en chemin ! Notre Seigneur va revenir en gloire à Jérusalem ! Je ne veux pas être au Colorado quand il arrivera !

— C'est à cause de types comme toi qu'il y a ce genre de problèmes, dit Sam à William. Tu devrais t'en tenir au tennis.

— Je veux bien, si vous m'y aidez, répondit William. Je peux même vous donner des leçons.

— Je t'écoute.

— Vous devriez venir au filet après votre premier service, car il est très puissant. Vous ne le faites pas assez souvent, ce qui me donne un grand avantage sur vous. Mais quand vous vous approchez, là je m'inquiète. Votre stature est impressionnante et vous devez obliger pas mal de gens à reconsidérer le problème, non ?

— Face à Sam, je reconsidère tout le temps ce que je m'apprête à faire, dit Michael.

— Et quand vous êtes sur la ligne de fond, poursuivit William, votre geste est bas et puissant, mais la position de vos pieds vous trahit. Je sais dans quelle direction va aller la balle et je suis prêt.

— Très bien, répondit Sam. Dieu soit bénit. Où tu as appris à jouer au tennis ?

— Dans un country-club juif.

— Tu plaisantes !

— Oui, dit William en posant sa raquette contre le dos de Sam pour le guider vers le bar.

Gerry avait déjà commandé des bières. Ils s'installèrent à une table non loin du comptoir.

— Tu as bien fait de l'amener, dit Michael à Gerry.

— C'est le meilleur match de tennis depuis des mois, déclara Gerry.

— Merci, dit William en joignant les mains comme s'il s'apprêtait à prier.

— Dans notre club, on ne rend pas les grâces en buvant une bière, jeta Michael.

Mais la position des mains du missionnaire lui rappelait celle de Judy. Si ce n'est que les pouces de William ne se touchaient pas. Michael fut tenté de les lui réunir.

— C'est vrai, on a bien joué, reconnut Sam, même mieux qu'avec Ganesh, mais qu'un bigot chrétien fasse partie de l'équipe n'a aucune influence sur mes convictions.

Gerry braqua son regard sur Sam et lâcha :

— Pour certaines personnes, dont moi, William et Marylee, ce genre d'humour est vraiment limite. Il y a des chrétiens pour qui la religion a une valeur et un sens profond. Ce qui signifie choisir la dignité au lieu de sombrer dans le désespoir, quotidiennement. C'est bien ça, William, non ?

— Tout à fait, approuva le missionnaire.

— Il n'y a pas besoin d'être chrétien pour être digne, répliqua Michael. Et tu n'as pas besoin du baptême pour être un homme meilleur. Tu n'es ni tordu, ni mauvais. Tu es très bien comme tu es. Alors…

— Écoutez, interrompit William, j'ai envahi vos vies, et vous vous êtes tous sentis menacés par ma présence. J'en suis navré. J'aimerais que vous me pardonniez.

— Mais vous voulez toujours nous convertir ? demanda Michael.

— Mon père dépérit de jour en jour. Il m'a demandé de convertir trois juifs. Si j'avais trouvé d'autres candidats, je ne vous embêterais plus avec ça. Mais je n'ai trouvé personne. *Bupkes*[1].

— *Bupkes*, vraiment ? dit Sam.

---

[1]. Zéro ou rien en yiddish.

— Il m'en faut trois, et je ne peux même pas tricher, car mon père, aussi malade qu'il soit, s'apercevrait immédiatement du subterfuge. Tout ce que je peux vous dire, c'est que mon cœur n'y sera pas. Sauf pour le baptême de Gerry, bien sûr. C'est un immense service que je vous demande.

— On te l'a déjà dit. La réponse est non. Non, c'est clair ?

— Un refus n'est jamais définitif. Vous étiez en prison et vous étiez en colère la dernière fois que je vous ai demandé de m'aider. Vous avez eu le temps de réfléchir, depuis. Vous êtes parmi les personnes les plus sympathiques que je connaisse. Je compte vraiment sur votre gentillesse.

— Ça suffit ! dit Sam. Même si j'aime jouer au tennis avec toi, même si tu peux réparer n'importe quelle voiture, même si tu trouves un million de dollars pour mon documentaire, la réponse sera la même : non.

— Michael, demanda Gerry, tu as changé d'avis ?

— Si j'ai changé d'avis ? Est-ce que le pape est encore catholique ? Sommes-nous des Martiens ou des Vénusiens ? On ne parle pas la même langue, Gerry. Non, je n'ai pas changé d'avis !

— Même si c'est un *mitzvah* ? demanda William.

Le visage de Michael devint aussi pâle que la mousse de sa bière et, tandis qu'il entendait le nouveau vocabulaire yiddish de William, il faillit lâcher sa chope.

— Un *mitzvah* pour mon père, insista William.

— Les *mitzvoth* sont à ajouter à la liste des talents de ce jeune homme, dit Michael.

— J'ai également appris l'alphabet hébreu, poursuivit le missionnaire : *aleph, bet, gimel, dalet, hay, vav...* qu'est-ce que je peux faire d'autre pour vous satisfaire ?

— Qu'il connaisse un mot ou une phrase d'hébreu, on s'en contrefiche, dit Michael à Gerry.

— Si tu avais vraiment du respect pour les juifs, gronda Sam, et pour tout ce qu'ils ont enduré et accompli en trois mille ans, tu renoncerais à essayer de les convertir, et tu ne tenterais pas d'imposer Jésus aux propriétaires de ton restaurant !

— J'y renoncerai dès que mon père aura assisté aux baptêmes et retournera chez lui l'âme en paix.

— L'âme en paix, peut-être, dit Michael, mais dupé. C'est vraiment ce que vous souhaitez ?

— Ce que tu as fait au commissariat, ajouta Sam, quand tu t'es mis à genoux pour nous supplier, c'était vraiment du cinéma. Et ton numéro continue. Le tennis, les *mitzvoth*, c'est ridicule ! Ton père est mourant, j'en suis navré, mais te servir de cet argument pour essayer de nous convaincre, c'est minable ! Tu passes pour un évangéliste véreux, un escroc, c'est vraiment ce que tu es ?

— Si votre père est gravement malade, dit Michael, alors il ne devrait pas venir à Manhattan.

— Au lieu de nous parler, tu devrais être auprès de lui, renchérit Sam. Ce n'est pas ce qu'un chrétien est censé faire ?

— Non, répondit William. Votre conversion est le meilleur des remèdes. C'est plus efficace que mille infirmières. Ça fait des mois qu'il fait pression sur moi, Sam. Il a dépensé des dizaines de milliers de dollars. Je lui ai déjà parlé de vous…

— De qui ? cria Sam

— De nous ? demanda Michael. De moi ?

— Il connaît vos noms, répondit doucement William. Je lui ai parlé de vos familles, de vos professions, de vos personnalités, il a hâte de vous rencontrer. Vos conversions seront le plus grand succès de sa carrière et de la mienne. Il sait également que le père de Michael est rabbin. Il aimerait beaucoup aller voir votre père, Michael. S'il pouvait lui rendre visite à sa maison de retraite, il serait comblé.

— Je veux boire une autre bière, dit Michael, vite.

— Mon père pense que vous êtes des juifs de valeur. Je sais, pour vous c'est choquant, mais il a probablement dit aux membres de notre Église : « William a enfin trouvé des juifs de taille, il va les guider vers la lumière du Seigneur. » J'espère que vous lui pardonnerez sa façon de s'exprimer.

— Ce petit écoute, mais il n'entend rien ! s'énerva Sam. Ton père ne rencontrera jamais le père de Michael. Jamais.

William se concentra pour ne pas perdre contenance et poursuivit :

— Il voyage rarement car, à mon avis, il a peur de ce qu'il va découvrir. Il envoie de l'argent à l'étranger, à d'autres missionnaires, mais il reste chez lui, en Virginie. Il n'y a pas beaucoup de juifs chez nous, donc, à ses yeux, vous êtes des gens très exotiques, un peu étranges. Il s'est fait toutes sortes d'idées sur les juifs.

— J'en suis sûr, dit Michael.

— Pourquoi tu lui as parlé de nous ? s'irrita Sam. Tu savais que tu n'avais aucune chance de nous convertir !

— Quand Gerry s'est montré tenté, j'ai repris espoir. Vous êtes ses meilleurs amis, j'ai pensé qu'il essayerait de vous entraîner avec lui. Cela arrive parfois.

— Tu t'es trompé, dit Sam.

— Je suis optimiste. Je comptais sur la chance. Par ailleurs, mon père m'a mis au pied du mur.

— Qu'est-ce que ton père sait exactement ? questionna Michael. Tu lui as envoyé nos numéros de Sécurité sociale, le nom de jeune fille de nos mères ?

— Non, monsieur.

— Nos photos ? ajouta Sam. Papa n'a pas envie de voir la tête de ceux qui vont faire trempette ?

— Je ne lui ai pas envoyé de photos, mais j'aimerais bien. Il suit un traitement lourd. Il ne lui reste que quelques semaines ou quelques jours à vivre. D'après ses infirmières, il est couché et il dort tout le temps. De temps en temps, elles parviennent à le hisser sur une chaise. Il est rarement éveillé et, quand il l'est, il dit qu'il a hâte de venir à New York pour voir le travail que son fils a accompli au nom du Seigneur, et il parle du serpent qu'il adore. Je ne veux pas le décevoir. Quand il retournera en Virginie, vous serez tous soulagés. Il endure d'atroces souffrances en ce moment, je vous l'ai dit ?

— Pourquoi vous ne lui dites pas simplement la vérité ? demanda Michael.

— La vérité est le meilleur *mitzvah* qui soit, insista Sam.

— La vérité le tuera. Je préfère que le cancer se charge de sa mort. Ça sera moins douloureux. Je vous en supplie, aidez-moi.

36

Deux semaines avant son baptême, Gerry calcula qu'il n'avait pas fait l'amour avec Marylee depuis deux mois. Il fut un temps où leurs disputes les éloignaient l'un de l'autre, mais une réconciliation intime finissait toujours par les unir de nouveau. À présent, Gerry était privé d'amour physique et il devait également faire face au nouveau vœu de chasteté de Marylee. D'après elle, la chasteté était la compagne chrétienne idéale. Les rapports sexuels pendant le mariage étaient acceptables, disait-elle, si on ne pouvait avoir d'aspirations plus élevées. Les premiers chrétiens faisaient l'amour uniquement pour se reproduire. Toutefois, la chasteté entre mari et femme était plus proche de la vie des chrétiens au temps de Jésus, plus proche de l'idéal du Seigneur. La virginité était, bien sûr, le top du top, lui avait-elle également expliqué, une semaine après que William eut supplié Michael et Sam de se convertir. Heureusement, une légère ironie brillait alors dans les yeux de Marylee. Gerry s'était raccroché à cette pointe d'humour comme on se jette sur une bouée de sauvetage. Mais si Marylee était encore capable d'employer le second degré, c'était seulement après un verre de vin. Et comme elle associait le vin aux premiers chrétiens, elle se permettait d'en boire beaucoup – plus de trois verres – malgré son nouvel ascétisme.

Gerry n'émettait aucune critique. Il buvait et récitait les grâces avec elle. Il voulait qu'elle se sente bien avec lui et la souffrance évidente de Marylee la rendait plus désirable à ses yeux. Par ailleurs, les rituels destinés à revaloriser leur pain quotidien ne le dérangeaient aucunement. Toutefois, un soir, il ne put s'empêcher de lui dire :

— Ça fait longtemps qu'on n'a pas fait l'amour. Si ma mémoire est bonne, tu n'es pas vierge, et l'abstinence ne pourra pas te redonner une virginité. À moins que quelque chose ne m'échappe ?

— Je pourrais me faire recoudre, répondit sérieusement Marylee.

— Non, c'est une très mauvaise idée.

— Toi, tu es bien vierge.

— Pardon ?

— Oui, vierge d'esprit.

— J'ai besoin d'aide, c'est vrai, répondit Gerry. Mais je t'en prie, j'aimerais qu'on fasse l'amour ce soir. Que nos corps se mêlent pour la gloire du Seigneur. Lui et moi, on t'en sera éternellement reconnaissants.

— D'après les Galates, le fruit de l'esprit est l'amour, la joie et la patience.

Il comprit qu'elle lui demandait de prolonger leur abstinence et la colère le saisit. Gerry savait même qu'elle accepterait qu'il se fâche, mais il décida de se contenir. Pour rester avec Marylee, il s'était toujours plié à ses désirs. Il la dévisagea longuement. Les mains jointes sous ses lèvres, elle semblait murmurer une prière. Gerry ne l'avait jamais vue faire ce geste. Puis, elle lui envoya un baiser, le laissant perplexe.

Cinq jours passèrent durant lesquels Gerry tenta de se persuader que l'obsession religieuse de Marylee était une crise passagère. Son obsession était-elle vraiment différente de celles qu'elle avait eues auparavant ? Comme l'année où elle avait installé des caméras vidéo aux intersections les plus encombrées de Broadway pour prendre sur le fait les chauffards et en particulier les flics. Ou sa croisade contre les gens qui salissaient les trottoirs. Ou sa lutte pour améliorer le comportement des hommes grands et gros dans le métro. Les mains sur les hanches, elle leur reprochait d'occuper deux places assises et les sommait de refermer leurs cuisses. Ou la période où elle sermonnait longuement les représentants de commerce qui avaient le malheur de lui téléphoner après six heures du soir. C'était juste avant l'arrivée de William Harp.

S'occuper de la vie spirituelle de son mari était simplement la nouvelle obsession de Marylee, conclut Gerry. Il imagina les prochaines étapes : le baptême ridicule, la fermeture du *Club de la Révélation*, le départ de William Harp. Puis tout redeviendrait comme avant.

Cependant, quelque chose lui échappait. Il n'arrivait pas à mettre le doigt dessus. Si Marylee avait causé de graves dégâts dans son entourage, sa ferveur religieuse fascinait Gerry. Elle continuait de lui reprocher d'être froid, de phagocyter les autres pour se réchauffer (malheureusement, sa chasteté était plutôt glaciale). Marylee était peut-être simplement obsédée par Jésus, mais Gerry sentait également autre chose en elle qui ne lui était pas familier. Peut-être qu'il ne la prenait pas assez au sérieux, mais que pouvait-il faire de plus que ce qu'il faisait déjà ? Qu'est-ce qui était différent dans le comportement de sa femme ? Cette question le taraudait. Puis, un jour, au travail, il comprit : depuis qu'ils étaient mariés, c'était la première fois qu'il sentait qu'elle le punissait. Néanmoins, habitué à répondre constamment aux demandes de Marylee, il chassa vite cette pensée. Encore un jour, un mois de patience (il était sûr de pouvoir tenir) et ses efforts seraient récompensés. Laissons faire, pensa Gerry.

Il commença à s'intéresser de plus près aux nouveaux livres de Marylee : elle avait accumulé de quoi constituer une petite bibliothèque d'ouvrages chrétiens. Gerry s'était d'abord contenté de jeter un œil sur les histoires sanglantes que sa femme rangeait dans le tiroir de la table de nuit et sous le lit. Puis, en son absence, il avait feuilleté quelques livres. Il avait remarqué les annotations, réalisé qu'elle les avaient lus attentivement. Les livres traitaient tous de héros chrétiens, et en particulier de femmes telles que Blandine et Perpétue, célèbres martyres dans les arènes romaines. Des images présentaient des corps démembrés, des chairs lacérées, des saints éthérés aux yeux rivés sur leur nouveau ciel, des femmes sans défense drapées de robes blanches tachées de sang attendant l'ultime attaque d'un lion ou d'un sanglier...

Il essaya d'imaginer Marylee dans l'arène, guettant le signal de l'empereur romain ordonnant qu'on envoie un léopard – ou le dernier félin à la mode –, un tigre d'Asie affamé. Même après tout ce qu'elle lui avait fait endurer ou peut-être à cause de cela, son respect envers les pouvoirs de Marylee était tel qu'il la vit soudain, comme Androclès, capable de dompter le plus féroce des fauves d'un regard ou d'une douce caresse. Puis, il se ressaisit et songea que la situation était grave. Depuis deux mois, Marylee n'allait presque plus au bureau ni ne prenait les appels des clients qui l'appelaient chez elle. C'est lui qui répondait à sa place : elle était très occupée, leur disait-il, elle était en voyage d'affaires, elle envisageait de vendre son entreprise qui – oui, en effet, marchait très bien – à une grosse société. Mais après quelques semaines, il avait cessé de mentir et expliqué simplement aux clients et aux fournisseurs de s'adresser à quelqu'un d'autre. Et ce n'était pas tout. Sur les relevés bancaires de Marylee, Gerry constata qu'elle avait donné à William bien plus d'argent qu'il ne l'imaginait. Quand il s'aperçut qu'elle avait également payé la quasi-totalité du loyer du restaurant, son visage s'empourpra. C'est comme si elle déshabillait Pierre pour habiller Paul. Il éructa :

– Si Sam l'apprend, il va...

– Il va quoi ? demanda Marylee qui venait d'arriver.

Calmement, elle se mit à le sermonner sur la générosité.

— Un vrai chrétien, Gerry, ne peut pas être capitaliste. Un vrai chrétien ne dessine pas des motifs de papier peint, ne vend pas de revêtements de sol, ne travaille pas dans la décoration. C'est la vie intérieure qui intéresse les chrétiens, pas la façade décorative.

Son ton ne contenait aucun reproche, sa voix était posée, mais Gerry se sentit agacé car Marylee ne donnait pas son point de vue, elle dictait la vérité.

— Est-ce qu'un vrai chrétien peut être restaurateur ? demanda-t-il.

Sur sa chaise, elle bougea comme un chat vaguement dérangé par un bruit, mais ne sembla guère déstabilisée et répondit :

— Si le restaurant sert à sauver des âmes, oui, quoique, en principe, la nourriture devrait être distribuée gratuitement. C'est peut-être ce que nous devrions faire au *Club de la Révélation*. Je vais en parler à William.

Plus tard, quand Gerry examina le chéquier de Marylee (il s'en voulut de fouiller dans ses affaires), il découvrit qu'elle avait envoyé un total de cinquante-quatre mille dollars à différentes organisations de missionnaires, de Syracuse au Sri Lanka. Il lui demanda une explication et elle répondit que si elle pouvait donner plus, elle le ferait.

— Je ne veux plus rien posséder, lui dit-elle. Je veux être prête.

Dépassé par le comportement et les activités secrètes de sa femme (Judy, Ellen et leurs maris n'étaient pas au courant), Gerry murmura :

— Tu peux répéter, ma chérie ? Tu peux m'expliquer pourquoi tu as donné tout notre argent et même le manteau de vison que je t'ai offert ? Tu aurais pu m'en parler, avoir au moins la courtoisie de…

— Le manteau m'appartenait. J'étais libre d'en faire ce que j'en voulais.

— Oui.

— J'en ai marre de ce train de vie, Gerry. Marre de Zabars[1], Prada et Bloomingdales. Je veux y renoncer. Tu ne veux pas y renoncer, aussi, mon amour ?

Elle cita un martyr :

— « En menant une vie austère, on se prépare à mourir. »

— Le manteau avait une valeur sentimentale, murmura Gerry. C'était le cadeau de notre dixième anniversaire de mariage.

Des larmes chaudes et salées lui montèrent aux yeux, mais la réponse de Marylee les arrêtèrent net :

— Le cou qui porte un collier échappera-t-il à la hache du bourreau ? dit-elle.

Il y avait d'autres signes qu'il aurait dû remarquer, sa maigreur, par exemple. Elle avait perdu du poids et semblait aussi fragile qu'une fleur fraîchement coupée. Elle se déplaçait comme une reine égarée en quête d'un page. Mais sa beauté désincarnée apaisait la frustration de Gerry et étouffait l'alarme qui continuait de sonner.

En fait, c'est le soir où il avait emmené William à Caracas, le soir où il avait tenté d'influencer Michael et Sam pour faire plaisir à Marylee qu'en rentrant chez lui, il avait craqué.

— Je leur ai demandé de changer d'avis, avait-il déclaré à Marylee, mais je vais peut-être le regretter toute ma vie.

Un verre de vin rouge en main, Marylee lisait. Gerry s'était assis à ses pieds.

— Je suis accroché à toi, avait dit Gerry, je réponds à toutes tes exigences, mais tu te rends compte de ce que tu m'as demandé ? J'ai essayé de leur parler ! J'ai honte de moi, mais je continue. Je vais les perdre, comme je te t'ai déjà perdue. Je ne suis pas aveugle. Tout le monde me fait culpabiliser. Je vais tous vous perdre.

— Voilà pourquoi tu as besoin de Jésus.

---

1. Traiteur juif.

— Mais si je me retrouve avec Jésus et que je perds ceux auxquels je tiens le plus, à quoi ça sert ?

— Tu auras droit à la vie éternelle.

— Oh, Marylee, Marylee, Marylee.

— Michael et Gerry vont peut-être changer d'avis, avait-elle murmuré. C'est sur des mers inconnues que Dieu navigue le mieux, et tes amis t'adorent. Ils sont prêts à tout pour t'aider. Je l'ai réalisé récemment. Tu risques d'avoir des surprises.

— Renvoie William chez lui, avait dit Gerry. Donne-lui l'argent dont il a besoin, et expédie-le avec son serpent en Virginie. Là-bas, il pourra s'occuper de son père, au moins.

— Mais si je lui demande de partir, qu'adviendra-t-il de toi, mon amour ?

— Qu'est-ce que tu veux dire ?

— Tu te convertiras ?

— Je n'en sais rien. Tout ce que je sais, c'est que tu t'éloignes de moi. Quoi que je fasse, tu me donnes l'impression d'être un pestiféré. Tu sais combien de douches j'ai prises ? Tu me toises comme si j'étais... sale. Comme si je te répugnais. Qu'est-ce que j'ai qui te dégoûte ? Le fait que je sois juif ? Mais les chrétiens pensent que les juifs sont chers à Dieu, m'a dit Michael, et chers à Jésus parce qu'ils ont conclu une entente avec Dieu bien avant que Jésus existe. Du temps de Noé. Renseigne-toi. Comme toi, je suis un enfant de Dieu, Marylee.

— Tu es un enfant d'Israël. Tu n'es pas un adulte d'Israël, mais un enfant. J'insiste sur cette différence.

— À mon avis, si je me fais baptiser, tu ne m'aimeras pas plus. C'est bien ce qui me fait peur. Si je me convertis pour toi...

— C'est pour ton propre salut que tu dois te convertir.

— Même si je le fais pour moi, j'aurai peut-être une auréole au-dessus de la tête, mais quand j'émergerai de cette baignoire, je suis sûr que tu me renifleras comme si je ne m'étais pas douché. Je continuerai à te répugner. Qu'est-ce qui nous arrive, Marylee ? Qu'est-ce que j'ai fait de mal ? Qu'est-ce qui doit être purifié en moi ?

37

— Jésus est un faux prétexte, décréta Ellen. Le baptême est un test pour vérifier la solidité de leur couple.

Elle s'adressait à Sam, Judy et Michael, qui avaient décidé de dîner ensemble au Musée.

— Il y a une salade niçoise sans anchois, poursuivit-elle, et une salade de pâtes au pistou, aussi froide qu'un cœur sans amour. Ne renverse pas le plateau, Sam, s'il te plaît. La moutarde au miel et le poivre sont près du *saco*.

— La moutarde au miel définit exactement l'humeur dans laquelle je suis, déclara Judy.

— Je vais vous expliquer ce qui se passe, dit Ellen. On va être les témoins d'un divorce. Le premier dans cet immeuble où le mot « divorce » est bien plus tabou que Jésus-Christ, aucun d'entre nous n'ose le prononcer. Si je n'étais pas affamée et si cette salade était moins alléchante, je fondrais en larmes.

Les deux couples avaient décidé de se réunir sans Marylee et Gerry. Quand Gerry avait convaincu sa femme de l'accompagner à un salon de parqueterie à Philadelphie, ils avaient organisé le dîner en hâte. Au départ, ils avaient songé à dresser une table sur le toit, mais le ciel sombre et menaçant les en avait dissuadés.

Après avoir fermé la porte sur laquelle le graffiti : SOYEZ RÉALISTES, DEMANDEZ L'IMPOSSIBLE était inscrit, Michael s'assit aux côtés de Judy et picora dans l'assiette qu'elle lui avait préparée. Sam dirigea un morceau de thon le long d'une branche de céleri, le fit passer au-dessus d'une petite carotte et le poussa vers une feuille de laitue.

— Tu t'amuses bien ? lui lança Ellen, saisissant la carotte dans l'assiette de son mari. Le divorce est ce qui nous pend au nez.

Un long silence suivit. Sam posa sa fourchette et déclara :

— C'est comme au Moyen Age. Elle demande à son chevalier d'accomplir des tâches de plus en plus difficiles. D'après moi...

— Sir Gerald, coupa Ellen, a déjà accompli pour Marylee les travaux d'Hercule et...

— Tu peux me laisser parler ? s'énerva Sam.

— Tu vois, dit Ellen à Judy, Gerry et M.L. vont divorcer, ensuite ce sera moi et Sam. Sauf si, bien sûr, toi et Michael souhaitez nous précéder ? Mais non, on divorcera avant vous, et vu qu'on devra aller habiter ailleurs, on pourra tirer un trait sur le Brownstone, les locataires dingues et le Musée des années soixante. Vous resterez seuls, livrés à votre grisante vie conjugale.

— Tu vas laisser parler ton mari ? grogna Judy. Tu en es capable quand tu le veux bien.

— Ce que je disais, reprit Sam d'un ton glacial, c'est que Marylee lui a d'abord demandé de laisser le missionnaire ouvrir le restaurant. Ensuite, elle l'a forcé à étudier le Nouveau Testament. Puis elle a exigé qu'il soit plus ouvert au christianisme, lui a reproché de ne pas la défendre contre les affreux barbares qui la persécutaient. Et maintenant, elle le pousse à se convertir et à nous convaincre de nous faire également baptiser. Autrement, elle le quitte. Et après ? Qu'est-ce qu'elle va encore lui demander ? C'est sans fin.

— Merci, Sam, dit Ellen. Qui veut du vin blanc ?

— Pour tout ce qu'il a enduré, Gerry devrait être canonisé sur-le-champ, décréta Michael.

— C'est déjà un saint juif, dit Sam, un héros de guerre, l'un des plus patients et des plus charmants maris du monde.

— Mais de toute évidence, elle n'est jamais satisfaite, renchérit Michael.

— Calmez-vous, intervint Judy. Autrement on va s'étouffer en mangeant.

— C'est déjà un saint juif, reprit Michael, mais elle veut aussi en faire un saint chrétien.

— Je vais vous dire quel genre de saint il est, jeta Sam. D'après moi, Harp se tape Marylee. Je pense que Gerry s'en doute, mais il occulte.

— Qu'est-ce que tu es vulgaire ! s'irrita Ellen. Je te trouvais plus agréable avant que tu t'intéresses à l'âme immortelle de Gerry. Et enlève tes grands pieds de ma marionnette. Elle appartenait à la Troupe de Mimes de San Francisco.

Sam saisit une vieille poupée de chiffon en lambeaux et déclara :

— Il n'en reste pas grand-chose.

Michael se mit à marcher de long en large dans le Musée.

— William n'est même plus crédible depuis qu'il a promis de fermer la boutique et de renoncer à convertir les juifs. Je ne sais pas si vous avez remarqué, mais subitement il les respecte autant que George Washington et le Dalaï-Lama combinés. Franchement, je ne comprends pas comment Gerry peut accepter ce cirque !

— Tu ne comprends pas ? dit Ellen. C'est pourtant simple.

— Ce n'est pas une question de logique, ajouta Judy.

— Mais Marylee devrait réaliser qu'elle est allée trop loin, dit Michael. Elle devrait laisser Gerry tranquille, maintenant !

— Elle ne veut pas libérer son esclave d'Égypte, railla Sam.

— Ce n'est pas une histoire de foi, mais de couple, dit Ellen. Si vous voulez qu'ils restent ensemble, vous savez ce qu'il vous reste à faire tous les deux.

— Je ne marche pas, répondit Sam.

— Très bien, lâcha Ellen. Dans ce cas, je vais m'y mettre aussi. Si tu ne te fais pas baptiser, je demande le divorce.

— Ne nous énervons pas, dit Judy.

— Tu veux que je plonge dans la baignoire aussi, demanda Michael ?

— Absolument, rétorqua Judy. Pour éviter une rupture, ça en vaut la peine.

— Ça ne suffira pas, de toute façon, insista Michael. Marylee exigera autre chose.

— Et moi, je ne rentrerai même pas dans la baignoire, dit Sam.

— Tu rendras un immense service à ton meilleur ami, supplia Ellen. C'est une raison suffisante, non ? Et toi, Michael, arrête d'analyser leur comportement, arrête de souligner leurs contradictions aristotéliciennes parce que tout le monde s'en fiche maintenant. Fais quelque chose de concret pour ton ami. Gerry n'est pas un concept abstrait, c'est un être humain. Moïse, Abraham et Leah Rabin te pardonneront. L'avenir du peuple juif n'est pas en jeu. Tu ne seras pas ridiculisé dans la presse car, à part nous, personne ne le saura. Je t'en prie ! Oublie la théologie et rends ce service à Marylee et Gerry. Ça sera le baroud d'honneur du *Club de la Révélation*.

— Si c'est une grosse blague, protesta Sam, si on n'y croit pas, ça rime à quoi ? Je connais une douzaine d'acteurs au chômage. On pourrait les engager pour faire trempette à notre place devant Harp et son père ?

— Harp lui a décrit trois juifs bien spécifiques, dit Ellen. Quand les acteurs parleront à son père, il comprendra tout de suite la supercherie.

— On peut trouver des sosies et écrire un scénario sensass. Avec Michael, on se planquera dans le fond de la salle pour observer notre baptême.

— C'est trop gros, dit Judy. Vous devez vous mouiller et y croire, un petit peu au moins. C'est vous qui devez rendre ce service à Gerry, pas vos doublures.

— Non, jeta sèchement Sam. Tu te trompes sur toute la ligne. Personne, aussi désespéré soit-il, ne devrait exiger ça de ses amis.

Judy se tourna vers Ellen.

— Tu accepterais de devenir bouddhiste temporairement si je te le demandais ?

— Bien sûr, répondit Ellen.

— Je n'ai rien à ajouter, dit Judy.

— Vous nous baratinez, lança Sam, et une rupture ne devrait pas dépendre d'un baptême. Si Gerry est prêt à se convertir alors qu'il n'y croit pas une seconde, alors peut-être qu'il mérite que sa femme le plaque.

Ellen regarda son mari.

— Toi, tu vas arrêter de ruer dans les brancards ! dit-elle. Tu ne sais même pas à quoi tient notre couple, alors comment peux-tu savoir ce dont Marylee et Gerry ont besoin pour rester ensemble ? Tu vas accomplir cette stupide petite cérémonie et tu pourras même serrer ta collection d'Étoile de David dans ton poing fermé, je m'en fiche ! Mais je t'en prie, aide ton ami !

— Conversion d'un jour ou divorce ? demanda Judy. Qui reveut de la salade ?

38

24 juin 2000

Mon cher père,

Je pense sérieusement à venir te voir quelques jours. Nous pourrions retourner ensemble à New York pour que tu assistes aux baptêmes. Néanmoins, je ne sais pas encore quand je pourrai me libérer.

Comme je t'ai expliqué, j'ai moins de personnel au restaurant car j'emploie notre précieux argent pour la préparation des conversions, et les candidats sont de plus en plus nombreux. J'ajoute ma touche personnelle à tout ce qui se fait au Club de la Révélation *(comme tu me l'as appris), surtout depuis que je m'occupe presque entièrement du service et de la préparation des plats Comme tu me l'as dit, papa, grâce à la gastronomie, de nombreux juifs se sont tournés vers la nourriture divine de Jésus, vers son amour, son pardon et sa grâce.*

Je suis très touché et honoré que tu me demandes de faire un discours dans notre paroisse pour expliquer comment nous avons réussi à conquérir les enfants d'Israël du Upper West Side.

Allez, faites de toutes les nations des disciples, les baptisant au nom du Père, du Fils et du Saint-Esprit.

Tu reconnais, bien sûr, ce que Jésus ressuscité a dit à ses disciples en Galilée. Ce sont ces versets de Matthieu que je pensais citer durant mon sermon à l'église. Qu'en penses-tu ? Je suis quasiment certain de pouvoir venir en Virginie et je t'informerai de l'heure de mon arrivée dès que possible.

Me dis-tu réellement la vérité à propos de ton cancer, papa ? Ça ne me gêne pas de te téléphoner. J'aimerais te parler et entendre ta voix, la voix de mon père. Même si, comme tu le dis, elle ressemble au bruit d'un tracteur roulant sur du gravier et est devenue effrayante. Je n'ai pas peur. As-tu eu des visions de Notre Seigneur ?

Marylee, l'une des fidèles de notre Église, dont je t'ai beaucoup parlé, m'a dit qu'elle avait eu un cancer. Elle est guérie mainte-nant mais, après son opération, Jésus lui est apparu. Je vais lui demander de parler de sa vision durant les cérémonies baptismales. Je suis sûr qu'elle acceptera. Le fait que Jésus soit apparu devant elle est ce qui a convaincu Gerry, son mari, à se convertir, je pense.

Tous nos fidèles et mes amis juifs prient pour toi. En particulier, Rena. J'espère que tu te souviens d'elle. Rena continue à m'enseigner l'hébreu. Quand je lui ai dit que tu étais malade, elle m'a montré les Dix-huit Bénédictions. Ce sont les prières que les juifs religieux récitent trois fois par jour. Voici l'une d'elles : Tu es béni Seigneur, Roi de l'Univers, qui a guéri les malades. Je t'ai écrit cette bénédiction en hébreu sur un morceau de parchemin que je t'envoie pour que tu la mettes sur ta table de nuit. Je la récite moi-même trois fois par jour en pensant à toi, papa.

Bien affectueusement, ton fils,
William.

39

À la fin du salon des « Nouvelles Directions de la Parqueterie », Gerry changerait les piles de sa calculatrice, emballerait soigneusement ses échantillons et son matériel, expédierait le tout au prochain salon, à Saint-Louis, puis mettrait le cap sur la Virginie en compagnie de Marylee. C'est qu'il avait prévu. Pour le voyage en voiture, il avait retrouvé les C.D. préférés de sa femme. À présent, elle lui expliquait que les meilleures chansons des Grateful Dead préfiguraient la Résurrection.

Gerry avait également acheté des sachets orange, à cinquante-neuf cents, contenant des crackers au beurre de cacahuète dont Marylee raffolait. Il s'était dit que ce long trajet serait l'occasion de partager avec elle des plaisirs oubliés. Bien qu'elle l'accompagnât rarement aux salons où il se rendait, elle avait toujours adoré faire des heures de route aux côtés de Gerry.

Afin d'éloigner Marylee de New York, de William Harp, du *Club de la Révélation* et, surtout, de la vindicte de Sam et Michael, Gerry avait prit trois jours de congés. Cela aurait pu être une bonne idée.

Depuis quelques semaines, elle parlait souvent de sa mère, qui exhibait toujours dans son salon des cendriers et des grands verres emplis de petits drapeaux des Confédérés, un sabre et la croix. Marylee avait également dit qu'elle regrettait les après-midi d'automne où elle se réunissait avec ses amies pour soutenir l'équipe de football locale. Elle avait ressorti une photo sur laquelle on la voyait, vêtue d'une petite jupe rouge plissée, près des footballeurs dont son petit ami – l'un des arrières de l'équipe – faisait partie, et priait Jésus-Christ de les mener à la victoire et de les protéger des entorses, fractures et autres blessures.

Gerry pensa qu'il n'avait pas à critiquer ou à juger la nostalgie de Marylee. Il voulait simplement l'emmener prendre l'air en Virginie et regrettait de ne pas y avoir songé plus tôt. Il s'en voulait de ne pas avoir été à l'écoute de sa femme. S'il avait eu l'idée de ce voyage six mois auparavant, il aurait peut-être pu éviter cette histoire de missionnaire, de restaurant chrétien, de baptême et ces brouilles entre amis. S'il avait été moins fuyant, moins égoïste, il aurait peut-être compris qu'elle avait le mal de pays, tout simplement, que le vrai problème, ce n'était pas Jésus. Mieux vaut tard que jamais, se dit-il. Toutefois, la broche de la Vierge Marie que Marylee arborait sur un pull noir le faisait douter. Elle n'avait pas ouvert un seul des douze sachets de crackers au beurre de cacahuète qu'il lui avait présentés dans un emballage de papier cadeau. Elle s'était vite lassée des Grateful Dead et ne souhaitait écouter aucun C.D. Après une heure de silence, Gerry déclara :

– On descend bientôt vers le sud. On va d'abord passer au salon de Philadelphie et, ensuite, on filera droit vers la Virginie.

Elle lui jeta un petit sourire furtif. Puis, après quelques kilomètres, à l'étonnement de Gerry, elle adossa sa tête contre son épaule. Elle le fit lentement, délicatement, en posant d'abord son oreille, puis sa joue et il sentit sa chevelure contre son cou. La légèreté de la tête de Marylee le surprit. Sur le siège avant, elle était nichée contre lui, les jambes repliées sous elle, comme s'ils étaient deux adolescents se rendant à une séance de cinéma en plein air. Tandis qu'il imaginait un chemin bordé d'ormes et de marronniers, de longs camions les dépassaient à toute allure sur l'autoroute. La position de Marylee l'émut tellement qu'il faillit pleurer.

– Je me sens entourée d'amour, murmura Marylee. Jésus est notre ceinture de sécurité.

Puis elle se tut jusqu'à Philadelphie.

Quand il regagna leur chambre d'hôtel après l'inauguration du salon, Marylee ne s'y trouvait pas. Sa valise fermée reposait sur le lit. Rien n'avait été déplacé dans la chambre. Aucun message n'était inscrit près du téléphone. Il n'y avait pas de mot sur le miroir de la salle de bains. La femme de ménage dans le couloir n'avait pas vu Marylee et le réceptionniste non plus.

Reste calme, se dit Gerry en attendant l'ascenseur. Puis, incapable de se maîtriser, il fonça vers l'escalier et dévala les quatre étages. Il déambula dans le salon de l'hôtel, se faufila entre des sièges en cuir, contourna des îlots de fougères et d'épis de maïs, et se dirigea finalement vers une femme qui ressemblait à Marylee. Bien qu'il sût que ce n'était pas elle, il la fixa avec insistance, espérant que son regard transformerait l'étrangère en Marylee. L'inconnue cacha son visage derrière le journal qu'elle lisait. Une employée de l'hôtel approcha Gerry pour lui demander si elle pouvait l'aider, mais il secoua la tête, piqua un sprint vers la porte à tambour et sortit de l'hôtel.

Dehors, il parcourut les rues avoisinantes à la recherche d'un indice. Le style colonial des réverbères, la place pavée devant l'hôtel, le Hall de l'Indépendance[1] se découpant sur

---

1. Bâtiment où fut promulguée la Déclaration d'indépendance des États-Unis (4 juillet 1776).

le ciel et les attelages de chevaux tirant des familles de touristes le tourmentaient, car ils lui rappelaient la promenade qu'il aurait tant aimé faire avec Marylee.

Des senteurs de lilas et de narcisses semblables à l'odeur des cheveux de sa femme l'entraînèrent chez un fleuriste. Mais la boutique était vide. Dans le magasin adjacent, où il avait reconnu la même odeur, il ne remarqua qu'un homme d'âge moyen qui remettait à un vendeur une pellicule de photos à développer. Soudain, Gerry eut le pressentiment que, s'il ne retrouvait pas sa femme dans les dix minutes suivantes, il ne la retrouverait jamais. Il fonça au garage de l'hôtel, y vit sa Toyota, garée à l'endroit où il l'avait laissée. Il remonta l'escalier, transpira d'angoisse et retourna sur la place. Il réalisa brusquement qu'il n'avait pas laissé de mot à Marylee au cas où elle reviendrait en son absence. Il regagna la chambre d'hôtel et s'aperçut que rien n'y avait changé. Près du téléviseur, il repéra un petit rectangle noir, le sac à main de Marylee. Était-elle repassée dans la chambre où n'avait-il pas remarqué le sac la première fois ? Il l'appela, ouvrit la porte de la salle de bains, tira le rideau de la douche. Le tissu était totalement sec.

Gerry sortit dans le couloir et cria le nom de sa femme. Il retourna dans la chambre et saisit le sac de Marylee. À l'intérieur, il y trouva les clés de leur domicile, un poudrier, un carnet vierge auquel un crayon était attaché. Se souvenant de la scène d'un film, il tourna la première feuille blanche, puis la deuxième, mais il n'était pas au cinéma et le carnet ne contenait aucun indice. Il extirpa une serviette en papier chiffonnée portant l'inscription du *Club de la Révélation* et une petite bourse orange contenant des pièces d'un dollar à l'effigie de Susan B. Anthony. Son porte-monnaie manquait. Marylee avait-elle été attaquée ? Avait-elle résisté ? Avait-elle été blessée ?

Gerry décida d'attendre une heure avant d'agir. Il reprit contenance, s'assit sur le lit, les mains sur les genoux, prêt à décrocher le téléphone s'il sonnait. Il essaya de se souvenir de ce qu'elle lui avait dit, mais elle ne lui avait pas dit grand-chose. Ils avaient simplement décidé de se retrouver à l'hôtel après l'inauguration du salon – comme d'habitude, elle n'avait pas voulu y assister –, puis d'aller dîner et, peut-être, de faire une promenade en calèche. Puis, contre toute attente, Gerry avait pensé qu'ils rentreraient tôt et feraient enfin l'amour.

Quand le détective privé de l'hôtel arriva, Gerry se tenait dans le couloir, lisant et relisant l'écriteau : NE PAS DÉRANGER.

Le détective, un petit homme chauve vêtu d'un costume bleu, entama sa litanie de questions : Quelque chose d'inhabituel s'était-il produit ? S'étaient-ils disputés, battus ? Après leur arrivée à l'hôtel et avant le moment où il avait regagné la chambre, s'étaient-ils parlé ? Non, il avait été débordé par ses clients. Marylee avait-elle des amis, des proches ou des connaissances à Philadelphie ? Gerry était presque certain qu'elle n'en avait pas. Il haussa les épaules et secoua la tête.

– Ça ne vous dérange pas si j'inspecte la chambre ? lui demanda détective.

– Pourquoi ça me dérangerait ? C'est votre hôtel. Votre hôtel a avalé ma femme.

– Non, monsieur, je ne pense pas. Je sais que vous êtes perturbé, et je répète donc ma question : me donnez-vous l'autorisation d'inspecter cette chambre ?

Après avoir regardé l'homme se déplacer méthodiquement depuis les fenêtres vers le centre de la pièce et du centre de la pièce vers la salle de bains, Gerry demanda :

– Qu'est-ce que je vais faire ?

– Détendez-vous, répondit le détective. Il n'y a aucun signe d'intrusion, de bagarre, le verrou est intact et les cambrioleurs que je connais ont pris un jour de congé.

— Elle a peut-être ouvert la porte à quelqu'un que vous ne...

— Elle aurait demandé qui c'était avant d'ouvrir, non ?

Oui, même malgré son état d'esprit particulier, elle aurait demandé, Gerry en était certain.

— Monsieur Levine ?

— Oui ?

— Essayez de ne pas trop paniquer. Elle aurait porté plainte s'il y avait eu un vol. Et même si elle n'avait prévenu personne, je ne pense pas qu'elle ait été blessée. Nos cambrioleurs affrontent rarement les clients. Ce sont de petits voleurs trouillards qui aiment travailler dans un environnement propre et calme. Au moindre bruit, ils laissent tomber. Donc, même quand vous vous faites cambrioler ici, vous êtes entre de bonnes mains, si on peut dire. Nos cambrioleurs ne sont pas agressifs.

— Je ne sais pas du tout où elle peut être.

— Elle est forcément quelque part, monsieur Levine, j'en suis certain. À Philadelphie, les gens ne disparaissent pas dans l'air ou dans la quatrième dimension, comme à la télé, à moins qu'ils ne fassent partie des témoins protégés par les agents fédéraux. Et, même dans ce cas, ils sont en général dans l'Idaho, le Nevada ou l'Arizona.

Le détective continua de parler en soulevant les oreillers. Il regarda sous le lit.

— Votre femme est un témoin sous la protection des feds ?

— Pas que je sache.

— Ne vous inquiétez pas comme ça, monsieur Levine. Elle est peut-être allée faire des emplettes ?

— Ma femme n'a pas la tête à ça en ce moment.

— Que voulez-vous dire par « en ce moment » ?

Gerry haussa les épaules. Il eût aimé pouvoir se taire éternellement, comme certains martyrs dont Marylee avait lu l'histoire.

— Plus vous me donnez de détails, plus je serai en mesure de vous aider, insista le détective.

— Ma femme n'aime plus consommer, acheter des choses, depuis un moment. Ce qui l'intéresse, c'est... vous comprenez...

— Non. Qu'est-ce qui l'intéresse ?

— Dieu.

— Dieu ?

— Oui, la religion. C'est sa passion.

— C'est très bien, ça. Elle croit en quel Dieu ? Ou plutôt au Dieu de qui ?

Gerry leva les bras en l'air.

— Si je peux me permettre, d'après votre nom, il me semble que vous êtes juif. Elle est peut-être allée dans une synagogue ? En général, elles sont fermées à l'heure qu'il est, mais il y a peut-être une soirée culturelle quelque part ? Un concert ? Une conférence ? C'est facile à vérifier. Est-ce qu'elle assiste à ce genre de soirées ?

— Elle n'est pas juive. Mais vous avez raison. Je suis vraiment bête. Si elle est quelque part, c'est à l'église.

— Il y a beaucoup d'églises. Vous êtes sûr de la religion de votre femme ? Il est plus facile de retrouver un juif égaré qu'un chrétien égaré. Il y en a moins.

Éclairé par les propos du détective, Gerry se dirigea brusquement vers la table de nuit et ouvrit le tiroir.

— Regardez ! s'écria-t-il. Elle a disparu.

— Quoi donc ?

— La Bible. Il y a toujours une Bible Gideon[1] dans les chambres d'hôtel, non ?

— En principe, oui.

— Marylee l'a prise !

— C'est possible. Il est également possible que le tiroir ait été vide.

— Je suis sûr qu'elle l'a prise. Elle la tient probablement contre son cœur quelque part, peut-être sur les marches d'une église fermée. Sortons d'ici.

---

1. Bible placée dans les hôtels par la Gideon Society.

À la réception, le détective proposa à Gerry de prévenir la police, mais Gerry refusa. Il réclama la liste des églises du quartier et fit appeler un taxi.

– J'espère que vous la retrouverez, lui dit le détective. Elle prie pour quoi, à votre avis ?

– Pour moi, répondit Gerry, pour vous. Pour tout le monde, je pense.

40

Gerry passa le reste de la soirée et la moitié du jour suivant à chercher Marylee. Après s'être rendu dans de nombreuses églises (la plupart étaient fermées) sans parvenir à localiser sa femme et avoir dépensé trois cents dollars en frais de taxi, il appela William Harp qui lui donna l'adresse d'un évangéliste noir (une connaissance de son père) résidant au sud de Philadelphie. Gerry apporta une photo de Marylee à l'évangéliste, mais celui-ci ne la reconnut pas. Toutefois, il dit qu'il prierait pour elle et pour Gerry et le serra si fort dans ses bras que Gerry éclata en sanglots.

De retour à l'hôtel, Gerry retrouva le détective et lui demanda d'appeler la police pour faire passer un avis de recherche. Puis, doutant de sa capacité à se concentrer, il laissa sa Toyota au parking et prit un taxi jusqu'à la gare.

Dans le train qui le ramenait à New York, il s'assit les yeux rivés à la fenêtre, comme un aveugle. Indifférent au monde qui défilait devant lui, il ne voyait ni les entrepôts désaffectés, ni les enseignes des boutiques désertées, ni les terrains de base-ball boueux, ni les rues bordées de maisons ordinaires, de pelouses, de voitures. Ce qu'il cherchait désespérément, c'étaient des d'images et des souvenirs des années qu'il avait passé avec Marylee – une vie confortable avec des amis, une vie pas toujours facile, mais pas au point d'avoir besoin de s'en échapper. Il se demandait ce qu'il aurait pu faire pour changer le cours du destin. Pourquoi les choses avaient-elles mal tourné ?

Quand il arriva à Penn Station, fatigué, plein d'appréhension, se sentant totalement étranger à la ville dans laquelle il avait grandi, Gerry fut certain que Marylee l'avait quitté.

– Si elle t'avait quitté, lui dit Ellen sur le perron de leur immeuble, où elle s'était précipitée pour l'accueillir, tu aurais reçu un coup de fil de son avocat, des papiers à remplir...

– Oh non ! Ce qui se passe est typique du comportement de Marylee. Elle fait les choses brusquement. Sans prévenir. Tu la connais. C'est tout à fait son style. Les avocats m'appelleront bientôt. Les papiers suivront. Elle m'a quitté.

– Et ton baptême ? Elle t'aurait plaqué avant d'assister à ta conversion ? Non, elle aurait d'abord attendu que tu te convertisses et ensuite, éventuellement, elle t'aurait plaqué. Comme ça elle aurait obtenu tout ce qu'elle voulait.

Gerry était tellement consumé par la culpabilité qu'il s'obstinait dans sa conviction : elle l'avait quitté, c'était certain.

Marylee n'avait téléphoné ni à Judy, ni à Ellen, ni à ses collègues, ni à ses clients ; Gerry le savait car il avait parcouru son agenda et appelé chaque numéro y figurant. Il avait également contacté la mère de Marylee, laquelle lui avait rétorqué, d'un ton insultant, qu'un mari devrait au moins savoir quels étaient les lieux habituels fréquentés par sa femme. Mais, non, Marylee n'était pas allée en Virginie et ne l'avait pas appelée non plus.

Une semaine avant le baptême, il était clair – personne ne l'avait contesté – qu'aucune cérémonie ne pourrait avoir lieu en l'absence de Marylee.

Le téléphone prit une importance considérable dans la vie de Gerry. Sa sonnerie stridente le terrifiait, son silence l'angoissait. Néanmoins, il continuait à contacter des gens, que pouvait-il faire d'autre ? Le détective privé de Philadelphie et ceux de New York le rappelaient, mais uniquement pour lui servir un discours appris par cœur destiné à rassurer les familles des personnes portées disparues. Il faut s'armer de patience, concluaient les détectives, ça va prendre du temps, encore un peu de temps. Cette phrase obsédait Gerry, comme si le temps était une saucisse que les détectives découpaient en tranches fines.

Tandis que les heures s'écoulaient pesamment, Gerry fouillait dans le placard de Marylee, dans son agenda, et surtout dans ses ouvrages chrétiens, à la recherche d'une piste ou de l'adresse d'un amant secret. Cette quête, bien que vaine, lui redonnait espoir. Quand il eut cherché partout et qu'il se retrouva en train d'effleurer avec nostalgie les robes, les chemises et les jupes de Marylee suspendues dans l'armoire, il céda à l'injonction de ses amis qui lui demandaient de passer ses soirées en leur compagnie. Il soupait avec Ellen et Sam, sauf quand Judy lui préparait un chili végétarien ou ses plats préférés. Néanmoins, ces repas ressemblaient à des rituels, aux dîners qu'on sert aux condamnés à mort, au dernier souper, et il perdit vite l'appétit.

Gerry n'allait plus travailler, mais il passait ses journées à attendre des nouvelles – que pouvait-il faire d'autre ? Il se mit à suivre des séances de *zazen* avec Judy, mais sa nervosité l'empêchait de rester assis sur le coussin plus de cinq minutes, et ses mains, au lieu de rester immobiles, arrachaient la peau autour de ses ongles jusqu'à ce qu'il saigne, comme si sa main gauche était l'ennemie de sa main droite.

La nuit, il arpentait la cage d'escalier, sortait se promener non loin du Brownstone, espérant qu'une idée lumineuse lui viendrait. Un soir, après sa promenade, au lieu de regagner son appartement, il pénétra à l'intérieur du *Club de la Révélation*. La salle du restaurant, parsemée de tables vides, semblait attendre désespérément des clients et cette vision, étrangement, réconforta Gerry. Il nettoya, balaya et aida

William à mettre de l'ordre dans ses comptes. En s'asseyant dans la salle déserte, il se souvint brusquement du roman *Wakefield*, et se demanda si Marylee n'était pas en train de l'épier depuis l'immeuble de l'Antéchrist. Avait-elle remarqué son dévouement au *Club de la Révélation*? Plus belle que jamais, coiffée d'un béret rouge, chaussée d'escarpins, portant un sac débordant d'emplettes achetées dans une boutique de Philadelphie, n'allait-elle pas apparaître brusquement à la porte du restaurant, surgie de nulle part, comme l'Homme Scotch ou le clochard juif?

— À votre avis, demanda Gerry à William, le quatrième soir depuis la disparition de Marylee, est-ce qu'il est possible qu'elle ait été... balayée... emportée...

— Enlevée?

— C'est ça. Grâce à vous, elle citait souvent ce passage: « De deux femmes qui moudront à la meule, l'une sera prise, l'autre laissée. » C'est peut-être vrai, après tout. Elle a peut-être été enlevée. Sa foi religieuse était si forte qu'elle s'est peut-être évaporée... dans les nuées célestes.

— Théoriquement, elle ne peut pas avoir été enlevée seule, sans d'autres croyants. Et, de toute façon, l'enlèvement se produit au moment des Grandes Tribulations, juste avant les guerres, la famine, les fléaux, les désastres. Quand les quatre cavaliers de l'Apocalypse arrivent pour annoncer la fin du monde, c'est à ce moment-là que l'enlèvement à lieu.

— Ça pourrait être maintenant, murmura Gerry.

— J'en doute. Du moins, je ne le souhaite pas.

Puis, spontanément, d'une voix douce et triste, l'air lointain, William se mit à chanter:

Oui, le repos s'apprête, le combat va finir
Levons haut la tête car Jésus va venir
C'est lui le fils du Père, le Sauveur éternel
Qu'en traversant la terre, nous entendons du ciel.

— Ayez foi, ajouta-t-il.

— Foi en quoi ? demanda Gerry. Quelle religion localise le mieux les personnes qui nous manquent ?

— Je n'en sais rien. Jésus est une personne qui nous manque.

— Ça ne m'aide pas beaucoup.

— Désolé. Je n'ai jamais été un pasteur très efficace. Je peux vous dire une chose ? Si Marylee a été enlevée, c'est que quelque part elle l'a souhaité. Elle a disparu pour vous. Pour que vous n'ayez pas à subir la cérémonie du baptême. Elle vous a offert une porte de sortie, monsieur Levine. Pour que vous puissiez rester juif. J'en suis sûr. Vraiment. Elle vous aime.

— C'est parce qu'elle m'aime qu'elle m'a quitté ? demanda Gerry d'un air perplexe. Je ne comprends pas.

— Marylee a été absorbée tout entière par l'Esprit. Quand ça arrive, des choses étranges, troublantes et parfois incompréhensibles se produisent mais, d'après mon père, il y a une logique à ces choses qui est très difficile à comprendre. Elle a été foudroyée par la foi. Je n'ai jamais été témoin d'un tel phénomène.

— Mais où est-elle ? Où est ma femme ?

— Je ne sais pas.

Le cinquième jour depuis la disparition de Marylee, alors qu'ils étaient installés sur des *sacos* et des sièges de jardin rouillés sur le toit de l'immeuble, Ellen déclara :

— Si elle a été enlevée par le Seigneur, si c'est ce qui lui est arrivé, alors je suis Harry Houdini[1].

Sam avait ses téléphones portables dans les poches et Gerry avait également apporté le sien, au cas où quelqu'un appellerait. La clarté du ciel de Manhattan et les lumières de la rue permettaient d'apercevoir une demi-douzaine d'étoiles.

---

1. Célèbre magicien.

— Tiens bon, Gerry, dit Ellen. Nous avons prévenu tous les gens qui la connaissent.

— Et ça n'a rien donné, répondit Gerry.

— Mais nous n'avons eu aucune mauvaise nouvelle la concernant, insista Ellen.

— Je culpabilise, dit Gerry. Je ne peux pas m'empêcher de m'en vouloir. Je l'ai laissée s'éloigner de moi, je l'ai laissé tomber.

— Les photos de Marylee sont prêtes, intervint Michael. Je m'en suis occupé. Il y en a cinq cents.

— Il est trop tôt pour afficher les photos. Ça ne fait que cinq jours.

— Seulement cinq, répéta Michael.

Ils regardèrent les étoiles, puis Ellen, qui corrigeait des copies à la lueur d'une lampe-torche, leur lut des passages pour essayer de les distraire. Mais aucune des erreurs de ses étudiants ne parvint à les dérider. Elle éteignit sa lampe, passa son bras autour des épaules de Gerry et lui releva le menton.

— Les déesses de certains mythes grecs sont devenues des constellations. Andromède, Cassiopée... On peut dire qu'elles sont montées au ciel ?

Face au silence accablé de ses amis, elle ajouta :

— Excusez-moi, c'est de mauvais goût. On aura bientôt du nouveau. J'en suis certaine.

— J'aimerais me faire baptiser à la date qui avait été fixée, dit Gerry.

— Pardon ? fit Michael.

— Voilà mon hypothèse : Marylee s'est retirée délibérément. Personne ne l'a kidnappée et le Seigneur ne l'a pas ravie.

— Elle s'est retirée délibérément ? s'étonna Judy. Pour quelle raison ?

— Pour voir si vous y alliez vous convertir, si j'allais me convertir, sans elle. Nous pensions tous qu'elle serait présente durant le baptême, qu'elle présiderait la cérémonie avec William. Mais à présent, elle me teste.

— Elle te teste ? répéta Sam.

— C'est bien son genre, non ? demanda Gerry. Elle n'a pas disparu pour nous libérer, mais pour nous lancer un défi. Si on se fait baptiser en son absence, elle réapparaîtra. C'est le seul moyen de la faire revenir parmi nous.

— Elle a disparu où ? demanda Michael.

— Dans la quatrième dimension ? ajouta Sam.

— Elle est peut-être parmi nous, qui sait ? dit Gerry.

Ils le regardèrent avec indulgence, ils savaient qu'il avait peu mangé ces derniers jours ; ils étaient tous disposés à le soutenir moralement.

— Elle est peut-être dans le quartier, poursuivit Gerry. Si ça se trouve, elle a loué un appartement dans l'immeuble d'en face, comme le type dans l'histoire de *Wakefield*.

— Le roman de Nathaniel Hawthorne, dit Ellen. C'est une histoire puritaine.

— Oui, acquiesça Gerry. Il quitte sa femme pendant dix ans...

— Vingt ans, rectifia Ellen.

— Et personne ne sait où il est passé. Ils le cherchent partout, en vain. Personne n'entend parler de lui, sa mort n'est pas signalée. On découvre finalement qu'il passait son temps à épier sa femme depuis la maison d'en face, afin de vérifier qu'elle menait une existence chaste.

— Personne ne mettrait en doute ta loyauté conjugale, assura Ellen. On pourrait même te décerner une médaille.

— Il n'y a rien d'impur en toi, ajouta Michael, tu n'as pas besoin de te faire baptiser.

— C'est étrange, dit Gerry, j'ai l'impression qu'elle est loin, mais qu'elle m'observe tout le temps.

Sam s'accroupit auprès de lui et déclara :

— Écoute, franchement, je préfère l'hypothèse de l'enlèvement à cette histoire puritaine de Nathaniel Hawthorne. Mais, si tu y tiens, on peut aller frapper à toutes les portes des immeubles d'en face. On commencera par le domicile de l'Antéchrist.

— Ta femme est malade, Gerry, murmura Michael. Je ne sais pas si c'est Jésus qui l'a rendue malade, mais elle est complètement paumée. Elle doit être en train d'errer quelque part. On la retrouvera bientôt, je suis sûr. Je peux te donner un Valium pour t'aider à dormir.

— Elle me teste, affirma Gerry.

— Le test est terminé, dit Sam.

41

Vêtu d'un pantalon kaki, de tennis et d'un sweater, harnaché d'un sac à dos, William frappa à la porte de Gerry à l'aube. Il s'excusa de le réveiller. Gerry lui répondit qu'il n'avait pas fermé l'œil de la nuit. Il n'avait pas dormi depuis quarante-huit heures. Aucun rayon de lumière n'avait éclairci le mystère de la disparition de Marylee, aucune nouvelle d'elle n'était arrivée.

— Je regrette d'être obligé de partir sans savoir ce qu'il est advenu d'elle, dit William, mais mon père n'en a plus pour longtemps. Ils m'ont appelé il y a une heure.

— Je suis navré. Vous auriez dû aller le rejoindre plus tôt.

— Je crois qu'il va m'attendre.

— C'est possible. Il paraît que ça arrive, parfois. Vous êtes un fils dévoué, il me semble.

— J'ai des défauts. Nous en avons tous. Il n'y aura pas de conversion, monsieur Levine. Vous resterez éternellement un *Am Yisroel*[1].

— Je peux aller me faire baptiser ailleurs.

— Vous ne le ferez pas.

— Je me serais converti, pourtant. J'aurais fait n'importe quoi pour Marylee. Qu'est-ce que je dois faire ? Dites-moi !

---

1. Peuple d'Israël (tous les juifs) en hébreu.

Vous êtes son pasteur. Qu'est-ce qui lui est arrivé ? Qu'est-ce qui lui est vraiment arrivé ?

— L'Esprit s'est emparé d'elle. C'est tout ce que je sais. Quand ça se produit, le comportement de quelqu'un peut changer. La personne devient imprévisible, elle est guidée intérieurement. J'ai longuement réfléchi à ce qui avait pu se passer et je me suis demandé où elle avait pu aller. Elle avait la foi de six chrétiens réunis. Elle ne m'a pas dit un mot avant votre départ pour Philadelphie, mais elle irradiait de lumière. Vous avez vu le halo qui l'entourait, monsieur Levine ? Elle suivait cette lumière.

— Qu'est-ce que ça veut dire ? Comment est-ce que ça peut m'aider à la retrouver ?

— Je ne sais pas. Évitez d'imaginer le pire et peut-être laissez-la vous retrouver. Quand elle sera prête.

— Et le restaurant ?

— Fermez-le. C'est ce que nous avions décidé. Le *Club de la Révélation* est un échec, vous le savez.

— En effet.

— Dès que j'aurai réglé mes affaires en Virginie, je reviendrai ici. J'ai l'intention de vendre tout l'équipement du restaurant. J'espère pouvoir vous payer le loyer jusqu'à la fin du bail. C'est normal. Je ne m'enfuirai pas sans régler ce que je vous dois.

— Ne vous en faites pas pour ça.

— Le *Club de la Révélation* a subi le même sort que le *Curry de Murray*. J'en suis navré, Gerry — je peux vous appeler Gerry, ça ne vous gêne pas ? Je suis vraiment désolé d'avoir causé autant de dégâts.

Gerry le dévisagea silencieusement. William se sentit aussi impuissant qu'un sablier que Gerry se serait apprêté à retourner.

— J'ai appelé tous les gens qui auraient pu nous aider, reprit le missionnaire, j'aurais tant aimé pouvoir vous fournir une piste, mais je n'ai rien trouvé. Je m'en voudrai terriblement s'il lui arrive quelque chose de grave.

— Restez auprès de votre père s'il a besoin de vous. Le restaurant restera tel quel, nous n'allons rien jeter et nous ne sommes pas pressés de le louer. C'est la dernière de mes préoccupations, comme vous l'imaginez sans doute.

Gerry regardait calmement le jeune homme. Il n'éprouvait aucune rancœur, il ressentait même une certaine affection à son égard.

— Prenez votre temps, murmura-t-il.

William jeta un coup d'œil sur sa montre. Il lui restait un peu plus de quarante minutes pour se rendre à l'aéroport de La Guardia, mais il avait l'impression que Gerry souhaitait qu'il s'attarde afin de lui parler.

— C'est étrange, dit Gerry. J'ai perdu Marylee et maintenant, j'ai l'impression de vous perdre. En fin de compte, je perdrai tout le monde.

— Je vais revenir. Et pas seulement parce que je tiens à revoir Marylee — je sais que je la reverrai !

Il saisit l'avant-bras de Gerry et le serra, essayant de lui transmettre son optimisme.

— Je la reverrai, dit-il en le serrant plus fort. Et vous aussi.

— Vous devez partir, maintenant. Le restaurant peut attendre. Sam sera ravi de cadenasser la porte et de veiller à ce que rien ne soit volé. Michael écrira FERMÉ sur la vitre. Vous leur procurerez un immense plaisir.

42

Judy et Ellen avaient accompli toutes sortes de tâches bizarres dans leur vie, mais on ne leur avait jamais demandé d'expédier un serpent en Virginie. Néanmoins, le sixième jour depuis la disparition de Marylee, elles s'étaient engagées à mener à bien cette mission. Ce travail leur changeait les idées, les empêchant de penser que quelque chose d'horrible était arrivé à leur amie. Grâce à AirboneRep. com, une société spécialisée dans le transport aérien des reptiles, elles avaient pu engager deux jeunes gens pour ramener Annabelle chez elle. Le fait qu'on puisse trouver absolument tout à New York étonnait toujours Ellen. William avait prévu de s'occuper de ce problème lui-même, puis, réalisant que son père serait certainement heureux d'avoir le serpent auprès de son lit, il avait appelé Ellen depuis l'aéroport de La Guardia.

À présent, près de la baignoire baptismale, Judy et Ellen observaient les deux jeunes gens soulever avec prudence le long corps vert tacheté de brun d'Annabelle pour le déposer dans une caisse grillagée. Annabelle offrit peu de résistance. Elle ne bougea qu'une seule fois pour tenter de s'échapper.

— J'ai l'impression qu'elle nous regarde, confia Ellen à Judy.

— C'est parce que ses yeux sont presque aussi gros que sa tête. À ta place, je ne me sentirais pas visée.

— Je suis sûre qu'elle nous regarde, insista Ellen.

— Très bien. Et qu'est-ce qu'elle essaye de te dire, à ton avis ?

— Elle a le plus vieux regard du monde, un regard qui vient de très loin, de l'époque du jardin d'Éden. Et elle nous dit : « C'est moi qui ai brisé de premier couple de la création et c'est également moi qui suis responsable des drames conjugaux dans votre Brownstone. »

— Il faut toujours évacuer les pensées négatives, lui conseilla Judy. N'y pense plus et remplis ce document.

— Annabelle est en train de réfléchir à ce qu'elle a fait à Marylee et Gerry. Elle pense : « Leurs vingt ans de mariage n'étaient peut-être pas parfaits, mais je savais quelque chose sur Marylee que son mari ignorait, et j'ai planté une graine empoisonnée dans le psychisme fragile de cette femme pour briser leur union. Et vous en avez tous été témoins. »

— Arrête, s'il te plaît. Aide-moi à ranger.

— Regarde comme elle nous fixe de sa pupille glaciale. Elle nous dit : « Vous êtes des garces, vous avez laissé tomber votre meilleure amie. »

Les deux hommes sortirent du restaurant avec le serpent et se dirigèrent vers leur camionnette garée en double file. Ellen et Judy les suivirent, signèrent d'autres factures près du véhicule, puis Ellen s'approcha de la vitre arrière, croisa le regard du serpent et déclara :

— J'espère que le film t'a plu, Annabelle.

De retour au restaurant, elles commencèrent à pousser les chaises et les tables contre les murs de la salle afin de pouvoir nettoyer le sol. Elles s'arrêtèrent un instant devant l'écran de projection muet, levèrent les yeux vers le plafond d'où pendaient des câbles, telles de grosses amygdales électroniques attendant une intervention chirurgicale. Elles échangèrent un regard, puis roulèrent leurs manches et se remirent au travail.

Le soir, elles rejoignirent Sam et Michael pour distribuer des photocopies d'une photo de Marylee.

Au matin du septième jour depuis la disparition de sa femme, Gerry trépignait d'impatience devant sa vieille imprimante en regardant apparaître les dernières lignes du mail qu'il avait reçu d'Israël.

3 juillet 2000

Cher monsieur Levine,

J'espère que notre conversation concernant votre femme vous a rassuré. Comme je vous l'ai dit hier au soir, au téléphone, la police a amené Marylee à la clinique Kfar Shmuel près de Jérusalem, il y a quatre jours, et j'aimerais mieux vous voir en personne pour vous expliquer précisément ce qui s'est passé. Votre femme a erré deux ou trois jours sur les lieux saints de la Vieille Ville et souffrait de ce qu'on appelle le syndrome de Jérusalem. Elle a déclaré à la police qu'elle était Marie en route pour Nazareth où elle allait accoucher de Jésus une seconde fois. Nous avons déjà observé plusieurs cas similaires à celui de votre épouse. Les pèlerins, ou les gens qui visitent Jérusalem pour la première fois, s'identifient parfois à des personnages bibliques.

Parler avec Marylee sans la contredire, mais en tentant de comprendre le système de croyance qu'elle entretenait nous a permis d'identifier votre femme. Les séances de psychothérapie et le traitement médical se sont avérés efficaces. Rassurez-vous, nous avons totalement respecté ses convictions religieuses et nous lui avons administré de faibles doses d'antipsychotiques.

Bien que chaque cas soit unique et qu'il soit difficile de dire, pour l'instant, comment l'état mental de votre femme va évoluer, après douze heures de sommeil, elle a néanmoins retrouvé une certaine lucidité et nous a fourni suffisamment d'informations pour permettre à la police de vous localiser.

Il serait bon que vous lui apportiez quelques vêtements lui appartenant, mais il faudrait aussi lui montrer des objets fami-

313

liers — des livres qu'elle aime, des photos, des objets ayant un lien affectif. Cela aidera Mme Levine à retrouver ses repères.

J'espère donc vous voir dans un jour ou deux,
Sincèrement,
Dr Ehud Ben Moshe,
Directeur.

Quelques jours plus tard, Ellen reçut un mail.

8 juillet 2000

Chers amis,
Jérusalem est splendide, Marylee aussi. Son état s'améliore de jour en jour, mais elle n'arrive toujours pas à se souvenir comment, n'ayant sur elle que ses seuls vêtements, elle a réussi à se rendre sur le mont des Oliviers depuis Liberty Bell[1]. Elle commence à me poser des questions sur vous, sur notre immeuble, sur le quartier, sur New York. Elle parle beaucoup de la Virginie et elle a eu sa mère au téléphone. Elle m'a demandé des nouvelles de William Harp, du restaurant et elle a eu l'air triste quand je lui ai expliqué ce qui s'était passé. Mais le Dr Ben Moshe (alias Dr Milton Goldfarb, originaire de Pittsburgh, Pennsylvanie) m'a affirmé qu'il ne fallait pas lui mentir, ni lui assener brutalement la vérité. « Une cuillerée à la fois », m'a-t-il dit. J'attends donc qu'elle me questionne sur des points précis pour lui répondre. On s'assied dans le jardin et je lui fais la lecture — elle est trop faible pour lire, mais elle écoute avec attention. N'hésitez pas à nous écrire: vous pouvez envoyer des mails à la clinique, ils nous les transmettront.
Le Dr Ben Moshe pense que Marylee se souviendra bientôt de vous. Il dit que la mémoire revient souvent par paliers, comme un ascenseur qui finit par remonter au niveau d'où il était soudain descendu.

---

1. Monument historique de Philadelphie sur lequel se trouve la Cloche de la Liberté.

Elle a adoré les cookies aux céréales de Michael. Ellen, l'album de photos du Musée – et surtout l'allure qu'on avait dans les années soixante – l'a beaucoup amusée. Les rénovations du Brownstone d'année en année l'ont également fascinée.

Je dois maintenant vous faire part de la nouvelle la plus incroyable : il y a des douzaines de femmes qui viennent à Jérusalem en pensant qu'elles sont Marie enceinte de Jésus. Mais notre Marylee – qui est, après tout, une Marie – est la première à être réellement enceinte.

Ce n'est pas une blague ! Je vous l'écris en majuscules : NOUS ATTENDONS UN ENFANT. Depuis trois mois et demi d'après Ben Moshe (il a demandé à un gynécologue de venir examiner Marylee). La mère et le futur bébé se portent bien. Marylee devrait accoucher au moment de Noël, ou devrais-je dire, Hanoukka ? Ou les deux ? N'importe comment, le bébé naîtra quand les rues du Upper West Side seront couvertes de neige.

Je ne peux m'empêcher de vous raconter comment Marylee a réagi quand je lui ai annoncé qu'elle était enceinte. Elle m'a d'abord jeté un regard perplexe – comme quand elle croit qu'on la fait marcher. Puis, au bout d'un moment, en un éclair, son visage rembruni s'est illuminé, comme la lune sur un ciel dégagé, et elle a déclaré : « C'est un miracle, Gerry. C'est vraiment un miracle. » Tout ce que je peux vous conseiller, c'est d'essayer cette bonne vieille chasteté chrétienne.

Nous serons de retour dans quelques semaines.
Grosses bises,
Gerry et Marylee.

9 juillet 2000

Cher Gerry et chère Marylee,
Je prends la plume au nom de nous quatre.
Tout d'abord, Michael aimerait savoir si vous allez élever l'enfant selon la religion juive. D'après les réformistes, l'enfant est considéré

juif si l'un de ses parents l'est. C'est ce qu'il m'a supplié de vous dire. Alors, inutile de vous tracasser à ce sujet, vous êtes couverts.

Toutefois, d'après les conservateurs, un enfant est juif uniquement si sa mère est juive ou si elle se convertit au judaïsme. Mais rassurez-vous, nous avons tout ce qu'il faut sous la main, dit Michael. Nous n'avons pas vendu la baignoire baptismale – bien qu'un antiquaire d'Hudson soit prêt à nous faire une offre. On peut facilement transformer la baignoire en mikveh. *Non, sérieusement, vous nous manquez terriblement et nous avons hâte de vous revoir.*

Nawang est revenu parmi nous avec un nouveau mouton. Mon cher mari (qui prie beaucoup moins à la maison, Dieu soit loué) a découvert que le modeste Nawang n'était pas seulement professeur de méditation, mais également attaché culturel de l'île de Vuruda, un pays minuscule, pauvre, hostile, déchiré par la guerre. Voilà pourquoi Nawang était venu vivre dans notre immeuble, incognito. La plupart des gens qu'il recevait dans notre cave étaient, en fait, ses compatriotes, et même Sam ne s'était aperçu de rien.

Quant à Judy, elle sait maintenant que les natifs de Vuruda vénèrent un esprit réincarné dans une race de mouton particulière, ce qui explique pourquoi la mort du premier mouton avait traumatisé Nawang. L'esprit s'était réincarné dans un autre mouton de Vuruda que Nawang a finalement réussi à identifier avec l'aide des anciens. Par ailleurs – et c'est pour cela qu'il nous a caché sa véritable identité –, la secte bouddhiste d'une île proche de Vuruda, en guerre avec ses voisins, vénère une autre race de moutons, et l'animal sacré est toujours en danger de mort. Vous voyez le tableau, je suis sûre ! Et dire que nous n'en savions rien !

Depuis le retour de Nawang, Judy est moins angoissée, et Sam a trouvé de nouvelles sources d'inspiration et de financement pour son documentaire. Nawang et son mouton seront bientôt les vedettes du film Les Plus Petites Nations du Monde. *Alléluia !*

Mais ce n'est pas tout : William Harp nous a écrit qu'il allait revenir à New York dès que possible. Son père est mort et il est en train de s'occuper de la succession. Mais il ne compte pas revenir uniquement pour vendre l'équipement du restaurant, il est tombé fou amoureux de Rena, l'électricienne juive orthodoxe. Je comprends mieux pourquoi l'installation électrique du Club de la Révélation a été réparée dix-sept fois ! Le père de Rena veut envoyer sa milice hassidique à William, bien sûr, mais il ferait bien de se dépêcher ou il devra y renoncer, car William s'apprête à se convertir au judaïsme. Je ne plaisante pas ! De son côté, la jeune fille renonce au judaïsme orthodoxe. La cérémonie aura lieu à la synagogue B'nai Luria, où vous aviez accueilli l'Épouse du Shabbat.

Michael continue de croire que Dieu est une femme élégante, d'âge moyen, fan des Mets. Néanmoins, quand il n'est pas habité par l'esprit, il est d'humeur égale et se comporte normalement. Il vous embrasse très fort.

Inspirés par votre aventure, Judy et Michael vont retourner voir un spécialiste de la fertilité.

Quant à moi, je me contenterai d'être la marraine des enfants qui seront suffisamment fous pour venir vivre dans cet immeuble.

Sam a hâte de vous revoir. Son service est train de rouiller et les parties de tennis du mardi soir lui manquent terriblement.

Mille bises,
Ellen.

Cet ouvrage a été imprimé par la
SOCIÉTÉ NOUVELLE FIRMIN-DIDOT
Mesnil-sur-l'Estrée
pour le compte des Éditions Encre de nuit
6, rue du Mail, Paris, 2ᵉ
en mars 2003

Imprimé en France

Dépôt légal : mars 2003
N° d'impression : 63418